인생은 실전이다

인생은 실전이다

2021년 9월 8일 초판 1쇄 발행
2023년 8월 17일 초판 39쇄 발행

—

지은이 신영준, 주언규
펴낸이 고영성
책임편집 윤충희

—

펴낸곳 (주)상상스퀘어
출판등록 2021년 4월 29일
주소 경기도 성남시 분당구 성남대로 52, 그랜드프라자 604호
전화 번호 070-8666-3322
팩스 번호 02-6499-3031
이메일 publication@sangsangsquare.com

—

값 18,500원
ISBN 979-11-975493-0-4(03810)

신영준
주언규
지음

인생은 실전이다.

아주 작은 날갯짓의 시작

상상스퀘어

차 례

머리말

눈앞의 현실과 머릿속 생각 사이에는 언제나 간극이 존재한다. 그 간극 속에서 우리는 매일 자신과의 싸움, 세상과의 전투를 벌이고 있다. 인생은 이렇게 실전이지만, 정작 우리는 실전에 대한 연습은 고사하고, 진지한 고민조차 해보지 못한 경우가 허다하다. 이 악물고 학교에서 공부하고 죽어라 취업을 준비해서 마침내 원하는 회사에 들어갔지만, 준비되지 않은 인간관계 한 방에 삶이 무너지는 경우가 비일비재하다. 밤낮을 가리지 않고 일했지만, 경제적으로, 심지어 정서적으로도 손에 잡히는 것이 없다. 왜 그럴까? 도대체 무엇이 잘못된 걸까?

이번 책을 통해 바라만 보는 현실이 아니라 온몸으로 겪어내야 할 인생에 대해 함께 이야기하고 싶었다. 안타깝지만 우리도 인생에 관한 절대적인 정답을 모른다. 누군가에게는 명쾌한 통찰도, 다른 사람에게는 터무니없는 헛소리일 수 있다. '상황'에 따른 맥락이 존재할 뿐, 절대적인 정답은 사실 자신만이 찾을 수 있다. 그럼에도 우리는 운이 좋았다. 구독자가 100만 명이 넘는 유튜브 채널을 운영하며 각 분야의 고수를 포함한 많은 사람과 다양한 주제로 소통하고 공부할 수 있었다. 이를 통해 인생이라는 실전 속에서 자신에게 한 번 정도 던져봐야 할 지극히 현실적인 질문들을 추려낼 수 있었다.

"과연 일만 잘하면 돈도 많이 벌 수 있을까?"

"젊어서 고생은 진짜 사서도 하는 것이 맞을까?"

"우리가 흔히 접하는 단어인 '공짜'의 속성은 무엇일까?"

"끈기가 중요하다고 하는데, 어떻게 하면 기를 수 있을까?"

"한 번 사는 인생이라고 말하는데, 그 마지막인 죽음은 도대체 무엇을 의미하는가?"

"친구는 우리 인생에서 어떤 존재일까?"

"일주일에 얼마나 일해야 성공할 수 있을까?"

"평범하게 사는 것이 소박한 꿈인데 과연 가능할까?"

"말을 잘하기 위한 핵심은 무엇인가?"

"우리는 언제부터 늙는다고 말할 수 있을까?"

• 머리말

이렇게 다양한 주제에 관하여 많은 분들과 함께 고민하고 싶었다. 여러 채널에서 얻은 소중한 피드백과 인생 고수들의 의견을 수렴하여, 질문에 대해 우리가 생각하는 최선책을 이 한 권의 책에 담았다. 강조하지만, 어디까지나 우리가 생각하는 최선이다. 맥락이 바뀌면 해결책도 바뀐다. 그러기에 읽으면서 곱씹어야 한다. 많은 분들이 우리와 대화하듯이 이 책을 읽기 바란다.

우리는 여러분이 책을 읽는 지금 이 순간이 인생의 어떤 새로운 계기가 되기를 진심으로 바라면서 집필했다. 수많은 성공의 발자취를 따라가 보면 그 시작점에는 언제나 발단의 계기가 존재한다. 놀랍게도 그 순간은 생각보다 거창하지 않은 경우가 대부분이다. 약간 다른 무언가가 생각의 씨앗이 되어 우리 삶 어딘가에서 싹을 틔우기 시작하는 것이다. <인생은 실전이다>가 여러분의 인생에 약간 다른 0.1%를 선물하는 책이 되기를 소망한다. 거기서 한 발짝 더 나아가 여러분의 가능성이 조금 더 구체적으로 현실화하기를 바라며 유튜브 '신사임당', '체인지 그라운드' 채널에서 더 많은 분들과 더 유기적으로 이야기를 나눌 계획이다.

우리는 이번 책을 통해 또 하나의 느슨한 유대를 맺었다. 보이지 않는 느슨한 유대는 거대한 잠재력을 가지고

있다. 좋은 연결은 각자의 위치에서 최선을 다하는 것만
으로도 서로에게 좋은 영향과 자극을 준다. 우리 자신도
많이 부족하지만, 그래도 집필에 마침표를 찍을 수 있었
던 이유는 현실에서 무엇이 진짜 중요한지 우리에게 알려
주는 수많은 인생 이야기가 원동력이 되어주었기 때문이
다. 배운 것을 느슨한 유대를 통해 공유하면서 더 많은 분
들과 함께 성장하고 싶다. 모든 독자분들이 〈인생은 실
전이다〉를 통해 위기에서 버틸 수 있고 동시에 기회가
왔을 때 앞으로 나아갈 수 있는 힘과 지혜를 얻기를 진심
으로 기원한다.

2021년 여름

신영준
주언규

제1원칙

인생은 실전이다. 안타깝지만 인생에 예행연습은 없다. 무언가 연습하고 있더라도, 그 시간조차 공짜로 주어진 것이 아니다. 살아있기 때문에 역설적으로 느끼기 어려운 부분이, 바로 우리 인생에는 끝이 있고, 시간은 1초도 쉬지 않고 계속 흐른다는 점이다. 그래서 정말 중요한 인생의 원칙이 하나 있다. 바로 망하지 않는 것이다. 놀랍게도 우리는 만나기 전부터 망하지 않는 것이 가장 중요하다는 철학을 똑같이 가지고 있었다. 그래서 이 책에서 언급할 많은 이야기는 결과적으로 망하지 않기 위한 구체적 각론인 경우가 대부분이다. 그렇다면 망한다는 것은 무엇일까?

망하는 것과 실패는 다른 차원의 문제이다. 망한 것은 결론이고, 실패는 과정이기 때문에, 그 속성이 전혀 다르다. 만약 실패했고 그 상황이 끝이라면, 그것은 이제 실패가 망한 것으로 결론 난 셈이다. 하지만 다시 시작하고 도전할 수 있다면 실패는 당연한 과정의 일부분일 뿐이다. 하지만 한 번의 실패를 끝이라고 착각하는 경우가 안타깝게도 너무 많다.

망하지 않으려면 잘 실패하는 것이 매우 중요하다. 현실적으로 실패는 아프고 괴롭겠지만, 그것을 잘 관찰하고 활용하면 절대 나쁘지만은 않다는 점을 깨닫게 된다. 그래서 실패를 제대로 바라보는 인식만 탑재하고 있어도 망할 확률이 확연하게 줄어들게 된다.

우선 실패에는 정도의 차이가 있다. 실패했더라도 잘 살펴보면 부분적으로 성공한 게 있을 수 있다. 실패 자체를 최악이라고 부정해버리면 이렇게 중요한 부분을 놓칠 수 있다. 그래서 실패한 후에는 이를 꼼꼼하게 복기해야 한다. 실패했을 때 실물이 남는 경우는 잘 없지만, 경험적인 측면에서는 숨겨진 자산이 남는 경우가 많다. 눈에 보이지 않기 때문에 다른 사람이 그것에 관하여 조언해 주기도 어렵다. 그렇기 때문에 실패에 대한 부정적 감정을 잘 추스르고 자신이 무엇을 체득했는지 진지하게 반추해야 한다. 우리는 인생을 살면서 성공보다 실패를 압도적으로 많이 경험한다. 그래서 실패에서도 무언가를 얻어내고 추려내는 '습관'을 반드시 가져야 한다.

실패는 계획을 수정하라는 강력한 신호이다. 사람은 대부분 쉽게 바뀌지 않는다. 특히 상황이 좋고 문제가 없다면 손실 회피 편향 때문에 바뀌는 것 자체가 고통으로 다가온다. 그런 관점에서 실패만큼 확실하게 우리를 행동케 하는 신호도 없다. 큰 실패는 독이 될 수 있지만, 작은 실패는 약이 되는 경우가 많다. 따라서 작은 도전을 지속할 수 있는 환경을 구축하는 것이 망하지 않는 시스템을 구축하는 구체적인 방법의 하나다.

반면, 실패의 긍정적 측면을 악용하여 생기는 부작용도 있다. 실패에 만성적 내성이 생기는 것이다. 실패했지만 망하지 않고 버티고 있으니, 무언가 내공이 쌓이고 성장한다며 착각한다. 그런 상황에서 반드시 점검해야 할 점은 똑같은 실수를 되풀이하고 있는지 여부이다. 같은 실수를 계속해서 반복하면 숨은 자산도 쌓이지 않고, 계획 수정도 없기 때문에, 더 좋은 방향으로 나아갈 수 없다. 이처럼 잘못된 방식으로 정신승리하면서 불필요한 실패를 되풀이하는 경우가 우리 주변에 은근히 많다.

실패에 대한 속성을 제대로 이해했다면, 그래도 버티는 과정이 조금은 수월해질 수 있다. 하지만 현실의 무게는 여전히 우리를 짓누르고, 한 호흡 내뱉기조차 힘겹게 느껴진다. 그렇게 세파에 이리저리 치여서 흔들리고 있을 때 우리를 단단히 잡아주는 것은 망하지 않고 버텨냈을 때 만날 도착점, 즉 목표이다. 목표는 진부한 단어처럼 들리지만, 실제로는 무엇보다 중요하다. 목표가 얼마나 중요한지 알고 싶다면 최악의 상황을 가정해보면 된다. 불의의 사고로 다쳐서 육체적으로 아무것도 못 하는 것만큼 최악도 없을 것이다. 그런 상황을 마주하면 인생이 망한 것처럼 느껴지는 게 당연하다. 다른 것은 고사하고 내 몸 하나 움직이지 못하는 상황에서 도대체 무엇을 할 수 있을까? 그런 최악의 상황에서도 우리가 할 수 있는 것은 바로 목표를 정하는 것이다.

목표를 정하는 것은 철저하게 사고(思考)의 영역이다. 생각은 모든 것의 원초적 시작이다. 거대한 결과는 작은 실천의 합으로 이뤄지고, 그 작은 실천의 원초적 시작은 바로 생각이다. 그 어떤 최악의 상황에서도, 최소한 우리는 원하는 것을 상상할 수 있다. 너무 당연하고 쉬워 보이는 말 같지만, 최악의 상황에서 목표지점을 바라보는 경우는 생각보다 드물다. 나아가지 않고 그저 바라보기만 해도 충분한데, 그 당연하고 간단한 것을 못 하는 것이다. 그렇기에 악순환에서 빠져나올 아주 작은 시작점을 찾지 못한다. 미칠 것같이 힘든 상황이면 오히려 목표는 명료해진다. 일단 이 최악의 상황에서 벗어나자는 목표를 세우는 것이다. 구체적으로 무엇을 하면 지금보다 1% 더 나아질 것인지 따져보면 된다.

수많은 상담 요청 메일을 통해 알게 된 사실이 2가지 있다. 첫 번째는 최악의 상황에 있다고 생각하는 분들을 객관적으로 보면 본인들이 인지하는 만큼 최악이 아닐 때가 많다는 점이고, 두 번째는 무엇을 해야 할지 몰라서 아무것도 하지 않거나 상황을 악화하는 일만 반복하여 악순환에서 빠져나오지 못한다는 점이다. 앞에서 언급한 것처럼 모든 것의 시작은 올바른 방향이 무엇인지 생각하는 것이다. 너무 힘든 상황이어서 실천이 불가능해도 최소한 우리는 어느 방향으로 움직여야 하는지 생각할 수 있다는 점을 명심하자.

많은 사람들을 직간접적으로 만났다. 다양한 사람들의 성공과 실패를 지켜보면서 확신이 든 부분은 망하지 않으면 반드시 기회가 있다는 것이다. 우리는 주로 성공에 접근하는 방법을 배우고 익혔다. 실패를 견디고, 더 나아가 이겨내는 구체적인 방법을 고민하거나 공부한 경우는 거의 없을 것이다. 심지어 실패는 부정적이고 절대 하면 안 되는 것, 그래서 피하면 좋은 것이라고 생각에 각인된 경우도 많다. 실패를 피할 수 있다면 좋겠지만, 인생은 절대 호락호락하지 않다. 내가 의도하지 않아도, 또 심지어 전혀 잘못한 게 없어도 실패는 우리 인생에 스며들 수 있다. 반대로 애타게 원하는 성공은 쉽게 손에 잡히지 않고, 잡혔던 성공도 도망가기 일쑤이다. 절대 우리 마음대로 되지 않는 게 인생이다. 그래서 제1원칙은 망하지 않는 것이다. 망하지 않으면 시련은 지나갈 것이고, 기회는 다시 찾아올 것이다. 그렇게 버틸 수 있다면 태어난 것이 왜 축복인지 깨닫는 순간도 경험할 것이다. 충분히 준비하고 실전에 뛰어들었다면 좋았겠지만, 그럴 방법은 없었다. 인생은 실전이고, 태어난 순간부터 우리의 인생은 시작되기 때문이다.

나만 힘든 것 같지만, 절대 그렇지 않다. 나만 힘든 게 아니라는 사실만 깨달아도 조금은 위로가 될 것이다. 거기서 1cm만 더 나아가서, 가끔은 하늘을 보자. 너무 복잡하게 생각하지 말고, 그냥 떨궈진 고개를 들어 하늘을 보자. 적어도 우리가 하늘을 볼 수 있다면 우리는 망하지 않은 것이다. 그렇게 살아남아 있는 것이다. 오스카 와일드의 말을 전하면서 이 글의 마침표를 찍는다.

"우리는 모두 시궁창에 있지만, 몇몇은 별을 바라보고 있다."

- 오스카 와일드 -

평범하게 사는 게
정말 어려운 이유

많은 사람이 이렇게 이야기한다. "큰 욕심 없어요. 그냥 평범하게 살고 싶어요." 언뜻 들으면 소박한 꿈 같지만, 절대 그렇지 않다. 평범하게 산다는 것은 생각보다 쉬운 일이 아니기 때문이다. 왜 그럴까?

1. 평범의 실체가 없다

평범은 매우 모호한 개념이다. 딱히 목표지점이 없기 때문에 어디에도 실체가 없다. 결국, 평범하게 살겠다는 것은 실체가 없는 이야기에 불과하다. 그리고 평범은 상대적인 개념이다. 타인과 비교하여 무난하게 살고 싶다는 뜻이다. 즉, 주변이 바뀌면 평범의 기준도 바뀌고 본인도 바뀌어야 한다. 이래서 평범하게 산다는 것은 생각보다 어려운 일이다.

2. 개념의 오류 - 평균값과 중앙값

평범하게 살고 싶다는 말에는, 특히 경제적으로 중간 정도에 위치하고 싶다는 뜻이 담겨있다. 하지만 부의 분포는 우리가 일반적으로 생각하는 것과 달리 멱 분포를 따른다. 쉽게 말하면 상위 20%가 부의 80%를 소유한다는 말이다.

정규분포에서는 평균 소득이 300만 원이면 중앙값도 300만 원이다. 하지만 멱 분포에서는 평균 소득이 300만 원이면 실제 가운데 위치한 사람의 중앙값은 300만 원 근처에도 못 간다. 실제로 2021년 2월 통계청 발표에 따르면 임금근로자의 2019년 월평균 소득은 309만 원이었고, 중위 소득은 234만 원이었다. 그래서 막상 우리가 일반적으로 인식하는 평범의 범주에 들어가려면 생각보다 많은 돈을 벌어야 한다.

3. 개념의 오류 - 확률의 곱셈

평범함을 확률의 관점에서 바라보면 난이도가 더 높아진다. 예를 들어 애인으로 '평범한' 사람을 만나고 싶다고 생각해보자. 많은 것을 바라지 않고 평범한 키에, 평범한 외모에, 평범한 나이 정도면 좋겠다고 말이다. 결론부터 말하자면 그런 사람을 만나는 건 로또 맞을 확률과 거의 비슷하다.

책 〈러브 팩추얼리〉에 등장하는 경제학자 피터 배커스는 데이트 상대를 찾는 데 자신의 수학 능력을 활용해보고자 했다. 연령대가 비슷할 것, 가까운 곳에 살 것 등 몇 가지 조건을 가지고 계산했는데... 결과는 결코 평범하지 않았다.

1) 그가 사는 런던 근처에 사는 여성은 약 400만 명이었다.

2) 그가 원하는 연령대에 속할 것 같은 여성은 약 20%로 이제 80만 명이 남았다.

3) 대학 학위를 딴 여성은 약 26%로 이제 10만 4,000명이 남았다.

4) 그가 매력적이라고 느낄 것 같은 여성은 약 5%로 이제 5,200명 남았다.

5) 그를 매력적이라고 느낄 것 같은 여성은 약 5%로 이제 남은 사람은 260명이다.

ⓖ 그와 잘 지낼 것 같은 여성의 수를 10%로 예상하면 남은 사람은 26명이다.

400만 명 중에서 겨우 26명, 확률로 따지면 0.00065%만 남았다. 동시에 일어날 확률은 곱으로 계산되기 때문이다. 즉, 평범한 조건이라도 여러 가지가 겹치면 극악의 확률이 된다. 평범함은 우리 예상보다 훨씬 더 희귀한 조건이다.

4. 의외로 노력이 많이 필요하다

평범하게 살겠다는 말이 쉽게 살겠다는 뜻은 아니다. 하지만 열심히 살겠다는 뜻도 아니다. 그런데 쉽게 사는 것과 열심히 사는 것을 양극단에 놓는다면 평범한 삶은 열심히 사는 삶에 가까워야 한다. 왜 그럴까?

삶의 퀄리티를 말할 때 경제적인 부분을 뺄 수는 없다. 어떤 사람은 70%의 노력으로 대기업에 들어가고, 다른 사람은 69%의 노력으로 대기업에 입사하지 못했다고 가정하자. 그러면 69% 노력한 사람은 합격한 사람에 비해 1%만큼만 경제적 보상을 덜 받게 될까? 아니다. 훨씬 적게 버는 삶이 될 확률이 높다.

노력에는 임계점이 있다. 잔인한 이야기이지만, 임계점을 넘지 못하면 아무리 열심히 해도 소용없는 경우가 많다. 평범하게 살고 싶은 사람들은 적당히 노력하고 싶 겠지만, '적당히'는 상당히 위험한 개념이다. 노력은 충분 히 해서 반드시 임계점을 넘어야 한다. 인생이 어려운 이 유는 이 임계점이 어디인지 명확하지 않기 때문이다. 정 확한 지점을 모르기 때문에 안전하게 임계점을 넘으려면 언제나 생각 이상으로 노력해야 한다. 이것이 냉정한 현 실이다.

쉽게 정리하면, 우리가 생각하는 평범한 삶은 '적당한 노력'으로 '적당한 보상'을 받는 것이지만, 현실은 불확실 성 때문에 적당한 노력이 아니라 '충분한 노력'으로 '적당 한 보상'을 받는 경우가 대부분이다. 그 간극만큼 평범한 삶은 현실에서 멀어지게 된다.

제법 많은 상담을 해본 결과, 구체적인 인생의 목표가 없을 때 평범하거나 무난하게 살고 싶다고 말하는 경우가 많았다. 정말로 누군가는 평범하게 살고 싶은 것이 인생 목표일 수도 있다. 그렇다면 구체적으로 어느 정도가 평 범인지 범위를 정하고, 그 목표를 달성하기 위해 어떤 노 력을 해야 하는지 세부적인 계획을 세워보자. 이왕 그럴 거라면 W. 클레멘트 스톤의 "달을 향해 쏴라. 빗나간다면 별이라도 맞출 것이다."라는 명언처럼 조금 더 큰 목표를 잡아보는 게 어떨까?

진짜 부자에게 배우는
부자의 생각법

코로나 이후로 경제에 대한 관심이 높아졌다. 고용과 생계가 불안정해지다 보니 모두가 반강제로 경제에 노출된 것이다. 첫 시작은 주식이었다. 주가가 급락하다가 저점을 찍고 회복되기 시작하면서 많은 사람들이 주식에 열광했다. '동학 개미'와 '서학 개미' 같은 신조어도 생겼다. 아기 엄마, 종교인, 공무원 등 평소에 주식에 관심을 가지기 어려운 사람들도 주식 이야기를 하게 됐다. 그 이유는 주변에서 누군가가 주식으로 돈을 벌었기 때문이다.

"○○는 작년에 들어가서 얼마를 벌었대."

"○○는 3월에 들어가서 얼마를 벌었다더라."

"○○는 얼마 전에 산 공모주가 '따상'해서 얼마를 벌었다던데."

이쯤 되면 주식을 하지 않으면 손해 보는 것 같다. 그렇게 주변 사람을 따라 주식 계좌를 열고 무작정 들어본 종목을 사다가 손해 본 사람도 많다. 안 하면 손해 보는 것 같고, 막상 하면 더 큰 손해를 볼 것 같은 주식, 어떻게 대해야 할까? 지금이라도 들어가는 게 맞을까? 우리나라에서 부자 하면 손꼽히는 대표적인 두 멘토의 이야기를 소개한다.

'삼프로TV'의 대표 김동환 프로는 많은 사람들이 현실을 오해한다고 말한다. 학창 시절에 모두가 공부를 잘해야 한다고 생각하는 것처럼, 모두가 부자가 되어야 한다고 은연중에 생각한다는 것이다. 하지만 막상 부자가 되기 위한 대가를 지불하고 있냐 하면, 그렇지는 않다. 부자가 아닌 사람이 부자가 되려면 명예, 안정감, 워라밸, 관계 등을 어느 정도 희생해야 한다. 돈을 모으기 위해 자원과 에너지를 집중해야 하기 때문이다.

여러 재테크 수단 중에 가장 진입장벽이 낮은 것이 주식이다. 동시에 돈을 잃기 가장 쉬운 곳도 주식이다. 돈을 잃는 것은 금방이고, 버는 것은 오래 걸린다. 50% 손해를 메꾸려면 100%를 벌어야 한다. 사람들은 자신의 수익률에 대해 막연한 환상을 가지고 있다. 다른 사람이 모두 잃어도 자기는 번다는 묘한 자신감이 있는 것일까?

부자가 되려면, 특히 투자로 부자가 되려면 꼭 준비해야 할 것이 있다. 바로 종잣돈과 기본적 소양이다. 종잣돈은 반드시 노동으로 번 돈을 아껴서 모아야 한다고, 김동환 프로는 귀띔한다. 종잣돈을 모으기 위해 소비를 줄이고 저축을 늘리는 경험은 중요하다. 종잣돈은 성질상 투자로 벌 수 없는 돈이다. 마중물을 넣지 않고는 펌프에서 물이 나오지 않는 것처럼 말이다. 종잣돈이 클수록 수익은 빠르게 늘어난다. 보통 벌고 싶은 돈의 1/10을 종잣돈으로 설정한다.

종잣돈을 모으는 동안 부지런히 준비해야 할 것이 있다. 돈을 관리하고 불리는 방법과 능력을 익히는 것이다. 어디에 투자할지 기준을 세우고 시장의 정보를 살피며 참고할 만한 매체를 찾아 공부하는 등, 이 시기는 정보를 학습하는 시기다. 사람들은 대개 자신에게 편한 매체만 선호하지만, 자신이 정보를 얻는 경로를 다변화하는 것이 좋다. 매체의 성향에 따라 중요한 소식이 누락될 수도 있고 사실보다 과장될 수도 있기 때문에 여러 매체를 비교해 보는 것이 좋다.

존 리 메리츠자산운용 대표는 우리나라에서 '부자', '주식' 하면 가장 먼저 떠오르는 사람이다. 그는 이렇게 말했다. "부자는 천천히 되는 것이다. 어제보다 오늘 부자가 되는 삶을 살아야 한다. 그러려면 커피값, 학원비, 자동차 유지비 같은 돈을 아껴서 주식에 투자해야 한다. 한 살이라도 어릴 때부터 주식에 투자해야 부자가 된다. 좋은 주식을 사 모으고 그 주식의 가치가 오를 때까지 기다리면 된다." 존 리 대표는 수많은 개인투자자들에게 차트가 아닌 기업을 보는 법을 역설했다.

하지만 이 단순 명료한 정답 뒤에는 필연적으로 질문이 따른다. '그래서 좋은 주식은 어디에 있고, 그 주식의 가치는 언제 오르는가?' 존 리 대표는 '누구나 다 아는 유명하고 큰 기업을 사는 것으로 시작하라.'라고 귀띔한다. 이 회사들은 시간이 지나도 망하지 않을 것이고, 자연스럽게 주가는 올라간다는 것이다. 쉬운 말처럼 들리지만, 여기에는 오랜 기다림이 필요하다.

부자가 천천히 되는 이유는 이 기다림 때문이다. 사람들은 이 기다림이 싫어서 HTS, MTS를 켜고 매매를 한다. 그러나 단기투자로 돈을 벌 수 있는 사람은 상위 1% 이내의 고수이거나, 운이 좋은 사람이다. 그 외에 대부분은 결국 돈을 잃는다. 오늘의 주가가 어떻게 될지 아는 사람은 없기 때문이다. 재미는 없지만, 훨씬 안전한 방법은 주식을 팔지 않고 계속 사서 모으는 것이다. 지금도 돈을 벌고 앞으로도 돈을 벌 회사의 주식을 타이밍 재지 않고 사서 내가 할 수 있는 가장 오랜 기간 동안 팔지 않으면 된다고 한다.

존 리 대표에 따르면 주식투자는 언제든 시작할 수 있다. 매일 조금씩 새고 있는 돈을 아껴서 주식을 사는 데 투자하면 되기 때문이다. 한편 김동환 프로에 따르면 어느 수준의 종잣돈에 이르기까지는 돈을 아끼고 모으는 데 집중하고, 투자를 공부할 필요가 있다고 한다.

두 사람의 방법론은 서로 다른 내용을 담고 있지만, 공통점도 있다. 바로 부자가 되려면 조급해서는 안 된다는 점이다. 존 리 대표식 투자법은 지금 바로 시작할 수 있지만, 몇 년이고 몇십 년이고 묵혀 놓을 각오를 해야 한다. 김동환 프로식 투자법은 상당한 규모의 종잣돈이 모일 때까지 인내를 요구한다. 각종 투자 방법과 경제에 관한 공부까지 해야 하니 꽤 많은 것이 요구된다.

주식으로 부자가 된 사람은 많지만, 그 방법은 한 가지가 아니다. 그러나 어떤 방법이 되었든 부자가 되려면 돈을 버는 법, 돈을 지키는 법, 돈을 불리는 법을 알아야 한다. 그리고 김동환 프로의 말처럼 부자가 되는 것은 의무가 아니다. 부자가 되는 것은 선택의 문제이고, 부자가 되려면 대가를 지불해야 하며, 부자가 되는 속도도 천차만별이다. 그럼에도 불구하고 부자가 되기로 결심한 사람들은 여전히 그 대가를 지불하고 있으며, 언젠가 그로 인해 보상을 받게 될 것이다.

대학의
붕괴를
말하다

우리나라는 전 세계에서 압도적으로 높은 대학 진학률을 자랑한다. 왜 그렇게 모두가 대학에 집착할까? 여러 가지 이유가 있겠지만, 결국 핵심은 우리가 가진 자원이 사람밖에 없기 때문인 듯하다. 그리고 부모 대부분은 본인의 자녀가 자신보다 더 나은 삶을 살기를 원한다. 그 보증 수표가 바로 좋은 대학에 입학하는 것이었다. 실제로 좋은 대학에 입학하는 것과 경제적 성공은 어느 정도 상관관계가 '있었다'. 보편적으로 무난한 삶을 살 수 있는 중

산층에 진입하려면 대기업 입사가 일종의 필요충분조건이었고, 취업을 위한 1차 관문이 대학 졸업, 조금 더 엄밀하게 말하면 중상위권 대학 졸업이었기 때문이다. 하지만 조금씩 예전과 다른 점이 발견되기 시작했다. 특히 많은 대기업이 공채를 포기하고 있다는 점은 우리가 역사적으로 중요한 변곡점을 맞이하고 있다는 사실을 보여준다. 바로 대학의 붕괴이다.

상식적으로 대학의 중요 기능은 인재 양성일 것이다. 하지만 대학을 졸업한 사람이면 누구나 알고 있다. 우리는 인재가 되기 위해, 예를 들면, 그 핵심 과정인 전문가의 피드백을 받기 위해 대학을 다니지 않았다. 대부분 취업을 위한 1차 관문이 대학 졸업이기 때문에 대학에 진학했다. 원래 학점이란 배움으로 얻은 결과를 기록한 것에 불과하지만, 학점을 따기 위해 대학에서 버티는 경우가 다반사였다.

여기서 조금 더 깊게 들어가 보자. 왜 대학이 기업에 입사하기 위한 1차 관문이 되었을까? 똑같은 일을 해도 대기업에서 하면 중소기업에서 일했을 때보다 돈을 더 많이 받는다. 오히려 적게 일해도 더 많이 받는 경우도 있다. 그래서 모두가 대기업에 기를 쓰고 지원한다. 수요보다 인력 공급이 월등히 많았고, 여기서 대학은 수능 성적과 학점으로 능력이 부족한 사람을 걸러내는 역할을 했다. 이게 핵심이다. 인재를 키우는 게 아니라 적당히 괜찮은 사람을 뽑기 위해 '필터링'하는 것이 대학의 순기능이었다. 이것과 동일한 맥락에 놓인 시험이 바로 토익이다. 많은 사람이 900점을 넘어도 영어 한마디 못 하기 때문에 토익이 무의미하다고 하지만, 사실 토익은 영어 실력을 측정하기 위한 제도가 아니었다. 토익은 성실도와 학습 요령을 측정하는 보조적인 수단이자 누군가를 공식적으로 거절하기 위한 그럴듯한 명분이었다.

앞에서 잠깐 언급한 것처럼 많은 대기업이 신입사원을 채용하지 않거나 그 수를 줄이고 있다. 이는 단순히 경제 상황 때문만이 아니다. 안타깝게도 현재 많은 대기업은 근본적으로 새로운 인력이 필요 없다. 필요 없는 정도가 아니라 있는 인력도 어찌해야 할지 걱정하는 경우가 더 많다. 우선 간단한 예로, 많은 부분에서 자동화가 이뤄지기 시작하면서 사람이 할 일을 로봇과 알고리즘이 대체하고 있다. 대한민국은 단위 인구당 가장 많은 로봇을 보유하고 있는 나라이다. 게다가 인공지능의 급진적인 발전으로 단순 반복 작업에서 인간의 입지가 점점 좁아지고 있다. 그 결과 기업에서는 예전처럼 대규모 공채를 진행하지 않고, 소규모로 경력직을 채용하고 있다. 이제는 그

럭저럭 적당한 사람이 아니라 진짜로 쓸만한 인재를 뽑고 싶어 한다. 그래서 추천과 심층 면접이 중요해지고 있다. 이런 상황에서 대학이 할 수 있는 일은 사실상 없다.

교육 측면에서도 훨씬 좋은 커리큘럼과 강연이 이미 인터넷에 다 있다. 예전에는 영어를 잘해야 접근이 용이했는데, 이제는 한글 자막도 거의 다 붙고 있다. 10년 된 강의자료를 읊조리는 지루한 교수는 필요 없다. 프로그래밍 같은 특정 분야는 대학만큼 좋은 커리큘럼을 제공하는 업체들이 등장하기 시작했고, 네이버나 카카오는 자체적으로 입사 전에 스터디 과정을 진행하고 있다. 특히 이런 분야는 예전에 대학이 우후죽순으로 했던 1차 필터링을 코딩 테스트라는 정교한 방법으로 대체할 수 있기 때문에, IT 대기업은 이제 입사 과정에서 어느 대학을 졸업했는지 물어보지 않는 경우도 많다. 객관식 답 고르기에 특화된 입시 기계가 아니라 진정한 실력자를 찾고 싶은 것이다.

그렇게 대학은 붕괴하고 있다. 이것은 우리 사회의 엄청난 패러다임 변화이다. 하지만 그 변화를 구체적으로 느끼는 사람은 그렇게 많지 않은 것 같다. 많은 기성세대가 젊은 친구들이 안정성과 칼퇴근만 바라보며 공시족이 된다고 걱정한다. 하지만 실제 공무원은 박봉에 칼퇴근 못 하는 부서도 많다. 근본적으로 안정성과 칼퇴근은 공무원을 선택하는 부차적인 이유에 지나지 않을지도 모른다. 20년 동안 수능에 특화된 채 아무 생각 없이 대학을 졸업하고 전공 실력도 제대로 쌓지 않은 사람이 가진 능력은 여전히 객관식에서 정답을 골라내는 데 머물 뿐이다. 공무원 시험은 데칼코마니처럼 수능 시스템과 닮았고, 준비할 수 있는 학원조차 최고의 팀으로 구성되어 있다. 한 번 도전해 볼 만한 것이다. 그러니 제발 맥락적 사고를 하자. 모든 것을 젊은 친구들 탓으로 돌리지 말자.

이런 글을 쓰면서도 사실 많이 답답하다. 정답을 제시할 수 없기 때문이다. 일단 내가 말해줄 수 있는 것은 엄청난 변화가 도래하고 있다는 점이다. 나는 IT 솔루션 회사를 운영한다. 최근에는 세 팀이 하던 작업을 한 팀이 할 수 있게 줄여줄 수 있는지 의뢰를 받았다. 우리가 그 작업에 성공하면 일자리가 없어질 것이다. 나조차 패러다임을 촉진하는 역할을 하고 있기 때문에, 이 상황에서 "열심히 하면 무조건 잘 될 것."이라는 마음에 없는 말을 하고 싶지가 않다.

세상은 매우 빠르게 변하고 있다. 결국, 상황에 맞는 지식을 제대로 공부하고 삶에서 실천하는 것만이 불확실성을 줄여줄 것이다. 잔인한 이야기이지만, 위기는 누군가에게 기회가 된다. 변화에 적응하지 못한 사람은 빠르게 도태될 것이고, 변화에 적응한 사람은 예전보다 더 큰 경제력과 사회적 영향력을 갖게 될 것이다. 이런 말로 위로가 될지는 모르겠지만, 나는 새로운 패러다임의 승자들에게 세상과 더불어 살자고 꾸준히 설득할 것이다. 그게 내가 할 수 있는 최선이기에 끝까지 노력하겠다. 그러니 진심으로 모두 힘내기를 바란다. 파이팅!

─ 행동 ─

*

고민할 시간을 가져라.
그러나 행동할 순간이 오면 생각을 멈추고 뛰어들어라.

- 나폴레옹 보나파르트 -

*

늦은 것과 매우 늦은 것 사이에는
측정할 수 없을 만큼의 거리가 놓여 있다.

- 오그 만디노 -

*

생각으로는 두려움을 극복할 수 없지만,
행동으로는 극복할 수 있다.

- W. 클레멘트 스톤 -

· 행동

끈기를 키우는
구체적인 3가지 방법

신이 나에게 어떤 능력을 주겠다고 한다면 나는 주저 없이 세상에서 가장 강력한 끈기를 달라고 할 것이다. 세상의 모든 일은 시간이 걸린다. 아무리 내적 동기가 충만해도 모든 과정에는 힘든 부분이 존재한다. 모든 것을 때려치우고 아무것도 안 하고 싶은 충동이 생길 때, 그런 부정적 감정을 봉쇄하면서 원하는 종착지에 도착하는 과정을 버티는 힘이 바로 끈기이다.

학교에 다닐 때는 똑똑한 친구들이 부러웠다. 하지만

사회생활을 하면서 험한 세파에 이리저리 휩쓸려보니, 이제는 똑똑한 친구보다 어떤 상황에서도 잘 버티는 끈기 있는 사람이 더 존경스럽다. 어떻게 우리는 인생의 핵심 뼈대가 되는 끈기를 키울 수 있을까?

1. 끈기를 키우는 시작은 '끊기'이다

끈기란 결국 지속 가능한 힘이다. 어떻게 해야 지속 가능성을 얻을 수 있을까? 돌이켜보면 힘든 순간보다 달콤한 유혹 때문에 진짜 해야 할 일을 못 하는 경우가 많았다. 그래서 많이 얻고 싶다면, 더 많이 포기해야 한다. 이 역설적인 말이 우리 인생의 진리이다. 본능적인 욕구를 끊어내야 내가 원하는 성취를 이루는 지속 가능한 노력의 시간이 늘어나기 때문이다.

너무 추상적인 의지로 모든 것을 극복하려고 하지 말고, 애초에 적절한 환경설정을 통해 우리를 방해하는 요소부터 제거해보자. 그런 결단과 실천이 끈기를 확실하게 키우는 시작이다. 흔히 '시작이 반'이라는 이야기를 많이 한다. 그럼 '시작의 반'은 무엇일까? 지속 가능한 환경을 설정하는 것이 바로 시작의 반이다. 목표 달성이 100%라면 환경설정이 25%나 차지하는 것이다. 어떻게 잘할 것인지 고민하기에 앞서, 무엇이 우리를 방해할 것인가에 관한 구체적인 고민부터 시작해보자. 이렇게 시스템으로 만든 끈기는 마음에서 나온 끈기보다 훨씬 더 현실적이고 지속 가능하다.

2. 실패했을 때를 생생하게 생각하라

원하는 꿈을 선명하게 그리면 이뤄진다는 식의 이야기를 많이 들어봤을 것이다. 틀린 말은 아니지만, 심리학적으로 더 확실한 방법은 따로 있다. 바로 망하는 것을 구체적으로 상상하는 것이다. 우리는 얻는 것보다 잃는 것이 더 고통스러운 손실 회피 편향에 익숙하기 때문에, 해야 할 일이 실패했을 때 따라오는 고통을 머릿속에 생생하게 그리면 없던 끈기도 조금씩 샘솟을 것이다.

나는 끈기가 엄청나게 강하다는 이야기를 자주 듣는데, 예전에는 이 정도까지 정신력이 강하지 않았다. 그런데 회사가 조금씩 성장하면서 내가 책임져야 할 사람과 일이 많아졌고, 그것이 실패로 돌아가면 안 된다는 생각이 머릿속에 자리 잡기 시작하자, 진짜 피곤해도 일하는 경우가 저절로 많아졌다. 예전에는 실패가 나 혼자만의 실패여서 감당할 수 있었지만, 이제는 그 실패의 크기가 너무나 커졌다. 망하는 것만 생각하면 너무 고통스러워 도저히 일을 열심히 안 할 방도가 없다.

3. 할 수 있는 것과 할 수 없는 것을 구분한다

생각보다 많은 사람이 스스로 끈기가 없다고 생각한다. 하지만 끈기가 없는 것이 아니라 목표 설정을 잘못한 경우가 더 많다. 결국, 무언가를 지속하려면 몰입해야 한다. 몰입은 마음먹는다고 되는 것이 아니다. 일의 난이도와 내 능력치가 어느 정도 균형이 맞아야 자연스럽게 빠져든다. 터무니없는 목표를 잡고 조금 시도하다 좌절하면서 끈기가 없다고 하는 것은 메타인지가 매우 떨어지는 행동이다.

일단 내가 할 수 있는 것과 없는 것을 정확하게 구분하기만 해도 몰입할 확률이 높아진다. 몰입하면 자연스럽게 시간이 빨리 가고, 그러면 똑같은 일을 해도 더 짧은 시간에 한 것처럼 에너지 소모가 덜하다고 느끼게 된다. 즉, 더 오랜 시간 지속 가능하게 일할 수 있다는 말이다.

하지만 끈기를 오래 지속하는 힘으로만 생각할 필요는 없다. 노력한 시간이 똑같아도 더 깊이 집중함으로써 생산성이 확연하게 올라갔다면, 이 또한 과거에 비해 더 오래 일했다고 봐도 전혀 무리가 아니다. 할 수 있는 일에 집중해서 생산성을 올리는 것도 끈기를 늘리기 위한 다른 방향의 접근이라 생각해도 좋을 것이다.

벤저민 프랭클린은 "기운과 끈기는 모든 것을 이겨낸다."라고 말했다. 그만큼 끈기는 우리 인생에서 중요한 태도이자 덕목이다. 상담을 통해 만난 사람 중에는 능력과 가능성이 있는데 끈기가 부족해서 일을 망치는 경우가 의외로 많았다. 위에서 언급한 3가지만 꼼꼼하게 실천해도, 정도의 차이는 있겠지만, 누구나 끈기를 키울 수 있다. 그리고 상황에 맞는 끈기가 있다면 벤저민 프랭클린이 말한 것처럼 많은 것을 이겨낼 수 있다는 사실을 꼭 기억하길 바란다.

나이만 먹는다고
절대 어른이 되지 않는다

외국인이 등장하는 방송을 보면 "한국인은 유독 나이를 많이 묻는다."라는 증언이 자주 나온다. 세상이 많이 바뀌었다고 하지만, 상대적으로 우리나라에는 연공서열, 호봉제, 장유유서 같은 사회적 관념이 여전히 남아있다. 그래서 어떤 충돌이 일어났을 때 논리와 근거가 떨어져 밑바닥이 드러나면 바로 "너 몇 살이야?"가 나오는 사람이 꽤 있다.

세상 모든 현상에는 양면이 있다. 그래서 나이 중심 문화에도 당연히 장점이 존재한다. 하지만 그 장점이 제대로 작동하려면 최소한의 조건이 충족되어야 한다. 바로 나이가 들면서 점점 성숙해져야 한다는 점이다. 성숙해진다는 의미는 개인마다 다를 수 있지만, 적어도 다음 3가지 조건을 만족시켜야 '어른스럽다'고 인정해 줄 수 있을 것이다.

1. 가치관의 정립

사람마다 중요하게 생각하는 기준은 다르다. 다름은 틀림이 아니지만, 그렇다고 모든 다름을 존중할 수는 없다. 우선 합리적인 근거가 기준을 뒷받침해야 하고, 그 기준을 얼마나 잘 지키느냐에 따라서도 각자의 가치관이 존중받는 정도가 달라진다.

나이가 많아도 가치관이 제대로 정립되지 않은 경우가 허다하다. 그로 인해 판단 기준이 모호하고 즉흥적 기분에 따라서 행동하는 일이 다반사이다. 가치관은 마음먹는다고 생기지 않는다. 세상에 대한 이해 그리고 자기 자신에 대한 파악이 제대로 이루어져야 스스로 의미 있는 선택과 행동을 할 수 있는 기준을 세울 수 있다.

쉽게 말하면 충분한 공부와 고민을 수반하지 않은 가

치관은 없다는 뜻이다. 과연 입시를 제외하고 자신을 위해 제대로 꾸준히 공부하는 성인이 얼마나 있을까? 쉽게 찾아보기 어렵다. 그래서 나이에 걸맞은 연륜 있는 어른을 찾기가 쉽지 않은 것이다. 반면에 나이가 상대적으로 어리더라도 확실한 가치관이 정립된 사람은 훨씬 어른스러운 경우가 많다.

2. 운에 대한 인지

나이가 많다는 것의 장점은 무엇이 있을까? 옛날 같으면 '지식의 축적'을 들 수 있겠지만, 지금처럼 수많은 정보를 어렵지 않게 검색할 수 있는 시대에 "노인은 불타는 도서관과 같다."라는 표현은 조금 진부하게 들린다.

그렇다면 진짜 강점은 무엇일까? 개인적으로 직접 관찰이라고 생각한다. 간접 경험은 체감을 통해 깨닫는 정도에서 직접 경험에 상대가 안 된다. 산전수전 다 겪었다는 말처럼, 오래 살았다면 몸소 겪으면서 지켜본 사건이 정량적으로 많을 것이다. 그러면 자연스럽게 깨우쳐야 하는 진리가 바로 '운'이다.

세상에는 내 의지와 상관없이 돌아가는 부분이 많다는 것을 인정하면 2가지 측면에서 유리해진다. 첫 번째는 겸손해지는 것이고, 두 번째는 운과 관련된 일에 감정 소모를 최대한 줄이는 것이다. 내가 통제할 수 없는 영역을 명확하게 인지하면 불필요한 스트레스가 확연하게 줄어든다. 세상에 대해 조금은 초연해질 수 있다. 어른스럽게 말이다.

3. 맥락에 대한 이해

"그때는 틀리고 지금은 맞다." 이 말은 얼핏 말장난 같지만, 사실 맞는 말이다. 모든 상황에는 맥락이 있기 때문에 똑같은 사람에게 똑같은 사건이 벌어져도 결과는 전혀 다르게 전개될 수 있다. 따라서 맥락을 이해하는 것은 정말 중요하다.

하지만 나잇값 못하는 사람에게는 맥락을 전혀 파악하지 못한다는 특징이 있다. 그래서 그들은 "나 때는 말이야~"라는 말로 이야기를 시작한다. 안타깝게도 그때와 지금은 모든 상황이 다르다. 불과 10년 전만 해도 스마트폰이 이렇게 보급되지 않았고, 소셜 미디어도 이렇게 발달하지 않았다. 그리고 인공지능이 일자리를 위협한 적도 없었다. 하지만 모든 것이 순식간에 바뀌었다. 따라서 상황과 맥락에 따라 말하고 행동하지 못하면 아무리 나이가 많아도 어른이 아니라 '꼰대'에 불과하다.

크게 인상 깊었던 명언이 있다. 칠리 데이비스는 "나이 드는 것은 강제적이다. 하지만 성장하는 것은 선택적이다."라고 뼈를 때리는 정도가 아니라 부러뜨리는 촌철살인을 남겼다. 많은 사람이 정말 중요한 선택을 외면하고 있다. 대신 지구가 태양을 한 바퀴 돈 것에 대해서만 의미를 부여한다. 지구가 태양을 수십 바퀴 돌 때 지구를 밀어준 것도 아니고 떠받쳐준 것도 아니라면, 절대 나이를 벼슬로 착각하지 말자.

일 잘하는 사람 vs
돈 잘 버는 사람

많은 사람이 크게 착각해서 억울해하는 점이 '열심히' 하면 인정받을 수 있다고 생각하는 것이다. 하지만 프로의 세계에서 조금만 일해보면 바로 깨닫게 된다. '열심히' 가 아니라 '잘'해야 인정받는다. 열심히 하면 잘할 확률이 높아지겠지만, 냉정하게도 '열심히'는 좋은 결과를 100% 보장하지 못한다. 그래도 이 점은 확실히 말할 수 있다. 죽어라 노력한 사람이 모두 성공한 것은 아니지만, 성공한 사람의 대부분은 실제로 죽어라 노력했다는 점이다. 일단 노력은 기본 중의 기본이다.

프로의 세계에서도 상위 10% 레벨에 들어오면 새롭게 깨우치는 것이 있다. 열심히, 심지어 잘했더라도 많은 돈을 버는 것이 아니라는 점이다. 결과물을 잘 만드는 것과 그 결과물이 구매 전환으로 이어지는 과정은 전혀 다른 세계이다. 돈 잘 버는 데는 특히 운이 많이 개입한다. 그래서 일 잘하는 사람과 돈 잘 버는 사람은 절대 같을 수 없다. 사실 우리가 알고 있는 일 잘하는 기준은 시장의 잣대로 만들어진 게 아니라 회사의 업무 관계에서 만들어진 경우가 생각보다 더 많다. 그래서 아무리 일을 잘했다고 인정받아도 돈을 벌어야 하는 살벌한 시장에서는 맥을 못 추는 경우가 태반이다.

시장의 속성과 판매 제품의 맥락에 따라 돈 잘 버는 사람의 능력은 다를 것이다. 그래도 보편적으로 훌륭한 경제적 성과를 내는 사람은 막연히 열심히 해서 좋은 결과를 내려 하지 않는다. 항상 어떻게 하면 더 적은 노력으로 더 많은 성과를 낼지 효율에 초점을 맞추는 경우가 많다.

대표적으로 우리나라가 전자제품 최강국이었던 일본을 디지털 시장에서 완전히 역전한 사례가 있다. 디지털 시장에서 중요한 것은 일본의 강점으로 꼽히는 장인정신이 아니다. 신호가 임계점을 넘고 잘 작동한다면, 시스템을 유지하면서 생산비용을 최대한 낮추는 것이 디지털 시장에서는 더 효과적이다. 대한민국 특유의 정서인 '빨리 빨리'가 디지털 생태계와 잘 맞아떨어지면서, 우리는 가장 큰 시장인 디스플레이와 반도체에서 일본을 압살했다. 이것이 일 잘하는 것과 돈 잘 버는 것의 전형적이자 극명한 차이이다.

돈 잘 버는 사람의 또 다른 특징은 다른 사람의 능력을 잘 활용한다는 것이다. 이게 이 악물고 혼자 최선을 다해서 일 잘하는 사람과의 또렷한 차이 중 하나다. 혼자서는 아무리 노력해도 영향력의 한계가 명확하다. 하지만 다른 사람과 협업해서 내가 못하는 부분을 보완하고 시너지를 내면 투입한 노력을 몇 배로 극대화할 수 있다. 또, 적절한 비용을 지불하고 특정 부분을 아웃소싱하면, 그 시간에 본인은 부가가치가 더 큰 일을 해낼 수 있다. 이런 방향으로 시너지를 촉발해 성공을 만들면 매출과 이윤은 점점 더 상승할 것이다.

이는 가난을 벗어나지 못하는 사람의 특징과도 연결된다. 당장 눈앞의 한두 푼을 위해 씀씀이를 아끼다가 나중에 더 큰 비용을 치르는 경우가 많다. 예를 들면, 몇만 원 아끼자고 자잘한 일까지 전부 스스로 한다면, 그 시간에 해낼 수 있는 부가가치 높은 일을 기회비용으로써 포기해야 한다. 먹는 것에 투자하지 않았다가 건강을 망치면, 나중에 병원비로 더 많은 돈을 내야 한다. 가난을 벗어나고 싶다면, 올바른 투자에 인색하지 않아야 한다.

마냥 열심히 살 게 아니라 노력을 성과로 연결하기 위해서 진지하게 고민해야 한다. 그 답을 찾았으면 성과를 성공으로 변환하기 위한 전략이 필요하다. 그렇게 한 단계씩 이해도를 높이기 시작하면 어느 순간 돈 잘 벌고 있는 자신을 발견할 것이다.

공짜 때문에 망하는
사람의 3가지 특징

결론부터 말하자면 세상에 공짜는 없다. 이것이 가장 현실적인 진리이다. 물리학적으로도 무에서 유를 창조할 방법은 없다. 어쩌면 공짜는 신의 영역인지도 모르겠다. 아무튼, 인간은 공짜를 제공할 능력이 없다. 그래서 이 전설 속에 존재할 것 같은 공짜라는 개념은 상당히 매혹적인 미끼가 된다. 많은 사람이 무료라는 단어 앞에서 이성적으로 행동하지 못한다. 게다가 유독 공짜라면 사족을 못 쓰는 사람도 있다. 이런 사람은 잠재적으로 인생이 폭

삭 망할 가능성이 크다. 공짜를 좋아하는 것이 왜 인생을 망치는 지름길인지 다 같이 한 번 살펴보자.

1. 공짜에 중독되면 쉽게 조종 당한다

거래에는 상호성의 법칙이 있다. 쉽게 말하면, 누군가가 어떤 호의를 베풀었을 때 우리는 자신도 모르게 그것에 합당한 대가를 돌려줘야 한다는 강박관념에 시달린다는 것이다. 그래서 영업을 잘하는 사람은 작은 미끼들을 최대한 많이 뿌린다. 무료로 배포한 선심성 대가를 100% 회수할 수는 없지만, 그중에 10%만 자신의 설득에 응해도 엄청난 이윤을 남길 수 있기에 최대한 상호성의 법칙을 활용하려는 것이다.

냉혈한이라서 상호성의 법칙을 가뿐히 무시할 수 있다고 해도 여전히 공짜는 위험하다. 공짜는 투자 없이 무언가를 얻는 수익률 무한대의 개념이다. 그래서 사람들이 아무리 작은 것을 얻어도 공짜라면 좋아하는 것이다. 그렇게 공짜에 맛 들이면 은근히 또 다른 공짜를 기대하게 된다. 작심하고 내가 원하는 것에 집중해도 목표 성취 여부가 불확실한 것이 우리 인생이다. 그런 상황에서 무한의 수익률이라는 허상에 빠져 막상 별것도 아닌 작은 것을 공짜로 얻고자 자기 인생에 오롯이 집중하지 못하면 소탐대실이 아닌 공탐인실, 즉 공짜를 탐하다 인생을 잃게 된다.

2. 시간은 무엇보다 귀하다

언뜻 보면 공짜가 있는 것 같기도 하다. 하지만 자세히 보면 돈 말고 무언가를 대신 지불하고 있다는 것을 발견하게 된다. 바로 시간이다. 예를 들어 어떤 행사에서 만 원짜리 상품을 공짜로 나눠줬다고 가정해보자. 그런데 그 상품을 타기 위해 많은 사람이 몰려서 3시간 정도 줄을 서서 기다렸다면, 그것은 정말 공짜였을까? 단순한 선형적 비교는 불가능하지만, 그래도 그 시간에 아르바이트를 했다면 최소 2만 원 이상은 벌 수 있었을지도 모른다. 반면 공짜 상품을 나눠 준 사람은 그렇게 인파를 모아서 원하는 마케팅 효과를 확실하게 낼 수 있었다. 얼핏 공짜인 것처럼 보이지만, 사실 본인도 마케팅의 대상이었고, 심지어 많은 사람이 모이게 하는 데 일조하면서 자신도 모르는 사이에 걸어 다니는 광고판이 된 셈이다. 다시 한번 말하지만, 세상에 공짜는 절대 없다.

3. 공짜에 퀄리티는 없다

누군가는 무언가를 얻는 데 시간도 별로 안 걸리고 생각보다 괜찮은 공짜 상품도 있다며 이견을 제시할 수도 있다. 어쩌면 그럴지도 모른다. 하지만 생각해보자. 우리가 주변에서 소위 공짜로 무언가를 얻을 때 정말 좋은 것을 받아본 적이 얼마나 있을까? 만약 그랬다면, 이는 공짜로 얻은 게 아니라 운이 좋았다고 표현하는 게 더 적절하다. 공짜의 대부분은 퀄리티가 낮다. 우리 인생을 성장시키는 요소에는 여러 가지가 있는데, 그중에서 가장 중요한 것 중 하나가 바로 경험이다. 공짜를 너무 많이 경험하면 높은 퀄리티를 경험할 수 없다. 높은 질을 경험하는 것은 인생에서 얻을 수 있는 신선한 자극 중 하나이다. 양질의 전환이라는 말은 있어도 질양의 전환이라는 말은 없다. 그만큼 높은 수준의 퀄리티를 경험하기는 쉽지 않고, 실제로 경험하면 빠르게 사고가 깊어지고 시야가 확장될 가능성이 크다. 하지만 공짜에 집착한다면 언제나 수준이 바닥에 머물 가능성이 압도적으로 높다.

"세상에 공짜는 없다."라는 말을 10년 동안 좌우명으로 삼았다. 어려운 결정의 순간마다 어느 정도 공짜가 개입했는지 고민해보고 판단했다. 세상에 공짜가 없다는 말을 진지하게 고민해보면 많은 것을 깨닫게 된다. 예를 들면, 호의를 권리로 착각한다는 말의 핵심에도 '공짜'가 들어있다. 당연하게 누리고 살았던 것 중에 전혀 당연하지 않은 게 많았다는 사실도 알 수 있다.

반대로 생각하면 더 큰 것을 얻을 수도 있다. 세상에는 공짜가 없기 때문에 아낌없이 베풀면, 정도의 차이는 있겠지만, 베푼 만큼 다시 돌아오게 되어 있다. 세상에 공짜는 없다는 말이 얼마나 많은 뜻을 내포하고 있는지 충분히 곱씹어 보기를 바란다.

─ 생각 ──────────────

*

생각은 전염병이다.
어떤 생각들의 경우에 그것은 유행병이 된다.

- 월리스 스티븐스 -

*

나는 대상들을 보는 대로가 아니라
생각한 대로 그린다.

- 파블로 피카소 -

*

인간은 오직 사고의 산물일 뿐이다.
생각하는 대로 되는 법.

- 토머스 에디슨 -

내가 일주일에
80시간 이상
일하는 이유

　과장 없이 일주일에 80시간 넘게 안정적으로 일하려면 주말에도 일해야 한다. 당연히 '워라밸' 같은 단어는 단하나의 뇌세포도 할당받을 수 없다. 법정 근로시간이 있고 당연히 법을 준수하여야 하지만, 나는 그것을 적용받는 근로자가 아니다. 나는 회사의 대표이고 그래서 법적 기준에서 제외 대상이기 때문에 마음 놓고 일할 수 있다. 옆에서 보는 가족과 친구 그리고 동료들이 혀를 내두를 정도로 정말 밥만 먹고 일만 한다. 나는 왜 이렇게 미친 듯이 일할까?

1. 사랑하는 사람들에게 자유를 선물하기 위해

내가 생각하는 가족의 범주는 조금 크다. 일반적인 가족보다는 당연히 그 유대감이 약하지만, 나는 내가 운영하는 회사의 구성원들을 진심으로 가족이라고 생각한다. 인생에는 여러 가지 행운이 있지만, 가장 큰 행운은 내가 하는 일이 좋아하는 일인 경우이다. 그런 환경을 직원들에게 만들어 주기 위해 나는 미친 듯이 일한다.

우리는 중소기업이지만, 직원들이 우리 회사에 가지고 있는 자부심과 애착은 여느 대기업 못지않다. 보통 회사의 대표라고 하면 아무것도 안 하고 직원들을 부려먹는 나쁜 이미지가 많은데, 좋은 회사의 의사결정권자들은 대부분 일을 제일 많이 한다. 그게 지극히 정상적인 회사이다. 회사의 의사결정 구조상 내가 열심히 노력하면 그 효과는 더 많은 사람들의 공통분모가 된다. 그렇게 부단히 노력한 결과 우리 회사는 코로나 시국 전에 이미 재택근무가 완벽하게 자리를 잡았고, 현재 휴가도 1년에 23일이다. 신생 중소기업이지만, 꾸준히 이익공유도 하고 있다. 이렇게 미친 듯이 일해서 회사 직원들에게 경제적, 시간적 자유를 조금이라도 선물할 수 있어서 무척 행복하다.

2. 불확실성을 제거하기 위해

요즘 공무원이 되려는 경쟁이 그 어느 때보다 치열하다. 그 이유는, 우선 사고만 치지 않으면 정년이 보장되는데다, 은퇴 후 연금이 나와 미래에 대한 불확실성을 제거하기 때문인 듯하다. 사람들은 대부분 예측 불가능한 미지의 영역을 두려워한다. 나 역시 그런 불확실성을 선형적으로 제거하기 위해 대기업에 취업했었다.

하지만 계산기를 조금 두드려 보고 생각을 바꿨다. 내가 회사에 남아 정년까지 벌었을 돈의 총합을 계산한 후, 더 열심히 일해서 더 이른 시간 안에 그 돈을 벌어보기로 결심한 것이다. 당연히 힘든 일이지만, 불가능한 일은 아니었다. 남의 눈치 보지 않고 제대로 몰입해서 일한다면 실력이 조금씩 복리로 발전하기 마련이다. 나는 그렇게 새로 진입한 영역에서 미친 듯이 일한 결과 3년 만에 그 분야의 전문가가 되었다. 그리고 퇴사 후 5년 정도 일해서, 내가 회사에 다녔다면 정년까지 받았을 급여보다 몇 배 더 많은 부를 이미 얻었다. 워런 버핏이 말한 복리의 마법은, 은행에서는 사실상 사라졌지만, 실력의 영역에서는 여전히 유효하다.

사실 회사는 내 노력을 100% 보상받기 힘든 곳이기도 하다. 내가 원해도 법적으로 일정 시간 이상 더 일할 방법도 없다. 일반적으로 직장인이 주 40시간 근무한다고 했을 때, 내가 주 80시간 근무한다고 2배의 보상을 받는 것은 아니다. 하지만 나는 주 80시간이 아니라 주 100시간도 일할 의지가 불타오르고 있었다. 그래서 근무환경과 동료 모두 최고였음에도, 결국 퇴사했다.

우리 회사가 중소기업이지만, 매년 연봉협상을 확실하게 진행하고 직원들과 이익공유를 최대한 많이 하려는 이유도 내가 직장생활을 하면서 느꼈던 보이지 않는 천장과 벽을 없애기 위함이다. 열심히 일해도 보상받지 못하는데 열심히 할 이유는 사실 딱히 없다.

3. 재미있어서

경제적 보상만 바라보고 죽도록 일하면 그 한계는 명확하다. 외적 동기는 내적 동기를 이길 수 없다. 어떤 일을 오래 지속하려면 그 일에 재미를 붙여야 한다. 즐거움을 느끼면 시키지 않아도 하게 된다. 내가 이 글을 쓰는 현재 시각은 밤 10시 47분이다. 나는 오늘 오전 8시부터 업무를 시작했다. 밥 먹고 개인적인 일 잠깐 보는 시간 외에는 계속 일만 했다. 일이 즐겁다고 해서 매 순간이 즐거운 것은 아니다. 하기 싫을 때도 있고 슬럼프에도 자주 빠진다. 하지만 일에 몰입해서 큰 성취를 몇 번 이루고 나면 즐겁지 않은 시간이나 슬럼프도 전체 과정의 자연스러운 일부분임을 알게 된다. 그래서 일이 즐겁지 않을 때는 어떻게 템포를 조절해야 하는지, 어느 정도로 의지를 끌어올려야 하는지 몸이 알고 있다.

"일이 제일 재미있어요!"라는 미친 소리를 내가 하게 될 줄은 상상도 못 했다. 믿기지 않는 사람이 많겠지만, 나는 정말 일이 재미있어서 오래 한다. 비결은 몰입의 원리와 똑같다. 내 능력과 도전 과제의 난이도가 비슷해야 한다. 능력을 올리기 힘들면 적당한 난이도의 과제를 찾고, 그런 과제를 찾기 힘들면 능력을 올려야 한다. 그렇게 되면 자연스럽게 일에 몰입하게 되고, 몰입하면 모든 것이 저절로 진행된다. 그리고 몰입 후 피어나는 희열감은 그 어떤 것과도 바꿀 수 없다.

또 한 번 강조하지만, 법정근로시간은 준수되어야 한다. 그리고 열심히 일해도 그에 상응하는 보상이 주어지지 않는 곳에서는 똑똑하게 따져보고 적게 일하는 것이 가장 현명한 선택이다. 주 80시간 일한다는 것을 맥락적으로 생각하기 바란다.

회사에서 주 40시간을 근무하고 평일과 주말에 또 다

른 40시간을 만들어 목적의식을 가지고 밀도 있게 보낸다면, 한 번뿐인 인생에서 또 다른 삶의 형태를 만들어 낼 수 있다. 부업을 할 수도 있고 순전히 성장의 기쁨을 맛보기 위해 자기계발을 할 수도 있다. 자신의 업무와 관련된 전공 공부를 추가로 해서 최고 전문가가 될 수도 있다.

생각보다 많은 인생의 고수들이 주 80시간 이상 일하면서 다양한 형태로 자아실현을 하고 있다. 그것을 모르는 사람들 눈에는 일 중독자 혹은 일의 노예처럼 보이겠지만, 전혀 그렇지 않다. 오히려 짧은 인생을 미친 듯이 몰입해서 누구보다 즐겁고 보람차게 사는 셈이다. 주 80시간 이상 일하는 것이 모두의 인생에 절대적인 정답은 아니다. 하지만 진정한 행복을 느끼기 위한 의외로 괜찮은 방법의 하나가 될 수 있다는 사실 정도만 기억했으면 좋겠다.

죽음을 반드시 기억해야 하는
3가지 이유

놀랍게도 나는 30대 중반에 죽음에 초연해진 적이 있었다. 허무주의에 빠진 것이 아니라, 말 그대로 죽음이 두렵지 않았다. 내가 목표했던 인생의 노력과 행복의 '기울기'를 달성했기 때문이다. 내일 죽더라도 오늘 이상으로 더 노력하거나 행복할 수 없다는 사실을 깨달았기 때문에 상당히 젊은 나이에도 죽음에 초연해질 수 있었다.

하지만 이제는 아니다. 이제는 내 인생이 끝나기 전에 완성하고 싶은 공익적 과업들이 생겼다. 그래서 더 악착

같이 살기로 했다. 기울기가 아니라, 절대적 목표치의 임계점을 넘기 전까지는 억울하고 아쉬워서 쉽게 눈 감을 수 없을 것 같다.

죽음에 관한 고찰은 중요하다. 삶의 유한함을 제대로 깨닫고 나면 모든 것이 다르게 보인다. 나는 운이 좋게도 죽음에 관하여 깊게 생각해 볼 시간이 있었고, 단순히 생각으로부터의 깨달음이 아니라 삶을 통해 깨우침을 얻어서 매우 깊은 정서적 안정감을 찾을 수 있었다. 하지만 죽음 자체가 워낙 추상적이어서 고민한다고 쉽게 무언가를 배우기는 생각만큼 쉽지 않다. 그래서 지극히 개인적이지만, 인생의 마지막이라는 의미를 깨닫고 그것을 늘 기억하면서 얻은 교훈 3가지를 공유하려고 한다. 누군가에게 꼭 도움이 되었으면 좋겠다.

1. 우선순위

죽음은 우선순위를 명료하게 정해준다. 별것 아닌 것 같지만, 소고기와 돼지고기 중 하나를 선택해야 한다면 어떻게 하겠는가? 나는 1초의 망설임도 없이 돼지고기를 선택할 것이다. 그만큼 고기에 대한 내 우선순위는 확고하다. 다음과 같이 생각하면 답이 나오기 때문이다. "죽기 전에 어느 하나만 먹을 수 있다면 무엇을 선택하겠는가?"
나는 이렇게 사소한 일에도 지금이 인생의 마지막 순간이
라면 무엇을 택할 것인지 자주 고민한다. 그렇게 고민하
다 보니 일상생활에서 선택의 문제가 있을 때 오히려 덜
고민하게 되었다. 어떤 선택안을 놓고 고심하고 있는데
무엇을 선택해야 할지 모르겠다면, 지금이 인생의 마지막
순간이라고 생각해보면 도움이 될 것이다. 아마존의 창업
자인 제프 베조스는 이것을 '후회 최소화 법칙'이라고 부
른다.

2. 관계의 본질

우리는 살면서 많은 인간관계를 맺는다. 관계에는 신
호도 있지만, 소음도 있기 마련이다. 그래서 짧은 인생에
서 사랑만 하기도 바쁜데 싸우는 시간이 더 많은 것 같다.
특히 가까운 관계는 역설적이게도 별것 아닌 일로 많이
싸운다. 운이 없어 별것 아닌 것으로 싸운 감정이 오래가
면 관계가 끊어지기도 한다.

그런데 죽음을 기억하면 많은 관계의 소음을 제거할
수 있다. 이런 상황을 가정해보자. 정말 사소한 일로 가족
과 말다툼했다. 누군가의 일방적인 잘못이 아니고 그냥

상황 자체가 운이 나빴던 일이다. 잘못의 원인이 명백하면 오히려 사과하기가 어렵지 않은데, 이럴 때는 애매한 상황으로 빠지기 쉽다. 잘못하면 감정의 골만 깊어진다. 그런데 말다툼했던 가족 구성원이 불의의 사고로 죽었다. 그 상황에서 남은 사람은 사과받지 못한 것을 후회할까, 아니면 사과하지 못한 것을 후회할까? 정답은 명백히 후자일 것이다. 이렇게 죽음을 기억하면 관계에서 본질이 무엇인지 명확하게 깨우칠 수 있다.

3. 집중

만약에 기회가 무한하게 주어진다면 최선을 다하는 비율은 현저하게 떨어질 것이다. 우리는 언제나 제한된 기회를 통해 무언가를 해내야 하기 때문에 더 집중하는 사람이 결국 더 성취할 확률이 높다. 그렇다면 인생은 어떠한가? 째깍째깍 초침이 돌아가는 것만 보면 인생이 무한할 것 같지만, 결국에는 누구도 죽음을 피할 수 없다. 딱 한 번만 살 수 있는 것이 각자의 인생이다.

그런데 죽음 앞에서는 결과의 절대적 양이 별로 중요하지 않다. 얼마만큼 해냈는지보다 한 번뿐인 인생에 얼마나 의미 있게 집중했고, 그 과정에서 얼마나 오랫동안 몰입해서 후회 없이 살았는지가 우리 인생의 핵심이다. 인생이 유한하다는 사실을 깊게 깨닫는 만큼 삶에 더욱 집중할 것이고, 그만큼 후회는 증발할 것이다. 후회 없는 인생을 살고 싶다면 반드시 죽음을 기억해야만 한다.

베르톨트 브레히트는 "죽음을 그토록 두려워 말라. 못난 인생을 두려워하라."라고 말했다. 얼마나 탁월한 표현인가? 앞에서 말한 이야기도 조금 덜 못난, 그래서 상대적으로 더 나은 인생을 살기 위한 고민이었다. 끝이 있기 때문에 인생이다. 죽음은 마침표이다. 내 인생이 하나의 글이라면 나는 못난 문장과 문단에 마침표를 찍고 싶지 않다. 그래서 오늘도 죽음을 기억하며 소중한 인생을 살아가고 있다.

직장인이
억대 자산을
만드는 방법

지금은 '억'의 존재감이 예전보다 많이 낮아졌지만, 여전히 '억'은 큰돈이다. 월 1,000만 원조차 벌기 힘든 직장인들에게 억은 조금 먼 이야기처럼 느껴진다. 목표가 너무 멀면 지레 포기하는 사람이 늘어난다. 부자는 고사하고, 집을 사려고 해도 최소 몇억이 있어야 한다. 한 달에 2~300만 원을 버는 평범한 직장인이 '억'에 접근할 수 있을까?

'직장인 복만두'는 대기업에서 디자이너로 일했다. 시각적으로 예민하고, 브랜딩에 너른 관심과 안목이 있는 프로페셔널한 디자이너로 자기 관리를 하며 일해 왔다. 사회초년생으로서 돈을 벌기 시작하던 초반만 해도 그녀가 하는 소비는 자신이 돈을 버는 분야인 디자인과 관련된 소비였다. 그런데 점차 씀씀이가 커졌다. 다른 사람의 생각을 점점 더 의식하게 됐기 때문이다.

타인의 시선을 의식하는 것. 이것이 대부분의 사람들이 브랜드를 소비하는 이유다. 소비 규모가 크든 작든 쇼핑 중독을 한 번쯤 앓아보았던 사람들은 입을 모아 말한다. "내가 가진 게 없을 때, 열등감이 있거나 자존감이 부족할 때, 소비로 그걸 채우기 위해 더 집착했다." 남들 보기에 있어 보이는 능력, 소위 '있어빌리티'를 위한 소비는 내가 아닌 남을 위한 소비다.

월 200으로 20대에 1억을 만든 김짠부도 처음에는 타인의 시선에 의지할 뿐이었다. 사람을 좋아하는 그녀는 다른 사람들에게 환영받기 위해 살았다. '인싸'가 되기 위한 대가는 결코 가볍지 않았다. 네일, 반지, 시계, 지갑, 가방 같은 눈에 보이는 모든 부분에서 돋보이는 것을 탑재해야 했다. 그래서 버는 돈보다 많은 돈을 쓰는 일상이 반복됐고, 한때 '행복 바이러스'를 자부하던 그녀는 성형수

술까지 알아보고 있는 자신을 발견하게 된다.

타인을 의식한 소비는 남성도 예외가 아니다. 부산에서 외식업을 비롯해 다양한 사업을 펼치고 있는 사업가 한준영도 비슷한 이야기를 들려주었다. 어릴 때 외모에 자신이 없고 따돌림을 당한 적이 있어서 의식적으로 겉으로 드러난 부분에 더 신경 쓰게 되었다. 월 300을 벌면서 벤츠를 몰았고 명품을 온통 몸에 걸치고 다녔다. 하지만 목마르다고 바닷물을 마시면 더 괴로워지듯, 그 가짜 행복은 오래 가지 않았다.

영화 속 주인공들은 '그러던 어느 날'이 찾아오면 충격과 혼란 속에서 이전과 다른 행동을 선택한다. 그러던 어느 날, 어떤 선택을 하고 나면 모든 것이 달라진다. '그러던 어느 날'은 혼란 속에서 복만두를 찾아왔다. 서른 중반, 일반 기업에서 환영받기 어려운 나이를 맞이하자 복만두는 갑작스럽게 불안해졌다. '지금 일하는 회사를 떠난다면 내가 원하지 않는 곳에서 돈을 벌어야 한다.'라는 공포와 두려움에 휩싸였다. 그녀는 용기를 내어 새로운 발걸음을 내디뎠다. 소비의 방향을 바꾸기로 한 것이다.

복만두는 레버리지(대출)를 이용해 투자할 수 있다는 사실을 알게 되면서 화장품, 가방, 신발 등의 소비재를 사는 대신 자신을 위한 자산을 사 모으게 된다. 혼란스러운 나의 현재가 아니라, 열려 있는 미래를 바꾸는 방향으로 쇼핑의 목적을 정했다. 복만두가 쇼핑한 것은 바로 '부동산'이었다. 똑같이 돈을 쓰지만, 이 소비는 '저축'과 '투자'로 직결되었다. 시간이 지날수록 가치가 떨어지는 것에서, 시간이 지날수록 가치가 오르는 것으로 돈을 쓰는 방향이 바뀌기 시작했다.

일상에 지쳐 집에서 쉬게 된 어느 날, 김짠부는 집이라는 공간의 가치를 재발견하게 된다. 자신에게 정말 필요한 것은 안정적으로 머물 집이라는 것을 알게 되었다. 집을 사야겠다는 생각으로 부동산을 알아봤더니 집은 '억' 소리 나는 가격이었고, 통장에 있는 돈은 몇백만 원뿐이었다. 그래도 더는 돈으로부터 도망치고 싶지 않았다. '그래, 일단 1억이라도 모아 보자.'라는 마음으로 그녀의 짠테크가 시작되었다.

한준영은 최신 트렌드의 명품과 자동차로 자신의 내적 공허함을 채우려 했다. 그러나 어느새 카드값이 감당할 수 없는 수준에 다다랐고, 카드값을 생각하면 잠이 오지 않았다. 소비 대신 소득이 필요한 순간이었다. 한준영은 본업을 유지하면서 돈을 더 벌 방법을 떠올렸다. 바로 온라인 쇼핑몰이었다. 자신이 관심 있던 패션 분야에서 소비 대신 판매를 시작했다. 초기에 부진한 구간을 넘어서자 예전 카드값보다도 많은 돈을 부업으로 벌게 되었다.

월급을 기반으로 '부'에 이르는 방법은 다양하다. 모은 돈으로 자산에 투자할 수도 있고, 모은 돈이 없다면 지금부터 조금씩 모아가면 된다. 혹은 부업으로 현금 흐름을 늘려갈 수도 있다. 여기에 어떤 정답이 있는 것은 아니다. 자신의 상황과 성향에 맞는 방법을 찾아야 한다. 방법보다 중요한 것은 일단 시작하는 것 그리고 그것을 멈추지 않는 것이다.

경제 강사이자 칼럼니스트인 김경필은 "소비 통제를 하지 않아 저축을 못 하는 것이 아니라, 자기만의 뚜렷한 목표가 없고 저축을 하지 않기 때문에 낭비하게 된다."라고 말한다. 방향성과 목표가 없기 때문에 적금이 만기가 될 쯤 괜히 백화점에 가보고 싶고, 차를 바꾸고 싶고, 갑자기 주변 사람들을 챙긴다는 핑계로 이것저것 소비하게 된다는 것이다. 오히려 자기만의 경제적인 목표가 생기면 소비 이전에 저축을 하고, 모은 돈으로 투자를 하게 된다.

'그러던 어느 날'이 찾아오면, 방향성 없이 살아가던 사람들은 자신의 필요와 목표를 생각하게 된다. 복만두는 소비의 방향을 바꿨다. 김짠부는 소비를 줄이기 시작했다. 한준영은 돈을 더 벌기 위해 부업을 시작했다. 다른 사람의 삶은 이렇게 극적으로 바뀌는 것처럼 보인다. 그러나 내가 깨달은 것은, 어떤 시점이 된다고 저절로 나에게 영화 같은 반전이 일어나진 않는다는 것이다. 내가 움직이지 않는 한 어떤 일도 일어나지 않는다. 변화를 바란다면 지금 바로 내가 할 수 있는 아주 작은 것이라도 시작해야 한다.

• 직장인이 억대 자산을 만드는 방법

성공한 사람들의 아침은
확실히 다르다

어떤 일을 하더라도 시작이 중요하다. 초반에 상황이 조금이라도 꼬이면 후반부로 갈수록 더 엉망진창이 될 가능성이 크다. 그래서 하루의 시작인 아침은 매우 중요하다. 단순히 일찍 일어나는 아침형 인간이 정답이라는 식상한 이야기를 하려는 것이 아니다. 이미 많은 사회과학 실험에서 증명했듯, 아침에 효율이 높은 사람과 밤에 효율이 높은 사람이 따로 있다. 하지만 거대한 사회 시스템은 '9 to 6'를 기준으로 돌아가고 있고, 안타깝게도 여기에 맞춰 움직여야 하는 경우가 많다. 따라서 아침을 지배해야 하루를 수월하게 풀어나갈 수 있다.

아침의 1분은 오후의 1분과 그 밀도가 다르다. 그래서 아침에는 가능하면 빨리 정신을 차리는 것이 중요하다. 일찍 일어났어도 비몽사몽 한다면 조기 기상의 의미가 무색해진다. 핵심은 짧은 시간에 맑은 정신을 가지고 효과적으로 활동하는 것이다. 쾌적하게 일어나는 비법은 사실 없다. 각자의 필수 수면 시간만큼 충분히 자는 것만이 유일한 방법이다. 하지만 요즘은 스마트폰 때문에 자기 전에 무의미하게 시간을 보내다가 늦게 자는 경우가 비일비재하다. 실제로 밤 10시부터 12시까지 온라인 트래픽이 가장 높다고 한다. 얼마나 많은 사람이 자기 전에 스마트폰을 하고 있는지 그 현실을 적나라하게 알려준다. 스마트폰은 여러 면에서 숙면의 적이다. 자기 전에는 최대한 스마트폰을 사용하지 않는 것이 좋다. 양질의 잠을 자고 아침에 상쾌하게 일어나는 습관이 생기면 전반적인 삶의 퀄리티가 달라질 것이다.

세상에는 여러 종류의 지옥이 있지만, 통근 지옥만큼 짜증 나는 것도 없다. 똑같이 출퇴근해도 조금 일찍 나서서 사람이 붐비는 시간을 피하면 소모적으로 낭비되는 육체적, 정신적 에너지를 줄일 수 있다. 그럼 일찍 출근해서

・ 성공한 사람들의 아침은 확실히 다르다

남는 시간에는 무얼 해야 할까? 회사 사무실에 아무도 없는 경우가 많아서 자신을 위한 시간으로 온전히 활용할 수 있다. 비록 짧은 시간이지만, 이럴 때 독서를 하면 굉장히 생산적인 기분이 든다. 또 아침에 읽은 좋은 내용을 주변 사람과 나누면 당연히 인간관계에도 좋은 영향을 미칠 수 있다.

아침의 여유는 쉽게 만들어지지 않는다. 누구나 아침은 시간이 촉박하게 흐른다. 일찍 일어나는 것도 분명히 한계가 존재한다. 그래서 무언가를 아침에 떠올려 즉흥적으로 해결하려는 시도는 매우 비효율적이다. 이럴 때는 '시간 아웃소싱'이 필요하다. 미리 준비해놓을 수 있는 것들을 자기 전에 최대한 많이 처리하자. 별것 아니어도 좋다. 아침에 뭘 입을지 고민하지 말고, 자기 전에 내일 입을 옷을 세트로 준비해 두면 아침에 30초라도 시간을 아낄 수 있다. 그리고 자기 전에 내일 할 일을 한 번 정도 상기하고 자면 무의식중에도 다음 날 일어나서 무엇을 해야 하는지 알 확률이 높다. 우리는 의식보다 무의식 속에서 비교할 수 없을 만큼 많은 신호를 처리한다. 짧은 시간이라도 내일 할 일을 한 번 점검하고 자면 아침 시간을 조금이라도 더 효율적으로 활용할 수 있다.

혹자는 이런 조언에 "그렇게 몇 분 아낀다고 무슨 소용이 있냐."라고 푸념할 수도 있다. 딱 하루만 놓고 본다면 충분히 그렇게 생각할 수 있다. 하지만 우리는 태어나서 죽기 전까지 매일 같이 아침을 보내야 한다. 아주 작더라도 좋은 습관이 생기면 평생에 걸쳐 누적되고, 그 결과의 차이는 상상 이상으로 벌어진다. 결국, 습관이 인생이다. 특히 아침은 하루의 뿌리이기 때문에 사소하더라도 좋은 아침 습관을 많이 만들면 단단한 뿌리로 자리 잡아 쉽게 흔들리지 않는 인생을 살게 된다.

애플의 CEO 팀 쿡은 3시 45분에 일어난다고 한다. 전 스타벅스 CEO 하워드 슐츠는 4시 30분, 버진 그룹의 회장 리처드 브랜슨과 보그의 편집장 애나 윈터는 5시 45분에 아침을 시작한다. 이들처럼 일찍 일어나라는 말이 아니다. 핵심은 일찍 일어남으로써 하루의 주도권을 온전히 지배하는 데 있다. 이때 필요한 시간은 사람마다 다르고, 어쩌면 단 5분 일찍 일어나는 것만으로도 충분할 수 있다. 그러니 아침에 끌려다니지 말고, 아침을 지배하라. 이것이 성공한 사람들의 아침에서 볼 수 있는 남다른 특징이다.

• 성공한 사람들의 아침은 확실히 다르다

— 실패

*

성공은 결론이 아니며, 실패는 치명적인 것이 아니다.
중요한 것은 그 과정을 지속하는 용기다.

- 윈스턴 처칠 -

*

실패가 예상될지라도
충분히 중요하다고 생각하는 일이라면 도전하라.

- 일론 머스크 -

*

때때로 실패하고 있지 않다면
이는 당신이 획기적인 시도를 전혀 하지 않고 있다는 신호이다.

- 우디 앨런 -

친구를 사귀는 것만큼
정리하는 것도 중요하다

인생은 '운칠기삼'이다. 인생의 많은 점이 운에 좌우되지만, '이것'까지 운이라고 말하면 의외라고 생각하는 사람이 많을 것이다. 바로 '친구'다. 친구는 대부분 운으로 만난다. 내가 1학년 5반에서 8번째 줄에 앉은 것은 순전히 운이다. 그리고 같은 반에서 가까이 있는 아이들 혹은 성향이 비슷한 부류와 자연스럽게 친구가 된다. 사람들은 이 과정에서 능동적인 선택을 통해 친구를 만들었다고 생각한다. 분명 각자 호불호가 있기에 어느 정도 의지가 반영됐겠지만, 그것은 내가 사는 지역과 내가 배정받은 학교라는 거대한 운의 테두리 안에서 작용하는 매우 지엽적인 의지일 뿐이다. 그래서 친구를 잘 사귀는 것보다 더 중요한 것은 잘 '정리'하는 일이다. 만남은 운에 크게 영향받지만, 관계의 정리는 철저하게 우리 자신의 의지로 선택할 수 있기 때문이다.

사실 학창 시절에는 가치관 정립이 덜 되었기 때문에 친구들과 놀면 마냥 즐겁다. 하지만 성인이 되면 고유의 가치관과 목표가 생긴다. 나이가 들면서 학창 시절 친구들과 크게 싸우는 일을 주변에서 어렵지 않게 볼 수 있다. 정말 다시 보지 않을 정도로 크게 다투는 경우는 가치관의 충돌이 일어난 경우이다. 섭섭한 일이지만, 결국 정리해야 하는 친구 1순위는 내 가치관을 존중하지 않는 친구이다. 가치관은 삶의 기준이며 정체성의 중심축이다. 그런 친구의 가치관을 무시하고 부정한다면 사실상 친구가 아니라 적에 가깝다. 똑같은 가치관을 소유할 필요는 없다. 하지만 최소한 친구라면 다른 친구가 가진 삶의 기준을 존중해야만 한다. 존중 없는 관계는 반드시 끊어지기 마련이다.

친구는 가족 다음으로 가까운 관계일 것이다. 어떤 친구는 가족 이상으로 가까울 수도 있다. 그만큼 중요한 사람이기 때문에 더더욱 무작정 사귀면 안 된다. 특히 가까운 친구에 대해서는 더 냉정하게 생각해 볼 필요가 있다. 혹자는 이런 의견이 너무 이해타산적이라고 말할 것이다. 만약에 친구가 나만 존중해주기를 바란다면 분명히 맞는 말이다. 하지만 관계는 언제나 쌍방향 소통이다. 내가 친구를 냉정하게 보는 만큼, 나 자신도 냉정하게 봐야 한다. 나는 친구에게 어떤 존재이고, 친구의 꿈과 목표를 정확히 알고 있으며, 그것을 존중하고 있는지, 더 나아가 진짜 친구로서 응원하고 있는지 진지하게 생각해봐야 한다. 그렇게 친구라는 관계에 대해 1cm만큼 더 깊게 파고 들어가는 고민을 해본다면, 친구 그리고 자신에 대해 더 제대로 이해하게 되고 더 깊은 우정을 쌓을 수 있다고 확신한다.

영화 〈굿 윌 헌팅〉에는 천재 주인공 윌과 그의 절친한 친구가 나온다. 윌은 뛰어난 두뇌를 가졌지만, 싸움과 냉소에 빠진 채 방황하고 있었다. 그런 윌에게 친구는 이렇게 말한다.

"넌 내 친구니까 이런 말 한다고 오해하지 마. 20년 후에도 노무자로 여기 살면서 우리 집에 와서 비디오나 때리고 있으면 널 죽여버릴 거야. 장난 아냐. 정말 없애버릴 거야. 넌 우리한테 없는 재능을 가졌어. 난 50이 돼도 육체노동을 하고 있을 거야. 그건 아무래도 좋아. 하지만 넌 지금 당첨될 복권을 깔고 앉고서도 너무 겁이 많아 돈으로 못 바꾸고 있는 꼴이잖아. 네게 있는 재주를 가질 수 있다면 난 뭐든 할걸. 여기 친구들도 마찬가지야. 여기서 20년이나 썩어가는 건 우리에 대한 모욕이라고. 시간 낭비는 물론이고... 내 생애 최고의 날이 언젠지 알아? 내가 너희 집 골목에 들어서서 네 집 문을 두드려도 네가 없을 때야. 안녕이란 말도 작별의 말도 없이 네가 떠났을 때라고."

여러분에게도 이렇게 말해줄 수 있는 친구가 있었으면 좋겠다. 물론 당신이 그런 친구가 되어주면 더 좋을 것이다.

당신이 인생에서
꼭 만나야 하는 사람들

옷깃만 스쳐도 인연이라고 한다. 그만큼 만남은 우리 삶에 큰 영향을 끼친다. 어떤 운명적인 만남은 우리 인생의 방향을 송두리째 바꾸기도 한다. 별 볼 일 없는 인생이지만, 내 삶의 발자취를 되돌아보면 결정적인 순간에는 항상 사람이 있었다. 힘든 순간에도 기쁜 순간에도 빠지지 않고 누군가가 내 옆에 있었다. 전혀 대단한 인생은 아니지만, 나는 지금 이 순간을 무척 만족하며 살고 있다. 누군가와 비교할 필요가 없을 만큼 온전하게 내 삶에 몰입하고 있다. 이렇게 행복이 가득한 인생을 살 수 있게 된

비결에는, 당연히 내 노력도 큰 부분을 차지하겠지만, 내가 만난 사람들이 준 영향이 가장 컸다고 해도 과언이 아니다. 나는 도대체 어떤 사람을 운 좋게 만나서 이렇게 긍정적인 영향을 받았을까?

1. 경험해보지 못한 영감을 주는 사람

나는 언제나 열등감 덩어리였다. 나보다 무언가를 잘하는 사람 그리고 많이 가진 사람에게 항상 열등감을 느꼈다. 동시에 궁금했다. 어떻게 저 사람은 저 위치까지 올라갔고, 저런 능력을 키울 수 있었을까? 열등감이 깊어지는 만큼 그 비밀에 대한 호기심도 함께 커졌다. 어느 순간부터 호기심이 열등감을 넘어서면서 나보다 뛰어난 사람이 있으면 주저하지 않고 항상 질문했다. "비결이 무엇인가요? 어떻게 해야 하나요?" 늘 정답을 들을 수 있는 것은 아니었다. 하지만 그렇게 내가 가보지 못한 영역을 개척한 사람들에게 질문하고 대답을 들으면서 세상을 조금 더 깊게 이해하게 되었다.

우선 확실히 깨달은 것은, 저마다 성공의 이유가 있었지만, 대부분 죽어라 노력했다는 사실이다. 그런데 그 노력의 정도가 양과 질 모든 면에서 압도적이었다. 내가 했던 노력은 모든 면에서 턱없이 부족했다는 사실을 자연스럽게 깨닫기 시작했다. 그렇게 내 생각의 틀을 깨면서 더 빠르게 제대로 성장할 수 있었다. 그 과정이 10년 이상 지속되자 예전에는 상상해보지 못했던 전혀 다른 사람이 되어 있었다. 그렇게 나는 오랫동안 영감을 얻을 수 있는 사람들을 직간접적으로 만났고, 꾸준한 실천을 통해 좋은 방향으로 발전할 수 있었다.

2. 시너지를 낼 수 있는 사람

시너지는 좋은 말이고 사람들이 자주 쓰는 단어이지만, 막상 경험해 본 사람은 많지 않다. 시너지를 경험하면 경쟁보다 협력에 초점을 맞춘다. 그래서 누가 잘 되어도 배가 아프기보다 어떤 접점을 만들어서 함께 잘 될 수 있을지를 고민한다. 이렇게 좋은 관계를 쉽게 경험하지 못하는 이유는 무엇일까? 시너지를 낼 수 있는 사람이 많지 않기 때문이다. 사람들이 만나서 시너지를 내려면 오케스트라 연주와 같아야 한다. 각자가 악기 연주를 잘해야 웅장한 합주곡이 탄생한다. 만약에 한 명이라도 실수하면 시너지가 발생하지 않고 오히려 다른 사람의 노력까지 망치는 결과를 초래할 수 있다.

인생에서 내 능력을 넘어서고 싶다면 반드시 시너지를 낼 수 있는 사람을 만나봐야 한다. 하지만 이때 명심해야 할 점은 시너지를 내기 위해 어떤 유기적 조직을 구성할 때 그중 한 부분을 자신이 온전히 소화할 수 있어야 한다는 사실이다. 아주 쉽게 말하면 스스로 1인분을 할 수 있어야 시너지가 발생한다. 이 간단한 사실을 절대 잊지 말자.

3. 모든 것을 다 주고 싶은 사람

개인적으로 사랑은 인간이 할 수 있는 가장 높은 정서적 활동이라고 생각한다. 누군가에게 '사랑받는' 일은 너무나 행복한 일이다. 하지만 누군가를 '사랑하는' 일은 더 행복한 일이라고 확신한다. 얼핏 생각하기에 사랑받으면 더 기쁠 것 같지만, 받는 사랑에서 오는 기쁨의 타이밍은 내가 결정할 수 없다. 누군가가 사랑해주지 않으면 내 마음은 채워지지 않는다. 반면 누군가를 사랑하는 일은 내가 원하는 시기에 원하는 만큼 할 수 있다.

주는 기쁨에 익숙해지면 훨씬 주도적인 삶을 살 수 있다. 그렇게 주도적인 상태에서 내 모든 것을 다 주고 싶은 사람을 만났다고 생각해보자. 가장 큰 삶의 원동력을 갖게 된 것이다. 사실 부모가 되면 이 비슷한 경험을 하게 된다. 부모들은 이구동성으로 아이를 키우는 것이 너무 힘들다고 하면서도 결국에는 대부분 잘 해낸다. 그 이유는 내 인생을 다 주고 싶은 사람을 만났기 때문이다. 내가 사랑하는 배우자를 만나는 것은 머리로 다 주고 싶은 사람을 만나는 일이고, 그 사랑하는 배우자와 함께 내 아이를 만나는 것은 가슴으로 다 주고 싶은 사람을 만난 일이 아닐까 생각해본다.

랄프 W. 삭맨은 "참된 연인은 언제나 그가 사랑하는 사람에게 빚지고 있다고 느낀다."라고 말했다. 버릴 단어 하나 없이 좋은 명언이다. 개인적으로 명언을 굴절적응 시키는 것을 좋아하는데 여기서는 '연인'을 '인연'이라 바꿔도 전혀 문제가 없고, 오히려 더 큰 관계를 포함할 수 있을 것 같다.

살면서 커다란 빚을 지고 있다고 직접적으로 느낄 만큼 좋은 인연을 많이 맺었다. 그런 훌륭한 분들과의 만남은 인생의 커다란 자산이 되었다. 여전히 부족하지만, 이제 만남을 통해 누군가의 자산이 되어줄 수 있도록 노력해야 할 시기가 온 것 같다. 우선 이 책을 읽는 많은 분들이, 간접적이지만, 이 만남을 통해서 어떤 영감을 얻고 계기를 마련하는 기회가 되기를 진심으로 기원한다.

30살이란
무엇인가?

    30살은 어느 때보다 의미부여가 많이 되는 시기이다. 일단 20대가 끝났기 때문에 뭔가 삶이 시들어가는 느낌을 받기 시작한다. 그리고 막상 해낸 것이 없고 해내야 할 것이 더 많다는 사실을 깨달으면서, 20대에 가졌던 막연한 희망들이 냉정한 현실에 꺾이는 느낌을 받는다. 특히 대한민국에서는 10대 시절에 독립심을 키워 볼 기회가 드물어서 20~30대 때 늦은 '오춘기'를 겪으며 질풍노도의 시기를 보내기도 한다. 게다가 30대가 되면 그전에는 대화를 나눌 일이 전혀 없었던 40, 50대와도 소통하기 시작해야 한다. 그렇게 숨이 턱 막히는 느낌을 받으면서 시작하는 나이가 바로 30살이다. 하지만 너무 부정적으로 생각할 필요는 없다. 모든 인생 선배가 이구동성으로 말해줄 것이다. 30살이면 아직 정말 젊다고.

가장 심각하게 착각하는 부분은 아직 무언가 이룬 것이 없다는 생각이다. 그것은 잘못이 아니라 당연한 일이다. 요즘은 소셜 미디어의 허상 때문에 이런 오해가 더 커지고 있다. 극히 소수는 운이 좋아서 30살에 자신의 삶을 온전하게 사는 경우도 있겠지만, 말 그대로 극히 소수다.

사실 진짜 걱정해야 할 것은, 무엇이 되었든 어디 가서든, 밥값을 할 정도로 배운 것을 제대로 체득했는지 여부다. 본인이 가지고 있는 어떤 것에 대한 절댓값은 중요하지 않다. 제대로 배웠다면 올바른 능력의 기울기를 가졌는지가 중요하다. 하지만 제대로 공부한 경우가 생각보다 드물다. 누군가에게 떠밀려서 순간을 모면하기 위해 살다 보면 막상 능력으로 남는 것이 없는 경우가 태반이다.

그렇다고 너무 주눅 들지 말자. 앞에서 뭐라고 했는가? 30살은 젊다. 그것을 빨리 깨닫고 조금씩 부족한 부분을 채워가면 된다. 대학 기준으로 핵심 전공만 축약해서 제대로 공부하려고 마음먹는다면 퇴근 시간이랑 주말에만 열심히 해도 2년이면 충분히 전공 공부를 복습할 수 있다. 물론 피곤하고 힘든 일이지만, 지금 그것을 못 이겨내면 평생을 피곤하게 살 수도 있다.

30살은 젊은 나이지만, 이때부터 미리 준비하면 정말 좋은 것이 있다. 바로 건강한 삶을 유지하기 위한 습관을 일찍부터 만드는 것이다. "30살이 넘으면 어느 순간 '훅' 간다."라고 인생 선배들이 조언하지만, 그 누구도 귀담아 듣지 않는다. 나 역시 그랬다. 그리고 어느 순간 '훅' 갔다. 세상에서 절대로 맹신하면 안 되는 것 중 하나가 바로 건강이다. 미리 건강해지기 위한 혹은 건강한 삶을 유지하기 위한 습관을 만들어 놓는다면 그것이 나중에 엄청난 경쟁력이 될 것이다. 인생에서 어떤 시점부터는 능력에서 체력이 차지하는 비중이 급속도로 커진다는 걸 명심하자.

30대는 인생에서 커다란 변화들이 기다리고 있는 시기이다. 대부분 이 시기에 결혼해서 가정을 꾸리고 아이를 낳는다. 지금까지는 나 혼자만 잘해도 되었지만, 이제는 누군가를 책임져야 하고 함께 잘해야 한다. 이게 생각보다 많이 힘든 부분이라서, 인생 선배들로부터 다양한 형태의 푸념과 하소연을 들어봤을 것이다.

하지만 크게 걱정할 필요 없다. 왜? 닥치면 대부분 잘해내기 때문이다. 세상에 모의고사는 있어도 모의결혼이나 모의육아는 없다. 모두가 처음 겪는 일이기 때문에 버거운 부분이 많지만, 대부분 생각 이상으로 잘 해낸다. 이것은 정답이 있는 시험이 아니라 내가 최선을 다한 일이 정답이 되는 과정이기 때문이다. 그래서 연습이 필요 없다. 내 인생의 문제는 스스로 만든 것이기 때문에 답도 내 안에 다 존재한다. 주눅들 필요가 하나도 없다.

누군가가 30살로 돌아가고 싶은지 물으면 아니라고 대답할 것이다. 왜? 글을 쓰는 우리의 평균 나이는 38살인데, 이 나이도 여전히 젊다고 생각하기 때문이다. 다시 돌아가면 더 잘할 것 같지만, 막상 돌아가지는 않을 것이다. 아직 부족한 인생이지만, 지금부터 열심히 제대로 하면 여전히 발전 가능성이 있고 충분히 즐겁게 살 수 있기 때문이다. 그래서 딱히 돌아가고 싶지 않다. 여기서 40살 아저씨도 여전히 젊다고 생각하니 30살이면 얼마나 젊은 것인가? 그러니 부질없는 생각은 조금만 하고 짧은 인생을 어떻게 알차게 살 것인지 고민하고 움직이자. 나를 포함해 늙어간다고 생각하는 모든 30대 이상 친구들에게 필요한 명언을 하나 소개하며 글을 마친다.

> "무언가 큰일을 성취하려고 한다면
> 나이를 먹어도 청년이 되지 않으면 안 된다."
>
> - 괴테 -

업의 속성에
관하여

무조건 열심히 하는 것이 정답은 아니다. 낚시할 때 갯지렁이를 미끼로 써야 하는 곳에서 떡밥으로 유인하고 있다면 물고기를 잡을 확률은 극히 낮을 수밖에 없다. 그래서 무언가를 열심히 하기 전에 내가 속한 업의 속성을 제대로 파악해야 한다. 그래야 올바른 전략을 통해 최소한의 노력으로 최대한의 결과를 얻어낼 수 있다. 세상에는 수많은 업이 있지만, 이번 글에서는 교육 비즈니스를 예로 들어 보통의 비즈니스와 속성이 어떻게 다른지 구체적으로 살펴본 후, 어떻게 전략을 세워야 하는지 함께 알아보고자 한다.

쉽게 설명하기 위해 일반 비즈니스는 물리적 상품을 판다고 가정하겠다. 우리는 상품을 사는 사람을 구매자라고 부른다. 보통의 경우 구매자들은 어떤 '결과물'을 구매한다. 하지만 교육 서비스는 다르다. 그래서 우리는 교육 서비스에 비용을 지불하는 사람을, 업의 속성 관점에서, 단순히 구매자라고 부를 수 없다. 이들도 구매자와 똑같이 비용을 지불하지만, 이들은 엄밀히 말하면 학습자(learner)이다. 학습자는 일반 구매자와 무엇이 다를까? 아주 극명한 차이는 일반 구매자와 달리 '최종 결과물'을 구매할 수 없다는 점이다. 학습자는 결과물이 아니라 '과정'에 돈을 지불한다. 이것은 상당히 중요한 차이이다.

사업의 핵심 요소는 여러 가지가 있지만, 당연히 잘 파는 것이 큰 부분을 차지한다. 그런데 교육 서비스는 상대적으로 잘 파는 게 매우 어렵다. 왜 그럴까? 물리적인 상품(결과물)을 파는 경우 구매자들은 자신이 무엇을 사고 싶은지 정확히 알고 있다. 자전거를 산다고 가정해보자. 4살짜리 아이가 자전거를 구매할 때 기어가 18단인 성인용 자전거를 사는 경우는 없다. 세발자전거나 두발자전거여도 보조 바퀴가 달린 자전거, 즉 자기 수준에 맞는 자전

• 업의 속성에 관하여

거를 구매할 것이다. 이런 일반적인 상품은 구매에 대한 높은 '메타인지'를 요구하지 않는다.

하지만 교육 비즈니스는 다르다. 예를 들면, 영어를 잘하고 싶은 학습 소비자가 있다고 생각해보자. 일단 이들은 어떤 수준이 영어를 잘하는 것인지 제대로 파악하는 경우가 드물고, 막연하게 원어민처럼 말하는 것이 최종 목표라고 착각하는 경우가 많다. 현실적인 관점에서 각자가 필요한 영어 실력은 천차만별이지만, 구체적 정의 없이 막연하게 영어를 잘하고 싶다고 시작하는 경우가 정말 많다.

영어 공부를 시작하는 대표적인 이유는 시험이다. 이 경우 목표가 정량화되어있기 때문에 상대적으로 무엇을 원하는지 명확히 알 수 있다. 그래도 여전히 교육 서비스는 과정을 사는 것이다. 토익 점수를 950점 받고 싶어도 지금 점수가 200점이라면 아무리 많은 돈을 들여도 단기간에 그런 목적을 이뤄주는 상품을 구매하기가 사실상 불가능하다. 따라서 소비자의 상태를 정확하게 파악하는 것이 모든 것의 시작이다. 그래서 올바른 교육 서비스를 하고 싶다면 업자들은 자신을 비즈니스맨이라고 생각하기보다 의사라고 생각하는 것이 더 적절한 프레임인 것 같다.

상황을 완벽하게 파악해서 좋은 '과정'이라는 패키지를 제공한다고 훌륭한 교육 비즈니스가 되는 것도 아니다. 대부분이 여기를 넘지 못해서 좋은 교육 서비스가 되지 못한다. 일반적으로 학원이 학교보다 잘 가르치는 이유는 간단하다. 우선 학생이 자발적으로 찾아왔을 확률이 높고, 결정적으로 학원 선생님이 학교 선생님보다 재미있는 경우가 많아서 동기부여 측면에서 훨씬 유리하다. 과정을 파는 비즈니스에서 무엇보다 중요한 것이 '동기부여'다. 동기부여가 된 상태에서 올바른 프로세스를 거치면 웬만해서는 성공하게 되어 있다. 단순히 프로그램이 좋다는 사실은 교육 서비스에서 핵심 장점이 될 수 없다. 올바른 프로세스는 디폴트(기본) 값이 되어야 하고, 우리가 더욱 집중해야 하는 부분은 바로 '동기부여'이다.

예를 들어, 영어 회화 서비스를 운영한다고 가정해보자. 다들 야심 차게 6개월 패키지를 끊지만, 정작 그것을 꾸준하게 하는 사람은 드물다. 이럴 때 선생님이 한 번 정도 연락해주면 10%라도 참여율이 높아질 것이다. 또 몇몇은 너무 학습을 오랫동안 안 했기 때문에 이미 엎질러진 물이라 생각하고 완전 포기를 선택할 수도 있다. 이럴 때는 "남은 2개월이라도 제대로 해보자!"라는 새로운 프레임을 빨리 설정해주는 것이 중요하다. 선생님이 연락할 때에도 기계적인 푸시 알림이나 자동 문자를 발송하는 것은 생각보다 효과가 없을 것이다. 영혼 없는 단체 새해 문자를 받고 좋아하는 사람이 없는 것과 일맥상통한다. 문자를 발송하고 끝나는 게 아니라, 한두 번이라도 '티키타카'로 문자를 주고받으면 학생의 참여율은 확연하게 올라갈 가능성이 크다. 어떻게 보면 작은 부분이지만, 과정을 파는 비즈니스에서는 이런 작은 피드백이 거대한 매출의 차이를 만들어내는 핵심 원동력이 될 수도 있다.

교육 비즈니스를 사례로 '과정을 파는 업'이 '결과를 파는 업'과 어떻게 다른지 살펴보았다. 업에 대한 깊은 고민을 통해 그 본질적 근간을 파악하는 것은 매우 중요한 일이다. 어떤 일은 완전히 정해진 결과물을 팔 것이고, 반대되는 일은 확률을 기반으로 상품을 팔 수도 있다. 상품의 가치를 즉각적으로 활용하는 비즈니스도 있고, 반면에 미래에 그 가치를 활용하는 비즈니스도 있을 것이다.

이렇게 다양한 관점에서 업을 분석하고 공부하면 탄탄한 전략을 세울 수 있다. 앞의 예로 들었던 과정을 파는 교육업은 프로세스만 팔고 끝내는 것이 아니라, 조금 품이 들더라도 꾸준한 모니터링을 통해 최종 결과에 관한 데이터를 얻을 수 있으면 관련 데이터를 마케팅에서 매우 효과적으로 활용할 수 있다. 업 자체는 과정을 팔지만,

마케팅은 단순히 그 과정이 얼마나 좋은지 홍보하는 것이 아니라, 실제 사용자의 '결과'를 보여줌으로써 경쟁력을 확보할 수 있기 때문이다.

어떤 일을 하더라도 업의 본질에 대해서 고민해보자. 비단 사업뿐만 아니라 아르바이트를 하고 있어도, 공부를 하고 있어도, 심지어 연애를 하고 있어도 그 본질에 대해서 깊게 생각해보자. 그런 고민을 통해 어떤 깨달음을 얻으면 단순히 일을 잘하는 것을 넘어서 세상을 더욱더 깊게 이해할 수 있는 자신만의 통찰력이 생길 것이다. 궁극적으로는 핵심을 이해하면서 그 일을 통해서만 얻을 수 있는 배움과 즐거움이라는 숨겨진 비밀도 발견하게 될 것이다.

― 도전

*

살아가며 나를 흥미롭게 하는 것은
거대하고, 누가 봐도 이루기 힘든 도전을 설정하며,
그것들을 뛰어넘기 위해 노력하는 데서 온다.

- 리처드 브랜슨 -

*

도전은 인생을 흥미롭게 만들며,
도전의 극복은 인생을 의미 있게 한다.

- 조슈아 마린 -

*

실패는 용납할 수 있다.
누구나 어느 지점에서든 실패하게 마련이다.
내가 용납할 수 없는 건 아무 도전도 하지 않는 것이다.

- 마이클 조던 -

존중 없는
관계는 없다

존중의 사전적 의미는 '높이어 귀중하게 대함'이다. 정도의 차이는 있겠지만, 기본적으로 어떤 관계도 존중 없이는 성립할 수 없다. 특히 관계가 깊어질수록 서로에 대한 존중은 마치 만유인력처럼 그 사이를 유지하는 힘이 된다. 그렇다면 우리는 어떻게 하는 것이 상대방을 제대로 존중하는 것인지, 어떤 관계에서 어느 정도의 존중을 필요로 하는지 고민해봐야 한다.

존중의 시작은 사전적 정의에 따라 상대를 높이는 것

이다. 이는 나를 낮춤으로써 이룰 수 있다. 또한, 진정으로 상대방을 존중하려면 그 사람이 무엇을 소중하게 여기는지 알아야 한다. 그것을 함께 공감해주고 인정해주는 것이 그 사람을 귀중하게 대하는 것이다. 많은 사람이 자존감을 지키는 것을 본능적으로 소중하게 생각하기 때문에 무시하는 태도만 보이지 않아도 적정선의 존중을 보여줄 수 있다.

하지만 우리는 무의식적으로 상대방을 무시하는 경우가 많다. 특히 가까운 관계일수록 더 그렇다. 이 정도는 당연히 알아서 이해할 거라는 생각 때문에 전혀 의도하지 않았음에도 가까운 사람을 무시하게 된다. 어떻게 보면 '무시'가 아니라 '무신경'이지만, 받아들이는 입장에서는 별반 차이가 없다. 그래서 가까울수록 더 신경 써야 한다는 얘기가 나오는 것이다. 무신경이 무시로 변질되면 우리도 모르는 사이에 존중은 사라지고, 관계는 깨지게 된다.

그래서 습관이 중요하다. 상대방을 존중하는 습관은 그 어떤 습관보다 우리 인생에서 가치가 높다. 습관은 훈련을 통해서 만들어진다. 나 같은 경우 식당에서 밥을 먹으면 내가 고객임에도 항상 큰 소리로 "잘 먹었습니다."라고 말한다. 돈을 내고 서비스를 받을 때도 항상 감사하다는 말을 입에 달고 산다.

그런 경우도 있었다. 식당에 갔는데 종업원이 친절하지 않았다. 그럼에도 우리 테이블에 음식을 모두 차려주었을 때 나는 "고맙습니다."라고 반갑게 인사했다. 함께 간 지인이 완전 불친절한데 뭐가 고맙냐며 핀잔을 주었다. 하지만 나는 다르게 생각했다. 적어도 내가 먼저 상대방에게 존중을 보이면, 그 사람의 태도가 바뀔 가능성이 있다. 상대가 불친절하다고 나까지 똑같이 대응하면 관계 개선 가능성은 완전히 증발해버린다.

사실 나는 원래 감사의 표현을 많이 하는 사람이 아니었다. 하지만 어느 순간부터 인간관계의 중요성을 깨닫고, 그 핵심을 존중으로 설정하기로 했다. 항상 상대방을 존중하는 표현을 하다 보니 자연스럽게 습관이 되었고, 그 습관은 나에게 가까운 사람일수록 더 좋은 영향을 주었다.

나는 가족에게, 부모님에게, 회사 동료들에게 감사하다는 표현을 정말 자주 한다. 이것은 단순히 관계만 돈독하게 하는 것이 아니라 정서적으로 인생을 훨씬 풍요롭게 해준다. 당연하지 않은가? 내 인간관계의 중심에는 다른 사람이 아닌 나 자신이 위치한다. 그 네트워크가 존중이라는 보이지 않는 신뢰의 힘으로 탄탄하게 연결되어 있다면, 그 최대 수혜자는 누가 되겠는가? 바로 나다.

부부 관계를 두고 이런 말을 많이 한다. "지는 것이 이기는 것이다." 사실 이 말도 존중에 관한 것이다. 표현만 살짝 바꾸면 쉽게 이해할 수 있다. "나를 낮추는 것이 나를 높이는 것이다." 존중은 나를 낮추는 일이다. 하지만 그 최대 수혜자는 바로 나다. 그래서 나를 낮추는 것이, 곧 나를 높이는 일이 된다. 그래서 나는 늘 이렇게 말한다. "존중 없는 관계는 없다."

가짜 행복에
속고 있는 우리들

저마다 행복에 대한 정의도 다르고, 그것을 얻는 방식도 다르지만, 누구나 행복한 삶을 살고 싶어 한다. 하지만 주변을 둘러보자. 과연 진짜로 행복한 사람이 몇이나 있을까? 생각보다 찾기가 쉽지 않을 것이다. 왜 모두가 행복 충만한 삶을 원하는데, 실제로 그렇게 사는 사람은 드문 것일까?

여러 이유 중 하나는 많은 사람이 가짜 행복에 속고 있다는 점이다. 아래 우리가 함께 이야기할 대표적인 가짜 행복의 원인만이라도 진지하게 생각해보자. 가짜의 실체를 밝히고 진짜로 현실을 채우기 시작하면 우리가 진정으로 원하는 행복감이 삶에 가득히 퍼질 수 있을 것이다.

1. 소셜 미디어

소셜 미디어는 이제 우리 삶의 일부분이 되었다. 다양한 소셜 미디어를 통해 더 많은 사람과 더 쉽게 연결할 기회를 얻었다. 이것은 소셜 미디어의 가장 큰 순기능이다. 하지만 명이 강하면 암도 깊은 법이다. 더 많은 사람과 쉽게 연결될수록 커다란 부작용을 경험할 확률도 함께 높아진다.

나는 소셜 미디어를 매트릭스라고 정의한다. 실제인 것 같지만, 결국 진짜는 그곳에 없다. 진정한 우리 삶은 오프라인에 있다. 하지만 오프라인은 연결 면에서 온라인보다 제약이 훨씬 크다. 그래서 사람들은 온라인으로 몰려든다. 더 많은 이야기가 있고 더 많은 관심이 넘쳐나기 때문에 사람들은 더욱더 온라인에 빠져든다. 정도의 차이는 있지만, 우리는 자연스럽게 그 이야기의 주인공이 되어서 관심을 받고자 한다. 가장 멋지고 아름다운 순간을 소셜 미디어에 올리면 주변 사람들의 '좋아요'를 받는다.

그러면 우리 뇌에서는 도파민이 뿜어져 나오고 기분이 좋아진다.

하지만 그것은 진짜 내가 아니고, 관심 또한 진짜 관심이 아니다. 매트릭스에 존재하는 허상이다. '좋아요' 숫자가 미친 듯이 올라가도 내 삶은 진짜 기쁨으로 채워지지 않는다. 오히려 매트릭스라는 공간에서 가짜 기쁨을 채우기 위해 자신도 모르게 현실의 삶을 희생하기도 한다. 행복을 전시하느라 행복을 누리지 못하는 지경에 이른다. 이렇게 주객이 전도된 상태로 많은 사람이 진짜 행복이 아닌 가짜 행복에 조종당하는 삶을 살고 있다.

2. 가짜 인간관계

인간은 대표적인 진사회성 동물이다. 함께 활동하지 않고는 인류가 이 정도까지 번영할 수 없었다. 그래서 인간관계는 우리 인생 그 자체라고 표현해도 과언이 아니다.

우리가 가지고 있는 인간관계는 우선 가족으로부터 시작하여 친구 그리고 먹고사니즘으로 만난 동료들로 확장될 것이다. 과연 여기서 진실된 인간관계는 얼마나 있을까? 심지어 가족까지 포함해서 말이다.

과연 진실된 인간관계란 무엇인가? 각자 정의가 다르 겠지만, 적어도 진실된 인간관계라고 하면 상대방의 가치 관에 대해 이해하거나 최소한 꿈 정도는 알아야 하지 않 을까? 그 사람의 핵심 정신을 모른 상태에서 겉모습만 보 고 진정한 인간관계를 맺을 수 있을까? 인간관계의 뿌리 인 가족만 생각해도 과연 엄마의 꿈, 아빠의 꿈, 자신의 꿈을 제대로 알고 있는 경우가 얼마나 있을지 궁금하다.

사실 나는 이것에 대한 정답을 알고 있다. 예전에 한 강연에서 200명 정도를 대상으로 설문조사를 했는데, 자 신의 꿈을 정확히 알고 있다고 대답한 사람이 20%밖에 되지 않았다. 자신에 대해서도 정확히 모르는데, 과연 타 인을 제대로 이해했다고 말할 수 있을까? 결국, 가짜 인간 관계는 나 자신으로부터 시작한다. 다른 사람과 좋은 관 계를 형성하기 전에 우리는 자신에 대한 이해부터 높여야 한다. 그래서 내면에 존재하는 진정한 자아와 먼저 연결 되어야 한다. 그것이 진짜 인간관계의 시작이다.

3. 급조한 꿈

꿈은 우리 삶을 지탱하는 원동력이다. 꿈의 본질은 결 과의 영역에 머무르지 않는다. 그래서 진정한 꿈이 있는 사람은 과정이 행복하다. 하지만 앞에서 언급했듯이, 자신의 꿈을 제대로 알고 있는 사람은 생각보다 드물다. 많은 사람들이 즉흥적으로 급조한 꿈을 진짜 원하는 것이라고 착각하고 있다.

이렇게 생각해보면 쉽다. 살면서 공부에 어느 정도 관심이 있었다면 시험 기간에 일주일 넘게 공부해 본 사람이 제법 있을 것이다. 좋은 시험 결과를 얻는 것이 절대적인 우선순위이기 때문에 후순위로 밀리는 많은 것을 포기하고 좋은 점수를 얻기 위해 집중적으로 노력한다. 그렇다면 시험보다 훨씬 중요한 꿈을 찾기 위해 그렇게 밀도 있게 노력해본 적이 과연 있는가? 꿈은 하늘에서 뚝 떨어지는 것이 아니다. 아는 만큼, 노력한 만큼 내가 몰입할 수 있는 꿈을 찾을 수 있다.

자신만의 행복을 찾는 방법은 여러 가지가 존재할 것이다. 그중에서 가장 확실하고 지속 가능한 방법은 생각만 해도 가슴이 뛰는 자신만의 꿈을 갖는 것이다. 반면, 급조한 가짜 꿈을 진짜라고 착각하면 행복의 원천이 될 수 있는 자신만의 꿈을 찾으려 노력하지 않게 될 수도 있다. 이것이 급조한 가짜 꿈이 나쁜 결정적 이유 중 하나이다.

헬렌 켈러는 행복에 관하여 "누구도 행복을 생산하지

않고 소비할 권리는 없다."라고 명쾌한 정의를 내렸다. 많은 사람들이 마음먹은 만큼 행복해질 것이라 믿고 있지만, 주변을 살펴보면 생각만큼 잘 되지는 않는 것 같다. 헬렌 켈러가 말한 것처럼 적절한 고민과 실천을 통해서 자신만의 행복을 생산할 수 있어야 하는데, 많은 사람이 허구와 허상 속에서 자신의 행복을 쉽게 얻으려 한다.

운이 좋아서 누군가는 쉽게 행복을 얻을 수 있을지도 모른다. 하지만 우리는 잘 알고 있다. 쉽게 얻은 것은 상대적으로 쉽게 잃기 마련이다. 이 글을 읽는 모든 분들이 행복했으면 좋겠다. 그리고 그 행복이 오랫동안 이어지기를 진심으로 기원한다.

• 가짜 행복에 속고 있는 우리들

부자들은
저축하는 방법이 다르다

지금보다 조금이라도 부자가 되려면 어떻게 해야 할까? 부자가 된다는 것을 월 단위로 쪼개 보면 생각보다 쉬운 결론에 도달할 수 있다. 지난달보다 이번 달에 조금이라도 자산이 많으면 된다. 그것이 무형 자산이든 유형 자산이든 내가 투입하는 시간과 돈이 내가 가진 자산에 양(+)의 효과를 내고 있어야 한다.

중학교 때 배운 것처럼 평면에 직각으로 교차하는 2개의 선분을 그어보자. 가로축을 시간으로, 세로축을 나의 재산으로 본다면 이 2차원 평면상에서 가까운 두 점을 이어서 미래를 예상할 수 있다. 시간이 지날수록 찍히는 점의 높이가 낮아지고 있는데, 어떤 시점에 갑자기 부자가 되길 바랄 수는 없는 노릇이다.

이 평면상에서 더 높은 곳에 점을 찍으려면 1) 더 많이 벌거나, 2) 더 적게 쓰면 된다. 둘 다 쉽지 않지만, 후자가 그래도 조금 더 쉽다. 소비와 저축은 동전의 양면과 같다. 즉, 소비를 줄이기 위해서는 효과적인 저축 방법을 알아야 한다. 이번에는 저축 고수들의 마인드와 방법을 소개하고자 한다.

김경필은 다양한 젊은이들과 상담하며 돈을 못 모으는 이유가 무엇인지 들었다. 첫째, 소비 통제가 안 된다. 월급과 카드가 결합하는 순간 눈 깜짝할 사이에 월급이 녹아 없어지는 것은 물론이요, 다음 달 월급까지 카드의 볼모가 되고 만다. 둘째, 금리가 너무 낮다. 막상 적금에 들어봐야 금리는 1% 수준에 불과하니 저축할 의욕이 사라진다.

원인을 알았으니, 그에 대한 대책도 살펴보자. 저축의 달인들은 이 문제에 어떤 답변을 내놓았을까?

첫째, 소비 통제에 대해서는 그들도 소비 통제를 못 한다고 입을 모았다. 무슨 말인가? 강철 같은 의지로 소비를 통제했기 때문에 저축왕이 된 것이 아닌가? 아니다. 그들도 소비 통제에는 자신이 없기 때문에 돈을 쓰기 전에 재빨리 저축으로 묶어버린 것이다. 마치 다이어트에 성공하려면 음식을 눈에 보이지 않는 곳으로 치워버리라는 이야기처럼.

둘째, 낮은 금리에 대해서는 그들도 크게 공감했다. 몇 년 전만 해도 은행에서 3~5% 정도의 금리를 받을 수 있었던 것 같은데, 지금은 1%도 되지 않는 금리이니 저축할 맛이 나지 않을 만도 하다. 그러나 저축의 달인들은 '금리가 낮다고 저축하지 않을 게 아니라, 목표 금액을 위해 저축 금액을 늘려야 한다.'라는 입장이다. 이 강철 같은 멘탈에는 박수를 보내고 싶을 정도다. 저축의 달인들에게 '목표'란 무엇이기에 이럴 수 있을까?

5만 원을 들고 있는 사람은 더 맛있는 것을 찾아보겠지만, 5,000만 원을 들고 있는 사람은 투자할 곳을 찾게 된다. 이것이 심리의 마법이다. 저축의 달인들은 저축할 때 매달 투입하는 금액이 아닌 목표 금액에 집중한다. 지금 넣는 200만 원은 2년 동안 모았을 때 4,800만 원이 되는 퍼즐의 한 조각인 것이다. 즉, 눈앞에 있는 200만 원이 아니라 목표인 4,800만 원에 집중하기 때문에, 그들은 일관되고 꾸준할 수 있다.

많은 사람이 '안전자산'을 찾는다. 그런데 어떤 자산도 100% 안전하다는 보장은 없다. 다른 자산과 비교했을 때 장기적으로 우상향하는 성향이 높은 자산이 있을 뿐, 내가 사고 나서 폭락할 가능성이 사라지진 않는다. 그런데 정말로 안전자산이 있다면 어떨까? 가령 5% 이상의 금리를 지급하면서 원금 보장이 되는 상품이 지금도 버젓이 있다면 어떨까? 주식으로 5% 수익률을 내기가 얼마나 어려운지 아는 사람이라면 이 말을 쉽게 믿지 못할 것이다.

'돈요정밍키언니'라는 유튜브 채널을 운영하는 최유진은 놀랍게도 그 해답을 은행에서 찾았다. 물론 우리 주변의 주요 은행에서는 이런 기회를 찾기 힘들다. 그러나 조금만 시야를 넓혀보면 마을금고, 지역 신협 또는 단위 농협 같은 곳에서 의외로 보석 같은 상품을 구할 수 있다. 12개월이나 13개월짜리 특판 상품이 여전히 우리 주변에 버젓이 존재하고 있는 것이다. 최근에도 5% 금리 상품이 완판되었다.

각 은행 사이트에 들어가 예/적금 상품을 클릭하면 '금리 보기' 탭이 있다. 약간의 손품을 팔면 지점별로 같은 상품에 대해 다른 금리를 적용하고 있다는 걸 확인할 수 있다. 지금도 어딘가에는 5~6%대의 특판 금리 상품이 존재할 수 있다는 말이다. 더 손쉽게 찾는 방법도 있다. 각종 검색창에 '금리 특판'을 검색하는 것이다. 단, 상품마다 가입 조건이 있을 수 있다. 납입액 제한이나 지역 제한이 걸린 경우도 있으니 반드시 직접 확인해야 한다.

그런데 자세히 살펴보면 이 상품들은 대부분 예금이 아닌 적금 상품이다. 보통 적금에서는 기대했던 것보다 이자가 적게 붙는다. 가령 12개월 만기 5% 이자 상품이라고 하면, 첫 달 납입한 금액에는 이자가 12번 붙고, 둘째 달에 납입한 금액에는 11번, 마지막 달에 납입한 금액에는 이자가 1번 붙는다. 갈수록 이자가 적어지는 셈이다. 사실상 3% 이자 예금과 큰 차이가 없다.

밍키언니 최유진은 여기서 한 걸음 더 나아가 '적금의 예금화' 방법을 알려 준다. 바로 '선납이연' 제도를 이용하는 것이다. 간단히 말해 '몇 달 치 돈을 미리 내는 것'을 말한다. 가령 첫 달에 6달 치 돈을 모두 내고, 중간 시점에 1회 1달 치 돈을 낸 뒤, 마지막 달에 남은 금액을 모두 내는 것이다. 이렇게 하면 첫 달에 입금한 6달 치 금액에 대해서 마치 예금 상품과 같은 금리 효과를 누릴 수 있다. 자세한 원리가 궁금하다면 검색창에서 '선납이연'을 찾아보길 바란다.

이런 상품이 존재한다면 굳이 5% 수익률을 달성하기 위해 위험을 무릅쓰고 투자에 나설 필요가 없다. 물론 좋은 상품을 찾는 수고는 무시할 수 없는 비용이다. 그러나 찾아보면 이런 상품을 정리한 유튜브나 블로그가 있고, 한 번 이런 식으로 거래를 시작하면 해당 은행에서 매번 특판 상품이 생길 때마다 먼저 연락을 보내 준다. 일단 한 번 시작하면 그다음부터는 자동으로 굴러가는 수익률 기계를 하나 얻는 셈이다.

현란한 저축 방법보다 더 중요한 것은 당장 저축을 시작하는 것이다. 자수성가한 사람들은 하나같이 소비의 굴레를 벗어나 저축의 길을 걸었다. 금리가 낮다고 저축의 필요성이 사라지는 것은 아니다. 지금 모아둔 돈이 없을수록 저축은 반드시 필요하다.

보다 절절한 저축 사연이 궁금한 분은 유튜브에서 '적금으로 2억 원(강과장)', '빠르게 돈 모으기(김유라)', '200만 원으로 1억 만들기(김짠부)', '황금호랑이', '윤견딤'을 검색해 보라. 생존하기 위한 최소 비용을 빼고 모두 저축해버리는 짠 내 나는 고수들의 이야기가 여과 없이 공개되어 있다.

젊어서 고생은
절대 하지 말아라

　나는 "젊어서 고생은 사서도 한다."라는 말에 동의하지 않는다. 절대 생고생을 돈 주고 사서 할 필요는 없다. 최저 시급이라도 받지 않으면, 고생은 피하자. 젊어서 고생에 익숙해졌다가 재수 없으면 평생 '투덜이 스머프'로 살아야 할지도 모른다. 젊을 때는 고생이 아니라 좋은 경험을 해야 한다. 생산적인 경험을 얻을 수 있다면 자원을 투자해서라도 하는 것이 맞다. 내가 과거로 돌아갈 수 있다면 가장 듣고 싶은 조언 중 하나가 바로 다음 내용이다.

"당신이 젊다고 생각하면 버는 돈의 액수에 너무 집착하지 말아라. 능력치를 올리는 것이 돈을 버는 것보다 훨씬 중요하다. 능력만 있으면 큰돈을 벌 기회는 나중에 많이 있다."

이 조언의 요지는 적은 돈이라도 제대로 버는 것이 중요하다는 것이다. 여기서 '제대로'는 돈도 벌면서 무언가를 배우거나 삶에 대한 시야를 넓혀주는 일들을 말한다.

내 과거로 돌아가 보자. 나는 대학생 시절 정말 많은 아르바이트를 했다. 그중에서 인생에 큰 도움이 된 아르바이트와 그렇지 못한 아르바이트에 관해서 이야기해보자. 가장 오래 했던 아르바이트는 과외였다. 이유는 간단하다. 편하면서 수입이 높았기 때문이다. 하지만 과거로 돌아간다면 과외는 최소한으로 할 것 같다. 돈은 많이 벌었지만, 내 능력치를 올리는 데 별로 도움이 되지 못했다. 그리고 많이 벌었다고 생각한 돈은, 학생 신분을 고려하면 많았지만, 생각보다 삶에 큰 영향을 주는 양이 아니었다.

반대로 당시에 시급 2,000원을 받았던 비디오 대여점 아르바이트는 지금 돌이켜보면 참 잘했다고 생각한다. 이 대여점은 가게 주인이 연탄불 삼겹살집을 개업하면서 한동안 영업을 안 하다가 내가 아르바이트생으로 지원하면서 다시 영업을 시작한 상황이었다. 그래서 가게에 사장은 없고 나만 있었다. 주도적으로 모든 것을 해야 했다.

일단, 오랫동안 반납받지 못한 비디오부터 회수하기 시작했다. 또 매출을 올리기 위해 여러 가지 프로모션을 자체적으로 개발했다. 당시에 신작 말고는 인기 없는 비디오를 아무도 빌리지 않는다는 사실을 통계적으로 깨닫고, 원하는 비디오를 빌리지 못한 고객에게 옛날 비디오를 서비스로 대여해줬다. 그렇게 열심히 일하니 가게 매출이 원래보다 1.5배까지 올라갔다. 주인이 나보고 정직원으로 일해볼 생각 없냐고 제안하기도 했다. 금전적 수입은 과외보다 훨씬 적었지만, 이때 정말 많은 것을 배울 수 있었다. 운 좋게도 아무런 통제 없이 주도적으로 내 아이디어를 실천해보고, 그 결과를 돈이라는 매개체를 통해 정량적으로 확인할 수 있어서 더 의욕적으로 일할 수 있었다.

고수입이면서 경험치까지 높았던 아르바이트도 있다. 대학원 시절 재학 중인 학교가 세계적으로 랭킹이 높아서 견학 오는 사람이 많았다. 그래서 여행사에서 시급 10만 원으로 대학원생 몇 명을 임시 가이드로 고용했다. 기왕에 하는 것 잘해보려고 준비를 단단히 했다. 단순한 학교 소개가 아니라 스토리텔링을 넣어 학교를 안내했고, 대상에 따라 유학 생활이나 공부에 관한 질문을 받기도 했다. 이 일은 10번 정도 한 것 같은데, 나중에 여행사에서 나에게만 따로 연락해 학교 안내를 부탁하기도 했다. 이때 가이드 일을 하면서 돈도 벌고, 작은 규모이지만 대중 앞에서 말하는 연습도 할 수 있어서 기존에 없던 능력치를 올릴 수 있었다.

생계를 해결하려면 당연히 돈을 벌어야 한다. 그것은 사슴이 풀을 뜯고 사자가 사냥하는 일과 똑같은 것이다. 생존을 위해서 반드시 해야만 한다. 하지만 돈 버는 일을 선택할 때 조금이라도 여유가 있거나 보수가 압도적으로 크지 않다면 일을 통해 어떤 능력치를 쌓을 수 있는지를 더 높은 우선순위로 정하기 바란다. 그렇게 하면 인생 전체를 놓고 봤을 때 돈보다 훨씬 중요한 것들을 얻게 될 것이다. 다시 한번 강조하지만, 젊어서 생각 없이 고생하다 몸과 마음만 상하는 경우가 너무 많다. 젊어서 고생은 절대 하면 안 된다.

― 독서 ―

*
좋은 책을 읽는 것은
과거 몇 세기의 가장 훌륭한 사람들과
이야기를 나누는 것과 같다.

- 르네 데카르트 -

*
어릴 적 나에겐 정말 많은 꿈이 있었고, 그 꿈의 대부분은
책을 읽을 기회가 많았기에 가능했다고 생각한다.

- 빌 게이츠 -

*
각각의 새로운 책은 하나의 거대한 도전이다.

- 피터 스트라우브 -

퇴근 후
진짜 인생을
사는 법

우리는 자유시간을 간절히 원하지만, 막상 절실했던 상황에 들어서면 딱히 아무것도 안 하는 경우가 많다. 학창 시절에도 시험만 끝나면 반드시 이것저것 하겠다고 계획을 세우지만, 막상 시험이 끝나면 그냥 허송세월하지 않았던가.

그랬던 관성이 유지되어서 그런지 취업하고 나서도 마찬가지인 사람이 너무 많다. 퇴근하고 뭔가 해보려고 하지만, 저녁에도 주말에도 그냥 시체처럼 누워서 스마트폰만 만지작거리며 시간을 죽이는 경우가 다반사이다. 덕업일치에 성공해 회사에서 자아실현을 추구하고 집에서는 맘 편히 쉬는 경우도 있지만, 극도로 소수의 경우에 해당할 뿐이다. 그렇지 않은 대부분은 퇴근 후에 자기가 원했던 일을 실천할 수 있음에도 무기력의 소용돌이에 빠져 헤어나오질 못한다. 한 번뿐인 인생에서 후회를 최소화하려면 먹고사니즘이라는 족쇄가 풀리는 퇴근 후 시간을 야무지게 살아야 한다. 어떻게 하면 퇴근 후 시간을 제대로 보낼 수 있을까?

1. 무조건 체력이다

인생을 똑똑하게 사는 사람은 언제나 공통분모가 무엇인지 고민한다. 결국, 무언가를 하려면 체력이 받쳐줘야 한다. 퇴근 후 딱히 하고 싶은 게 없으면 운동하는 것이 진리다. 여기서 핵심은 무조건 체력을 기르겠다는 마음을 앞세우기보다 재미있을 것 같은 운동을 찾아보는 것이다. 즐거워야 동기가 지속되고, 그래야 꾸준히 할 수 있다. 정신승리로 체력을 기르는 것은 업무보다 더 힘들 수도 있다.

요즘은 함께 운동하는 프로그램도 많고 온라인에서

다양한 스포츠 정보를 얻을 수 있어서 흥미가 당길 만한 운동을 선택할 수 있는 폭이 확실히 넓어졌다. 그렇게 재미있는 운동을 즐기다 보면 당연히 체력이 향상되고, 향상된 체력은 일상 업무에도 도움을 준다. 이것이 바로 진정한 선순환이다.

2. 부업

회사 내규상 불가능한 사람도 있겠지만, 그렇지 않다면 부업을 해보라고 적극 추천한다. 사실 돈만큼 강력한 동기가 없다. 내 주변에는 회사에 다니면서 투잡을 뛰는 사람이 정말 많다. 회사에서는 내가 열심히 해도 그것에 상응하는 보상을 받지 못하는 경우가 많지만, 부업에서는 하는 만큼 받는 경우가 많아 효율적인 결과를 내기 위해 자발적으로 노력하게 된다.

실제로 주변 지인 중에는 회사에 다니면서 부업을 하다가 어느 정도 안정권에 들어서자 자기 사업으로 전환한 사람이 몇 명 있다. 그렇게 리스크를 줄이면서 수입도 올리고, 또 잘 될 때는 이직이나 사업 전환이 가능하므로, 퇴근 후나 주말에 부업을 시작하라고 강력하게 권한다. (그런데 다니는 회사가 하는 만큼 인정받을 수 있는 구조

라면 지금 회사에 집중하는 것이 더 옳은 전략일 수도 있다. 언제나 맥락이 중요하다)

3. 덕질(?)

취미활동이 아니라 굳이 '덕질'이라고 표현한 이유는 타인의 시선에 신경 쓰지 않으면서 좋아하는 일을 해보라고 권하고 싶기 때문이다. 나는 조금 특이한 케이스라서, 믿기지 않겠지만, 내 직업 자체가 내가 가장 좋아하는 활동이다. 그런데 만약 내가 예전 회사에 계속 다니고 있었다면 나는 반드시 2가지 '덕질'을 했을 것이다.

첫 번째는 보컬 트레이닝이다. 훈련받는다고 가수처럼 노래를 잘 부르게 되는 것은 아니지만, 그래도 지금보다는 나았을 것이다. 그렇게 연습하면서 신나게 노래도 부르고, 어느 정도 마스터한 노래를 주변 지인들 결혼식이나 행사 때 축가로 불렀을 것 같다.

두 번째는 스크린 골프 마스터다. 일반 골프는 비용도 많이 들어가고 오고 가는 시간도 오래 걸린다. 하지만 스크린 골프는 가격도 저렴하고 친구나 직장동료와 어울리면서 함께할 수 있다. 기왕에 하는 것 죽어라 연습해서 주변으로부터 독보적인 실력이라는 이야기를 들으며 소소한 우월감을 느끼고 살았을 것 같다.

사람마다 차이는 있겠지만, 직장인이라면 경제적으로 부담되지 않는 수준에서 자신의 취미 생활에 투자할 약간의 여유가 있을 것이다. 인생에서 최고의 투자는 자기 자신에 대한 투자이다. 한 번 사는 인생 그래도 재미있게 내가 해보고 싶은 것도 해봐야 하지 않겠는가? 덕질은 나를 위한 일종의 의식(ritual)이다. 이렇게 확실히 몰입할 수 있는 의식이 있으면 평소에 우리를 따라다니던 근심과 걱정을 그 순간만큼은 떨쳐낼 수 있다.

말콤 머거리지는 "단지 죽은 물고기만이 물결을 따라 흘러간다는 것을 절대 잊지 말라."라고 말했다. 무기력에 빠져있는 많은 사람들의 뼈를 때리는 좋은 명언이다. 많은 직장인들이 이리 치이고 저리 치이다 어느 순간 죽은 물고기처럼 세월을 따라 흘러가는 자신을 발견하곤 한다. 누군가는 이 글을 읽고 정말 힘들고 피곤해서 아무것도 할 수 없다며 하소연할 수도 있다. 회사에 다니면서 야근 일등을 몇 번 해본 입장에서 충분히 공감한다. 하지만 그럴수록 더욱더 퇴근 후에 자신만의 시간을 만들어야 한다. 그 이유는 악순환의 고리를 끊기 위해서다. 죽은 물고기처럼 이리저리 떠다니는 삶을 벗어나 오롯이 자신만을 위해서 시간을 쓰기 시작하면 관성의 악순환을 끊고 주도적인 삶을 시작하게 된다. 처음부터 무리할 필요는 없다. 인식을 조금만 바꿔도 많은 것이 바뀔 수 있다. 펄떡거리는 물고기가 되진 못해도, 살아 숨 쉬고 있다는 사실만이라도 스스로 확인해보자.

절대 쉽게
돈을 벌 수 없는 이유

세상에서 가장 힘든 일은 무엇일까? 바로 내가 하는 일이다. 완벽히 똑같은 일을 해도 내가 하면 훨씬 힘들고 어렵게 느껴진다. 그래서 다른 사람은 상대적으로 수월하게 사는 것 같고 쉽게 돈을 번다는 생각이 든다. 특히 요즘은 소셜 미디어의 발달로 다양한 이야기를 접할 수 있기 때문에 어렵지 않게 큰돈을 버는 사람이 많은 것처럼 보인다. 그런데 왜 대부분은 쉽게 돈을 벌지 못할까?

노력만으로 큰 부를 얻는 것은 어느 정도 한계가 있다.

결국은 내 노력이 시간과 장소에 따라 얼마나 부가가치가 크게 발생하는지가 중요하다. 시간 관점으로만 국한하면 타이밍의 중요성이라고 말할 수도 있겠지만, 조금 더 큰 범주에서 바라보면 내가 노력할 때 '운'도 따라야 한다고 말해야 한다.

지금 수백만 구독자가 있는 유튜버 중에는 상대적으로 일찍 유튜브에 뛰어든 경우가 많다. 똑같이 노력해도 초창기에는 경쟁자가 없기에 훨씬 수월하게 구독자를 모으고 팬덤을 확보할 수 있다. 하지만 이제는 방송국까지 유튜브에 뛰어들고 있기 때문에 예전보다 경쟁이 몇 배는 치열하다고 해도 과언이 아니다.

운은 통제 불가능하다고 하지만, 유튜브뿐만 아니라 어느 영역이든, 결국 빠르게 시도한 사람이 더 많은 운을 쟁취한다. 자신에게 물어보자. 새로운 시도를 얼마나 자주 하는가? 이제 왜 쉽게 돈을 벌지 못하는지 어렵지 않게 깨달았을 것이다.

다른 사람이 돈을 쉽게 번 것 같지만, 그것은 엄밀히 말하면 결과만 본 것이다. 과정은 전혀 모르고, 그냥 쉽게 부를 획득한 것처럼 착각하는 경우가 대다수이다. 돈을 많이 번 사람들에게는 2가지 큰 공통점이 있다. 꾸준한 노력과 지속적인 리스크 감수이다. 특히 리스크 감수는 정말 어려운 영역이다. 어떻게 보면 수월하게 수익을 올린 것 같지만, 조금만 계획이 틀어졌어도 모든 것을 다 날릴 수 있는 상황이 분명히 있었을 것이다. 그런 상황은 많은 수익을 올릴수록 비례하게 많아진다.

대부분 타인의 능력을 판단할 때 겉으로 보이는 부분만 따지는 경우가 많다. 리스크 감수는 엄청난 능력이지만, 사실 본인 말고 외부 사람은 잘 알 수가 없는 실력치이다. 그 외에도 눈에 보이지 않는 인내와 고통의 시간이 존재한다. 지금 글을 쓰고 있는 나도 오늘은 너무 힘들어서 아무것도 하기 싫었지만, 이 악물고 글을 쓰고 있다. 몇 년 동안 쉬지 않고 글을 쓰고 영상을 제작했기 때문에 소셜 미디어 분야에서 경쟁자들보다 소소하게나마 성공을 거둘 수 있었다고 생각한다. 누군가가 지금의 나를 보면 쉽게 매출을 올린다고 생각할 수도 있다. 단호하게 말해줄 수 있다. 엄청난 위기들이 있었고, 그것을 극복하려고 죽도록 열심히 했다.

쉽게 돈을 버는 방법으로 '고급' 정보를 떠올리는 사람이 많을 것이다. 투자의 관점뿐만 아니라 취업 및 사업의 관점에서도 정보는 중요하다. 그래서 우리는 고급 정보, 소위 돈이 되는 정보를 얻기 위해 귀를 쫑긋 세우고 다닌다. 하지만 나한테까지 전해진 정보는 고급 정보가 아닐 확률이 99%이다.

세상에 공짜는 없다. 누군가가 나에게 정보를 주었다면 인간관계의 유지나 물질적 보상처럼 무언가 바라는 것이 반드시 있을 것이다. 지금 내가 어떤 위치에 있는지 냉정하게 자신을 판단해보자. 과연 다른 사람이 나와의 유대를 강화하기 위해 아무도 모르는 기회를 알려줄 것인가? 그리고 정보를 주는 사람은 그 기회를 본인이 가지지 않고 나눠줄 수 있을 만큼 경제적으로, 정서적으로 여유가 있는 사람인가? 결국, 정보는 내 능력만큼 얻을 수 있다. 쉽게 돈을 버는 비밀은 생각보다 간단하다. 능력을 키우면 된다.

쉽게 돈을 버는 능력에 관한 재밌는 일화를 하나 소개한다. 세기의 거장 파블로 피카소가 프랑스의 한 카페에 앉아 있었다. 한 행인이 지나가다 그를 알아보고 냅킨을 주며 간단한 스케치를 부탁했다. 피카소는 그림을 그리고는 이렇게 말했다. "50만 프랑입니다." 행인이 "아니, 그리는데 몇 분밖에 안 걸렸는데, 너무 비싼 거 아닌가요?"라고 항의하자, 피카소는 이렇게 대답했다. "아니요. 이 그림을 그리기까지 40년이 걸렸습니다."

돈을 쉽게 버는 것인가? 아니면 쉽게 버는 것처럼 보일 뿐인가? 앞서 말했지만, 사람들은 대부분 결과만 본다.

돈을 많이 버는 현 상황만 바라본다. 하지만 이것은 물 위로 드러난 빙산의 일각에 불과하다. 물 아래에는 오랜 세월 길러온 능력, 리스크를 감수하기 위한 노력 그리고 통제 불가능한 운까지 존재한다. 이 정도면 쉽게 돈을 버는 게 얼마나 어려운 일인지 이제 감이 올 것이다.

평생 재수 없게 사는
사람들의 3가지 특징

'재수'의 사전적 정의는 '재물이 생기거나 좋은 일이 있을 운수'이다. 결국, 재수 없다는 말은 큰 범주에서 좋은 일이 잘 생기지 않는다는 뜻이다. 어떤 사람이 재수가 좋고 어떤 사람이 재수가 없을까? 사실 운을 통제할 방법은 어디에도 없다. 하지만 재수는, 사전적 정의에서 살펴봤듯이, 운보다 그 의미가 구체적이어서 재수를 잡는 방법까지는 모르겠지만, 재수 없게 살지 않는 방법은 고민해볼만하다. 어떻게 그럴 수 있을까? 다음과 같은 사람들은 재수 없는 인생을 자초할 확률이 매우 높다.

1. 무엇이 중요한지 모른다

사람마다 다르겠지만, 우리 인생에는 상대적으로 더 중요한 일이 반드시 있다. 예를 들면, 첫 만남은 인연에서 단위 시간 대비 영향력이 가장 높은 타이밍이다. 그 누구를 만나든지 첫인상에는 조금 더 신경 쓰는 것이 좋다. 당연한 이야기를 왜 하냐고? 그렇게 당연하다면서 첫 만남에 늦는 사람이 왜 이리 많이 존재할까? 당연한 것을 아는 것과 이를 실천하는 것은 전혀 다른 문제이다.

또 상대적으로 중요한 일이 공통분모에 해당하는 것들이다. 어떤 일은 한 번 하면 다른 일에도 연결되어 인생에 계속 영향을 끼치기도 한다. 공부나 운동 같은 보편적인 자기계발 활동들이 여기에 속한다. 어학 공부를 열심히 해서 외국어가 유창해지면 개인적 행복도도 높아지고 일에도 적용할 기회가 생긴다. 이런 당연한 사실을 뻔히 알면서도 우리는 공통분모와 전혀 상관없는 일들에 시간을 무의식적으로 소비한다. 그리고 나중에 탄식을 외친다. "아! 왜 나만 이렇게 재수가 없지?"

2. 돈 아까운 줄은 알고, 시간 아까운 줄은 모른다

세상에서 제일 귀한 것 중 하나가 바로 시간이다. 결국, 돈을 많이 벌어야 하는 결정적 이유는 시간이 한정적이기 때문이다. 돈이 있으면 다른 사람에게 비용을 지불해 일을 맡기고 내가 집중하고 싶은 일에 오롯이 집중할 시간을 벌 수 있다. '시간이 돈'이라는 말은 단순한 비유가 아니라 엄연한 현실이다.

하지만 많은 사람이 시간이 돈이라는 말에 고개를 끄덕이면서도 막상 진짜 돈인지 전혀 모르는 것처럼 행동한다. 대표적으로 공짜인 것 같지만 시간을 투입해야 하는 일에 많은 사람이 몰리는 경우가 있다.

누구나 약간의 학습능력과 체력이 있으면 최저시급을 받고 일하는 것이 어렵지 않기 때문에, 지금 내가 시간을 쓰는 일이 과연 최저시급 이상의 가치가 있는지 고민해봐야 한다. 그러나 이를 실제로 따져보는 사람은 많지 않다. 반면, 그런 현실을 정확하게 꿰뚫고 있는 마케팅 관계자들은 공짜라는 마법의 키워드를 내세워 많은 사람의 시간을 돈으로 바꿔 간다.

앞에서 언급한 것처럼 재수는 재물이 생기는 운수를 말한다. 인생에서 가장 소중한 시간을 낭비하는 경우가 태반인데, 막상 재수가 좋아서 돈이 조금 생긴다고 이미 어마어마하게 낭비한 시간을 메울 수 있을까? 시간이 돈인 줄 모른다면 그냥 인생 자체가 재수 없다고 생각하면 된다.

3. 실수를 반복한다

실수를 꼭 부정적으로 볼 필요는 없다. 실수를 안 하려고 하면 오히려 도전을 회피하게 되어서 그 부작용이 더 심각하다. 하지만 똑같은 실수를 반복하는 것은 얘기가 다르다. 결국, 인생의 성공 여부를 가르는 핵심은 "얼마나 실수를 되풀이하지 않는가?"라고 정의해도 과언이 아니다.

실수는 누구나 하기 때문에 실수 자체는 절대 문제가 되지 않는다. 하지만 반복되는 실수는 단순히 실수를 여러 번 한 것에서 끝나지 않고 악순환의 고리를 만들기 때문에 정말 조심해야 한다. 반복된 실수는 왜 악순환을 부를까? 쉽게 생각해보자. 우리는 실수를 반복하는 사람을 신뢰하지 않는다. 신뢰받지 못하면 기회를 박탈당하거나 추가로 얻을 수 없다. 기회는 곧 운이고, 운이 없다면 큰 범주에서 재수가 없는 것이다.

이처럼 불운의 악순환에 빠지면 저지른 실수에 비해 큰 손해를 입게 된다. 뒤로 넘어져도 코가 깨지는 셈이다. 따라서 불운의 악순환에 빠지지 않아야 하고, 그러려면 실수의 반복을 막아야 한다. 이것만 잘 지켜도 재수 없는 삶을 살 확률은 확연하게 낮아질 것이다.

사람들은 상황이 의도대로 흘러가지 않을 때 재수가 없다는 표현을 자주 쓴다. 확률적인 관점에서 말도 안 되는 일이 실제로 발생하는, 진짜 재수 없는 경우도 당연히 존재할 것이다. 하지만 자세히 살펴보면 불운의 실마리가 될 수 있는 원인을 알게 모르게 본인이 제공한 경우도 많다. 그런 씨앗들은 생각보다 사소한 것들이고, 또 약간만 의식하면 충분히 제거할 수 있는 것들이다. 초반에 약간만 노력하면 시간이 지나 결과적으로 최악의 재앙이 될 일을 방지할 수 있음을 기억하자. 적은 노력으로 커다란 불운을 막았다면, 이것만큼 재수 좋은 일이 또 없지 않을까?

진정한 공부란
무엇인가?

올바른 학습 방법을 익히고 실천을 통해 앞으로 나아 간 사람들의 공통적인 특징이 있다. 공통점은 바로 '용기'다. 실천하는 용기는 공부의 화룡점정이다. 공부의 핵심을 말하면서 왜 '용기'를 거론하는지 고개를 갸우뚱하는 사람이 많을 것이다. 이제 공부라는 단어의 뜻을 자세히 살펴보면 갸우뚱하던 고개를 어느새 끄덕이고 있을 것이다.

공부(工夫)의 사전적 정의는 '학문이나 기술을 배우고

익힘'이다. 공부는 배우고 익히는 것이다. 많은 사람이 공부를 했다고 생각하지만, 배우기만 하고 익히지 않았다면 반쪽짜리 공부를 한 셈이다.

그럼 '익힌다'라는 것은 과연 무엇을 의미하는가? '익히다'의 사전적 정의는 '자주 경험하여 능숙하게 하다'이다. 결국, 한 번 책을 읽거나 강의를 듣는 것은 공부라고 말할 수 없다. 진정한 공부는 우리가 기존에 해왔던 반쪽짜리 공부를 넘어 '배움과 익힘'을 함께 하는 온전한 실천을 통해서 완성된다.

'배우고 익히다'를 한자어로 표현하면 학습(學習)이 된다. 익힐 습(習)자를 조금만 파고들면 배우고 익히는 것이 무엇을 뜻하는지 알 수 있다. 익힐 습(習)은 깃 우(羽)와 스스로 자(自→白)를 합쳐 만든 회의 문자다. 뜻을 풀이하면 아기 새가 스스로(自) 날갯(羽)짓을 연습한다는 의미다. 우리 자신이 아기 새가 되었다고 가정해보자. 어미 새가 물어다 주는 먹이만 먹다가 이제 독립해야 하는 시기가 왔다. 어미 새가 나는 모습을 통해 날갯짓하는 방법을 머리로는 배웠다. 둥지에서 푸드덕거리며 날개를 움직여도 봤다. 그리고 마침내 작은 두 날개에 100% 자신을 의지하여 둥지 밖으로 뛰어내려야 하는 상황에 직면했다. 이때 필요한 것이 무엇일까? 바로 '용기'다. 배움에서 익힘으로 넘어가는 연결고리는 바로 '용기'다.

처음부터 잘하는 사람은 없다. 분명히 처음 시도하면 우리가 머릿속에 그려왔던 생각과 다르게 많이 엉성할 것이다. 그렇게 초라한 자신의 모습을 타인에게 들킬지도 모른다는 생각에 움츠러들지도 모른다. 또 생각보다 만만하지 않은 현실의 벽에 부딪히면서 쉽게 잊히지 않는 씁쓸한 좌절감을 맛볼지도 모른다. 그런 트라우마들이 누적되면서 점점 시도하기가 두려워질 수도 있다.

그래서 필요한 것이 '용기(勇氣)'다. 여기서 용기의 뜻도 다시 살펴볼 필요가 있다. 흥미롭게도 용(勇)자는 '날래다'라는 뜻을 지니고 있다. 결국, 우리에게 필요한 태도는 배웠으면 '날렵하게' 실천하고, 실패해도 '재빠르게' 다시 시도하는 '날랜 기운(용기)'이다.

그렇게 용기를 가지고 반복하여 경험을 쌓으면 올바른 익힘(習)을 하게 된다. 무조건적인 노력은 정답이 아니다. 의식적인 노력이 축적되어야 최고를 향해 성장할 수 있다. 그럼 제대로 익히기 위한 올바른 경험은 어떻게 얻을 수 있을까? 정답은 경험(經驗)이라는 단어 중 '시험 험(驗)'자에 있다. 경험을 한자 뜻 그대로 풀이하면 '시험을 통해 지나가다'이다. 시험은 우리가 배운 것을 장기기억으로 넘기기 위한 최고의 전략이다. 결국, 제대로 자주 경험을 쌓았다면, 그 내용은 온전하게 학습되어 우리의 일부분이 된다.

대부분이 공부를 했어도 남는 게 없는 이유는 명확하다. 우선은 익히지 않아서 그렇다. 책을 한 번만 읽고서 그 내용이 온전하게 소화되리라 생각하는가? 착각이다. 그냥 단순히 여러 번 읽는다고 내용을 제대로 체화할 수 있을까? 완전히 잘못된 방법이다. 배움만을 고려한다면 많은 사람이 상당히 능하다고 할 수 있다. 배움과 익힘이 조화를 이루어 한 분야의 장인(工)이 되려면, 공부(工夫)에서 익힘이 턱없이 부족했다는 것을 반성하고 개선해야 한다.

〈논어〉의 맨 처음에 등장하는 말은 '학이시습지, 불역열호(學而時習之, 不亦說乎)'이다. 풀이하자면 "무언가를 배우고 때맞추어 그것을 익히면 기쁘지 않겠느냐?"라는 말이다. 진정한 공부에 대해 이보다 더 잘 설명하는 말이 없다고 생각한다.

— 변화

*

변화를 향한 첫 단계는 인식이다. 두 번째는 인정이다.

- 나다니엘 브랜든 -

*

개선이란 곧 변화다.
완벽함이란 몇 번이고 변화하는 것이다.

- 윈스턴 처칠 -

*

다른 사람이 가져오는 변화나 더 좋은 시기를 기다리기만 한다면,
결국 변화는 오지 않을 것이다.
우리 자신이 바로 우리가 기다리던 사람이다.
우리 자신이 바로 우리가 찾는 변화다.

- 버락 오바마 -

1년 동안
50권의 책을 읽었다

일 년에 최소 50권의 책을 읽는다. 사실 몇 권을 읽는지 숫자에 집착할 필요는 없다. 상황에 맞게 자신에게 정서적으로, 지식적으로 도움이 되는 방향으로 최선을 다해서 읽으면 된다. 그렇게 책을 꾸준히 읽기 시작한 지 꽤 오랜 시간이 흐른 것 같다. 일주일에 한 권씩, 길게는 한 달에 한 권씩 '좋은' 책을 20권 정도 꾸준히 읽으니 삶에서 무언가 바뀌는 것을 직접적으로 느낄 수 있었다. 사람마다 책 읽는 목적도 다르고 얻는 것도 다르겠지만, 내 경우는 확실히 독서를 통해 인생을 바꿨다고 해도 과언이 아니다.

우선 좋은 책을 꾸준히 읽으면 전혀 다른 주제가 연결되는 것을 경험할 수 있다. 최근에 가장 인상 깊게 읽었던 책은 그동안 전혀 주목받지 못했던 뇌세포인 '미세아교세포'를 다룬 〈너무 놀라운 작은 뇌세포 이야기〉였다. 딱 봐도 지루할 것 같은 내용이다. 하지만 이 책을 읽고 숙면이 왜 중요한지, 먹는 것이 우리의 뇌에 어떤 영향을 주는지, 왜 명상이 삶의 질을 높일 수 있는지, 운동과 뇌의 관계는 무엇인지 등 이전에 읽었던 10권도 넘는 책에서 얻은 지식과 정보를 유기적으로 연결할 수 있었다. 그리고 앞으로 의과학계가 어떤 방향으로 흘러갈지, 우리는 어떤 치료를 받아야 할지에 관하여 매우 중요한 교양을 쌓을 수 있었다. 이렇게 제대로 된 책을 꾸준히 읽으면 세상에 대한 이해도를 계속 올릴 수 있다.

양서를 제대로 읽어서 소화하면 무형자산을 계속해서 늘려갈 수 있다. 지식은 최고의 자산이다. 돈은 다른 사람과 나누면 반으로 줄지만, 지식은 나누면 소유한 사람이 두 배가 된다. 요즘처럼 온라인이 활발해지는 시대에는 무형 자산의 힘이 더욱더 커진다. 우리는 어떤 사람을 신뢰할까? 상황과 맥락에 따라 다르겠지만, 보통 무언가를 제대로 알고 있고, 더 나아가 그 지식을 함께 공유해주는 사람을 신뢰한다. 책에서 얻은 지식이라는 무형자산을 잘 활용하면 신뢰라는 더 고차원적인 무형자산도 얻을 수 있다. 그 과정이 반복되고 깊어지면 아주 튼튼한 네트워크를 구성하게 된다. 소위 말하는 진정한 '인맥'이 생기는 것이다. 실제로 독서에서 배우고 깨달은 것을 사업에 적용해서 어느 정도의 결과를 만들었고, 그 결과를 직접 확인한 많은 사람들이 조언을 요청했다. 그 과정에서 평생 함께하고 싶은 분들과 인연을 만들었고, 지금도 많은 분들과 정서적으로 그리고 사업적으로 좋은 유대를 맺고 있다.

개인마다 행복을 충족하는 기준이 다르겠지만, 내 경우에는 삼시 세끼 걱정 없고 원할 때 책을 읽을 수 있다면 충분히 행복한 삶이라고 생각한다. 몽테스키외는 "한 시간 독서로 누그러지지 않는 걱정은 결코 없다."라고 말했다. 독서는 행복을 줄 수도 있고, 우리의 생각을 정리해줄 수도 있다. 개인적으로 너무 안타까운 상황이, 노인분들이 독서의 기쁨은 고사하고 문해력이 부족하여 책을 읽지 못해 무료하게 시간을 흘려보내는 것이다. 이렇게 가정해보자. 읽을 책은 많고, 시간은 넘쳐난다. 그리고 독서를 통해서 지적 희열을 느끼는 것을 너무 좋아한다. 노년 생활이 그렇게 된다면, 독서야말로 생전에 '극락'을 경험하는 일이 되지 않을까? 독서를 통해 즐거움을 느낄 수 있다면, 그것보다 행복한 인생도 없다. 그래서 내 인생 말년에는 극락이 기다리고 있다.

세상에 공짜는 없다. 그래서 우리가 하는 선택을 따져보면 보상이 큰 선택은 위험이 많이 따르고, 반대로 보상이 작으면 위험이 적은 경우가 대부분이다. 인생에서 기회가 왔을 때를 잘 살펴보자. 위험이 적은 데 생각보다 보상이 큰 경우이다. 이런 경우는 잘 없기 때문에 과감하게 선택해야 한다. 그런데 그 대표적인 예가 바로 독서이다. 독서를 꾸준히 한다는 것은 좋은 기회와 계속해서 접점을 만든다는 것을 의미한다. 독(讀)해야 살아남는다.

어느 20살 친구의 질문 : 꿈은 어떻게 찾나요?

사회에서 비즈니스로 만났지만, 내가 작은아버지처럼 생각하는 이사님이 계신다. 이사님도 나를 막냇동생 혹은 조카처럼 생각하신다. 최근 이사님의 아들이 대학교 1학년 1학기를 마쳤다. 이사님은 나에게 아들의 인생상담을 부탁해도 되는지 조심스럽게 물어보셨다. 나는 세상에서 가족보다 중요한 게 어디 있냐며 당장 아들을 보내시라고 했다. 보통 아버지가 이렇게 하면 아이가 반발하기 마련인데, 이 친구는 즐거운 마음으로 나를 찾아왔다.

이런저런 얘기를 나누다가 이 친구가 나에게 이렇게 물었다. "박사님, 꿈은 어떻게 찾을 수 있나요?" 아주 좋은 질문이었다. 사실 나는 20살 때 저런 고민을 해본 적도 없어서 대견하게 느껴질 정도였다. 그래서 차분히 대답해주기 시작했다.

일단 꿈을 가진 사람은 생각보다 많지 않다. 그래서 인생의 꿈을 찾는 것 자체가 커다란 목표이자 행운이라고 말해줬다. 사람들이 쉽게 착각하는 것이 꿈이 어딘가에 있고, 운명적으로 내 적성과 맞는 꿈을 찾아야 하며, 이것이 꿈을 찾는 보편적인 과정이라고 믿는 것이다. 하지만 실상은 전혀 그렇지 않다.

먼저 가장 중요한 사실부터 인지해야 한다. 꿈과 직업은 일치할 필요가 없다는 점이다. 꿈은 내가 좋아하는 일을 하는 것이다. 그게 반드시 직업일 필요는 없다. 직업은 내 꿈을 이루기 위해 경제적으로 보조해주는 수단이 될 확률이 높다. 이것만 제대로 파악하고 있어도 직업 선택이나 직장생활에서 정신 나간 짓을 하지 않는다. 그리고 꿈이 하나일 필요도 없다. 나는 꿈이 5개도 넘는다. 결국, 꿈은 내 능력만큼 가질 수 있다.

능력이 올라가면 꿈을 성취할 확률도 올라가고 동시에 더 많은 꿈을 발견할 확률도 올라간다. 예를 들면, 나는 지금 3개의 회사를 운영하고 있다. 5년 전만 해도 생각조차 못 해본 일이다. 하지만 조금씩 경제적 여유가 생겼고, 그것을 소비하는 데 쓰지 않고 회사를 운영하는 쪽에 투자했다. 작지만 회사에서 성공을 거두기 시작하자 더 많은 것들이 보이기 시작했다. 만나는 사람도 바뀌고, 얻을 수 있는 정보도 달라졌다. 직원들이 많아지면서 내가 잘할 수 있는 일에 집중할 수 있게 되자 능력은 더 올라갔다. 그러면서 할 수 있는 일이 더 많아졌다. 그렇게 나는 꿈을 이뤄가고 있다고 말해줬다.

다시 한번 말하지만, 진짜 내 꿈이 무엇인지 알기만 해도 성공한 인생이라 말할 수 있다. 대부분 자신의 꿈이 무엇인지도 모르고 살아가고 있다. 일단 먹고사니즘에 치여서 그런 것을 고민해볼 시간이나 여유가 없는 경우가 많다. 또 아는 만큼 보이는데 학습한 것이 없어서 근시안적으로 세상을 바라보는 경우도 태반이다. 그러니 꿈을 찾고 싶다면 꾸준하게 공부하고 실천하라고 답해줬다. 교과서적인 이야기이지만, 결국 그게 답이다. 인생은 뻔한 이야기를 꾸준하게 실천하는 사람이 성공한다. 그게 인생이다.

시간을 내 편으로
만들어 주는
부자의 공부

부자 된 사람들의 이야기를 들어보면 꼭 빠지지 않는 것이 있다. 투자든, 창업이든, 책에서든, 현장에서든 어떤 방법이 되었든 간에 공부하는 시간이 있었다. 그런데 공부하라는 말은 쉽지만, 막상 공부하려고 하면 상당히 막막하다. '뭘 해야 하지? 유튜브를 본다면 어느 채널을 봐야 할까? 그래도 공부니까 책을 읽어야 하지 않을까? 유료 강의를 들으면 부자가 될까? 부자는 달리면서 생각한다던데, 뭐라도 투자하면서 배워야 하는 것은 아닐까?'

홍수에는 마실 물이 없다고 한다. 지금은 가히 정보의

홍수 시대라고 할 만하다. 하루에도 경제 주제별로 수백, 수천 개의 영상이 올라오고 있으며, 매일 수십 권의 책이 새로 쏟아지고 있다. 이 중에서 자신에게 필요한 것이 무엇인지 깨닫기는 결코 쉽지 않다. 잘 모를 때는 자기가 좋아하는 채널이나 인플루언서부터 시작해 정보를 얻어 나가면 좋겠다. 여기에서는 구체적인 투자 방법이나 기술보다 누구에게나 도움이 될 만한 내용을 소개하려 한다.

'IMF 사태 때 ○○전자 주식을 샀더라면...'
'2010년대에 ○○코인을 샀더라면...'
'○○아파트를 그때라도 샀더라면...'

혹시 주변에서 이런 이야기를 들어본 적 없는가? 그때 그 자산이 저평가되어 있었고, 지금은 예전에 비해 매우 많이 올랐다는 내용이다. 그런데 과거로 다시 돌아간다면 아무 망설임 없이 그 자산을 선택할 수 있을까? 어떤 자산이 저평가되어 있다는 것은 모두가 그 자산을 외면하고 있다는 것이고, 그럼 그 자산을 사기 위해 적지 않은 용기와 판단력이 필요하다. 대부분은 그때 유행하는 자산군 안에서 조금이라도 더 나은 것을 사고 싶어 한다. 어느새 대중의 관점 속에서 판단하게 된다.

회사원으로서 수십억 자산을 이룬 '투자가 카일'은 영

원히 오르는 자산이 없다는 점을 강조한다. 자연 속의 계절과 날씨가 순환하듯 자산 시장도 상승과 조정을 반복한다는 것이다. 그런데 사람의 감정은 순환이 아닌 관성을 좋아한다. 올라갈 때는 계속 올라갈 것 같은 탐욕이, 떨어질 때는 계속 떨어질 것 같은 공포가 사람들에게 내재되어 있다. 그래서 모두가 극도로 탐욕스러울 때 공포를 느끼고, 모두가 공포에 떨 때 탐욕을 선택할 수 있다면 투자로 돈을 벌 수 있다고 한다.

특정 자산에 대한 관심도 마찬가지다. 모두가 어떤 자산에만 몰두하고 있다면, 다른 자산에 기회가 있지는 않을지 살펴볼 필요가 있다. 그러려면 다양한 자산에 대해 알고 있을수록 유리하다. 이코노미스트 홍춘욱 박사는 젊을 때 다양한 자산에 대해 편견 없이 알아둬야 한다고 강조한다. 부동산은 적폐의 산물이라거나, 주식은 패가망신의 지름길이라는 메시지에서 벗어나 모든 자산에 관해 골고루 알아두고 기회가 어디에 있는지 살펴봐야 한다는 것이다.

일상에서 흔히 접하지만, 의외로 많은 사람들이 잘 모르는 것이 바로 금리다. 보통 사람들에게 금리란 은행에 돈을 넣으면 나중에 쥐꼬리만큼 붙는 보너스의 이름일 뿐이다. 집을 마련하거나 사업을 해 본 사람이라면 금리의 위력이 조금은 다르게 다가올 것이다. 0.1%P 차이에 따라 부담이 얼마나 늘어나고 줄어드는지가 피부로 와 닿기 때문이다. 그런데 이마저도 몇 년에 한 번 고민할까 말까 한 일이기 때문에 금리라는 것에 꾸준히 관심을 가지기란 쉽지 않다.

염상훈 헤지펀드 매니저는 어디에 투자하든 금리를 모르면 안 된다고 강조한다. 대표적인 투자 수단인 주식도 금리에 큰 영향을 받기 때문이다. 예를 들어 주가가 1만 원이고 매년 5%를 배당하는 주식이 있다고 하자. 그런데 만약 금리가 5%에서 2%로 내려가면 어떻게 될까? 다른 곳에서는 5% 이자를 받을 수 없기 때문에 이 주식의 가치가 올라갈 것이다. 반대로 금리가 올라가면 다른 조건이 일정할 경우 주가가 떨어질 가능성이 커진다.

중앙은행은 물가에 굉장히 민감한 기관이다. 물가가 오르면 금리를 올려서 경기 과열을 잠재우려 한다. 물가 상승은 경기가 좋을 때 이루어진다. 상품의 가격이 오르는 이유는 사람들이 더 높은 가격을 지불할 용의가 있기 때문이다. 이렇게 경기 호황으로 인해 금리가 인상하는 경우 자산 가격도 함께 오를 수 있다. 하지만 염상훈 매니저는 이때부터가 신중하게 투자할 시기라고 말한다. 호황의 끝이 머지않았다고 보기 때문이다.

투자에 있어서 실패란 무엇일까? 내가 산 자산의 가격이 떨어지는 것이 아니다. 내가 산 자산의 가격이 떨어졌을 때 내 의지와 관계없이 다른 사람에게 자산이 넘어가게 되면, 그것이 바로 투자에서의 실패다. 가격 하락 자체는 결코 성패를 판단할 수 있는 근거가 되지 못한다.

많은 사람들이 경제를 공부하며 어떤 자산이 우량한지 열심히 분석하고, 이 자산이 지금 싼지, 비싼지 골몰한다. 그런데 정작 간과하는 부분이 있다. '부자언니' 유수진은 대부분의 사람들이 자기 자신이 어떤 성향인지, 가격이 떨어졌을 때 얼마나 의연하게 판단할 수 있는지에 대해 무지하다고 지적한다. 자기 삶의 문제 때문에 중요한 경제적 판단을 그르치는 경우가 적지 않기 때문이다. 자신에게 어떤 문제가 있고, 어떤 부분이 스트레스를 유발하는지 확인하며, 그것을 통제할 수 있을 때 비로소 재테크를 하는 게 좋다.

감당하기 어려운 레버리지(대출) 활용도 투자 실패를 부르는 대표적인 원인이다. 슈퍼개미 김정환은 100억대 자산가들도 코로나 위기에서 자유롭지 않았다고 한다. 계좌 잔고가 순식간에 사라지는 이유는 레버리지 때문이다. 시장이 계속해서 오를 것이라고 생각하면 대출을 이용해 더 많은 돈을 투입해서 더 많은 이익을 취할 수 있다. 문제는 예기치 않은 급락이 닥쳤을 때다. 대출을 갚으려면 배로 커진 손해를 감수하더라도 자산을 팔아야 한다. 심리적으로 버틸 수 있다고 해도 제도적으로 버틸 수 없게 만드는 것이 바로 감당할 수 없는 수준의 대출이다.

부동산에서도 마찬가지다. '김사부' 김원철은 대출 비중이 클수록 작은 조정에도 사람이 민감해지기 쉽다고 지적한다. 은행에서 정해진 기준에 따라 최대한도를 빌리는 것이 '영끌'의 전부는 아니다. 은행 대출에 더해 마이너스 통장을 이용한 신용 대출, 지인 대출, 다른 자산을 담보한 대출까지 받는다면 어떨까? '영끌'해서 집을 샀어도 금리가 오르지 않고 집값이 오르면 괜찮다. 그런데 집값이 떨어지면 같은 금액의 이자를 내기가 훨씬 부담되고 힘들어진다. 자칫하면 집이 경매로 넘어갈 수도 있고, 혹 집을 헐값에 팔면 돌이킬 수 없게 된다. 어떤 투자에서든 대출을 무리하게 사용하는 것은 위험하다.

피땀 흘려 소중한 종잣돈을 모았을 때 돈이 있다고 무턱대고 투자하는 것만큼 위험한 행동도 없다. 주식이든, 부동산이든, 어떤 투자든 뛰어들기 전에 충분한 준비가 필요하다. 종잣돈을 모으는 동안 위에서 소개한 내용과 함께 자신에게 필요한 정보를 꾸준히 학습한다면 적어도 위험한 투자는 하지 않을 것이다.

뛰어난 '사수(선배)'의
결정적 특징

줄을 잘 서야 인생에서 성공할 수 있다는 이야기를 우리는 어렵지 않게 들을 수 있다. 여기서 줄은 어떤 권력과 연결된다는 이야기일 수도 있다. 하지만 현실적으로 생각해 '좋은 사수를 만나야 성공한다.'라고 해석할 수도 있다. 그렇다면 어떤 특징을 가지고 있는 사람이 좋은 사수일까? 이런 고민을 한 번 해본다면 좋은 선배와 일할 기회를 찾을 수도 있고, 본인이 사수가 되었을 때 후배들을 잘 이끌 수도 있을 것이다.

사수는 나와 직접적으로 연결된 직장 상사이다. 그래서 가장 중요한 부분이 바로 직접 소통이다. 사실 일반적인 지식은 책이나 업무 보고서 같은 곳에서도 얻을 수 있다. 따라서 좋은 사수라면 일반적인 지식을 넘어 '암묵지', 즉 체감적으로 알고 있는 것에 관하여 설명해주고자 노력해야 한다. 암묵지는 직접 소통이 아니면 알 수 없는 부분인데다, 본인이 인지하지 못하면서 행하는 경우도 있어 사수의 메타인지가 높아야 설명이 가능하다. 대표적으로 디테일, 즉 사소해 보이지만 꼭 챙겨야만 하는 부분들이 이에 해당한다. 이를 차분히 알려주는 사수는 정말 좋은 사수이다.

보통 후배는 선배보다 업무적 역량이 떨어질 수밖에 없다. 그래서 잘하지 못하거나 실수하는 것이 지극히 자연스러운 현상이다. 그 잘못에 대해 선배가 열 받는 것 또한 인간적으로 정상적인 감정이다. 여기서 중요하게 따져볼 것이 있다. 대부분은 상황을 보고 감정적으로 반응한다. 그래서 화부터 낸 후에 잘못을 지적하고 처리한다. 그나마 인간적인 선배이면 나중에 화낸 것에 관해 언급하면서 다 그렇게 배우는 것이라고 위로해준다. 그조차도 없는 게 태반이다.

반면 고수의 품격을 가진 선배는 화부터 내지 않는다.

일단 그럴 수도 있다고 얘기하고 먼저 상황에 공감한다. 그렇게 후배를 안심시키고 난 후에 잘못을 지적한다. 순서의 차이지만, 이것은 결과적으로 다른 상황을 만든다. 어느 누가 꾸지람을 들은 상태에서 상대방의 말을 경청할 수 있을까? 반면 안심하고 평온한 상태에서는 이야기를 좀 더 잘 들을 수 있다. 이것은 매우 상식적인 부분이지만, 그렇게 행동하는 사람을 찾기가 힘든 게 현실이다. 그런데 이렇게 잘해줬는데도 계속 실수를 반복하면 충격요법이 필요하기는 하다. 호의를 권리로 착각할 때는 충격요법이 답이다.

친구가 삼성을 잘 다니다가 9년 차에 과장이 되면서 퇴사했다. 이유를 물어보니 '우리 부장처럼 살고 싶지 않다'는 것이었다. 회사에 다녀본 입장에서 매우 공감 가는 이야기였고, 의외로 인생을 설계하는 괜찮은 방법이라는 생각도 들었다. 좋은 롤 모델을 찾아 그 뒤를 따를 수 있다면 좋겠지만, 그런 사람을 만날 수 없다면 '최소한 저렇게는 되지 말아야지…'라고 생각할 사람을 찾아서 타산지석 삼는 것도 나쁘지 않다.

좋은 사수는 성장하고 발전하는 모습을 보여줘야 한다. 그것 자체가 후배의 숨통을 틔워주고 좋은 미래가 있다는 가능성을 가슴 속에 심어주는 가장 좋은 방법이다.

이러면 더 열심히 하라고 말로 압박할 필요도 없다. 선배가 귀감이 되면 후배들은 저절로 행동하게 되어 있다. 그러니 "할 수 있는 자는 행한다. 할 수 없는 자는 가르친다."라는 조지 버나드 쇼의 뼈 때리는 말을 곱씹으면서 실천을 통해 성장하는 선배가 되자.

― 습관

*

승리는 습관이다. 불행히도 패배도 그렇다.

- 빈스 롬바르디 -

*

습관보다 강한 것은 없다.

- 오비드 -

*

반복해서 행하는 것, 그 자체가 곧 너 자신이다.
탁월함이란 행동이 아닌 습관에서 오는 것이다.

- 아리스토텔레스 -

무엇이 그들을
탁월하게 만드는가?

'탁월하다'의 사전적 정의는 남보다 두드러지게 뛰어나다는 것이다. 어떤 사람을 보면 탁월함에 입이 쩍 벌어지는 경외감을 느끼기도 한다. 많은 프로 스포츠에서는 매일같이 탁월함의 향연이 벌어진다. 무엇이 그들을 탁월하게 만드는 것일까? 다음 4가지는 보편적인 상황에서 우리를 탁월하게 만드는 덕목이다.

1. 혀를 내두를 만큼의 성실함

적어도 우리나라에서 축구의 우리 형은 호날두가 아니라 '메시'다. 그 메시에게 큰형 같은 선배 선수가 있었으니, 바로 호나우지뉴다. 호나우지뉴는 세계에서 가장 치열하다는 엘 클라시코(FC 바르셀로나 vs 레알 마드리드 CF)에서, 그것도 적진에서 상대를 초토화하여 관중에게 기립박수를 받았다. 이 선수의 별명은 외계인이었다. 그의 전성기 시절 영상을 유튜브에서 찾아보길 바란다. 왜 '외계인'이라는 별명이 붙었는지 바로 이해할 수 있을 정도로 놀라운 실력을 보여줄 것이다.

하지만 호나우지뉴의 전성기는 그리 길지 못했다. 재능은 있었지만, 결국 자기관리가 되지 않았기 때문이다. FC 바르셀로나에서 뛰던 마지막 연도에는 클럽에서 '죽돌이'로 살면서 팀 훈련에도 참석하지 않았다고 한다. 결국, 팀은 새로운 에이스로 메시를 선택했고 호나우지뉴와 결별하게 된다. 이로부터 배울 수 있는 교훈은 명백하다. 재능을 꽃피우는 것은 성실함이고, 없던 재능을 만들어 내는 것도 성실함이다.

2. 자신에 대한 엄격함

세상은 괴리로 가득 차 있다. 그중에서도 특히 많이 보이는 괴리는, 사람들이 자신에게는 한없이 관대하면서, 타인에게는 매우 엄격하다는 점이다. 사실 인간이라면 어쩔 수 없이 겪어야 할 괴리라는 생각도 든다. 타인보다 자신 혹은 자신과 가까운 사람을 더 소중히 여기는 게 당연하다. 여기에는 생명과 재산뿐만 아니라 정신적인 면도 포함되어 있다. 누구나 자신의 내면과 자존감을 소중히 여긴다. 그래서 자아가 위협받으면 방어기제가 발동한다. 때로는 자신의 명백한 잘못을 부정하거나 왜곡하기도 하고, 때로는 자신의 부정적인 모습을 타인에게 투사하기도 한다. 그렇게 자신에게 관대하고 타인에게 엄격한 괴리가 생긴다.

그래서 이 모순을 극복한 사람은 유독 탁월해 보인다. 특히 리더라면 당연히 팔로워들에게 관대하고 자신에게 엄격해야 한다. 하지만 우리는 일상에서 반대의 모습을 더 쉽게 목격한다. 리더가 자신에게 엄격하면 팔로워들도 그 영향을 받아 스스로 엄격해지기 마련이다. 윗물이 맑아야 아랫물이 맑다. 조직의 리더가 탁월하면 프랙탈이 퍼져나가는 것처럼 조직도 탁월해지기 마련이다.

3. 끊임없는 도전정신

우리는 어떤 사람을 동경하는가? 무언가 많이 가진 사람? 아마 그럴지도 모른다. 하지만 무엇을 가진 사람이 그것에 의존하지 않고, 심지어 그것을 다 내려놓고 새롭게 도전한다고 하면 어떤 느낌이 드는가? 그 사람이 누군지도 모르지만, 벌써 멋지지 않은가?

한계에 도전하는 사람의 모습을 보면 우리 가슴 속에서 무언가 요동치기 시작한다. 어쩌면 도전하는 사람의 탁월함과 내 잠재적 탁월함의 가능성이 공진하는 것은 아닐까? 도전하는 사람은 아름답다. 나아가 끊임없이 도전하는 사람은 아름다움을 넘어 이견 없이 탁월하다고 말할 수 있을 것이다.

그래서 탁월한 리더는 비결이나 조언을 전하는 데 그치지 않는다. 잠재적 탁월함의 가능성, 즉 비전을 보여준다. 진짜 탁월한 리더는 비전을 말이 아닌 행동으로 보여준다. 누구보다 솔선수범하여 끊임없이 도전한다. 이를 보는 팔로워의 가슴속에는 자연스럽게 가능성의 불꽃이 타오르기 시작한다.

그렇다면 우리는 무엇을 해야 할까? 거창한 시작이 아니라 당장 작은 것이라도 새로운 도전을 해봐야 한다. 물론 그 도전이 100% 성공할 거라고 보장할 수는 없다. 하지만 도전 그 자체가 가진 의미를 잊지 않길 바란다. 아무리 작은 시도라 할지라도, 그것은 탁월함으로 피어날 씨앗이 될 것이다.

4. 무의식적 노력

아리스토텔레스는 "반복해서 행하는 것, 그 자체가 곧 너 자신이다. 탁월함이란 행동이 아닌 습관에서 오는 것이다."라고 말했다. 우리가 탁월하다고 생각하는 사람들은 과연 사람이 저렇게 할 수 있을까 의구심이 들 정도로 자기 일에 몰입하고, 그 모습을 꾸준히 이어간다. 몰입과 꾸준함의 교집합은 무의식적 노력 상태를 말한다. 아리스토텔레스는 탁월함이 무의식적 노력 상태, 즉 습관에서 온다고 말한 것이다.

우리는 생각보다 무의식 상태로 많은 것을 해낼 수 있다. 지금 글을 쓰면서 키보드를 치고 있지만, 글자를 입력하기 위해 매번 의식적으로 타자를 치지는 않는다. 어느 정도 반복하고 노력하면 누구나 의식하지 않고 타자를 칠 수 있다. 이러한 무의식적 노력의 영역으로 진입하고 싶으면 의식적으로 부단히 노력하여 습관을 만들어야 한다.

습관을 만드는 과정은 매우 지루하고 고단하다. 하지만 한 번 임계점을 넘기면, 아리스토텔레스가 말한 것처럼, 반복해서 실천한 것은 어느 순간 우리 자신이 된다.

사람들이 많이 하는 착각 중 하나는 탁월한 사람이 애초부터 무언가를 잘했을 것이라고 생각한다는 점이다. 물론 그런 사람도 있겠지만, 대부분은 끊임없는 반복을 통해 인고의 시간을 거쳐서 재능이란 꽃을 피우고 탁월함이란 열매를 맺은 것이다.

많은 사람이 탁월함의 영역에 대해서 인지했으면 좋겠다. 더 많은 사람이 자신의 분야에서 탁월한 성과를 내면, 개인은 자아실현 관점에서 더 깊게 들어갈 수 있고, 소비자나 고객은 더 좋은 서비스와 제품을 만나게 된다.

무언가 빼어날 정도로 좋다면 더 많은 사람이 그것에 대해 '탁월'하다는 칭찬이나 피드백을 구체적으로 하면 좋겠다. 사실 명품이라는 것도, 단순한 사치품이 아니라, 작은 차이라도 탁월함에 가치를 부여함으로써 탄생하는 것이다.

이제는 우리나라도 먹고사니즘을 충분히 해결했다고 생각한다. 앞으로는 함께 탁월한 인생을 만들어가야 할 시기가 아닐까 싶다.

변화의 시작은
불편함이다

    모두가 바뀌고 싶어 한다. 더 나은 방향으로 발전하고 성장하고 싶어 한다. 하지만 실제로 긍정적인 변화를 만드는 사람은 극소수이다. 왜 그럴까? 이유는 간단하다. 시작이 잘못되었거나, 멈춘 상태에서 움직이는 상태로 넘어가기 위한 원동력이 충분하지 않았기 때문이다. 그러면 우리가 제대로 바뀌기 위해서는 어떤 올바른 시작을 해야 하고, 어느 정도의 계기가 필요한 걸까?

    핵심은 불편함을 느끼는 것이다. 정말 불편하면 누구

나 바뀌기 마련이다. 하지만 대부분 어느 정도의 불편함은 버틸 수 있다. 그래서 바꾸려는 선택보다 상황을 유지하려는 성향에 순응한다. 예를 들어, 몸에 좋은 음식을 먹으면 건강을 유지하는 데 도움이 된다는 사실은 누구나 상식으로 알고 있다. 하지만 건강한 음식은 대부분 맛이 없다. 우리는 진실을 알지만, 단짠의 쾌감에 쉽게 무너진다. 그런데 종합검진에서 암이나 당뇨를 진단받았다는 조금 극단적인 상황을 가정해보자. 이런 상황에서도 단짠의 유혹에 쉽게 무너질까? 절대 그렇지 않다. 병이 낫기 위해 혹은 악화하지 않기 위해 바로 변하게 마련이다. 불편함이 임계점을 넘은 것이다.

결국, 편안한 상태에서는 바뀌어야 할 이유도 동기도 느끼지 못한다. 그래서 혁신은 한계상황에서 나온다. 데드라인이 있으면 집중력이 올라간다. 체감적으로도 알 수 있고, 많은 사회 실험이 우리가 한계상황에서 더 큰 능력을 발휘한다는 사실을 알려준다. 이처럼 불편함이 변화의 시작이라면, 우리는 그런 상황이 닥치기를 기다리기보다 스스로 불편함을 찾아 나서야 한다.

따라서 우리는 조언을 들어야 하고 책을 읽어야 한다. 특히 책만큼 변화를 빠르게 알려주는 수단도 없다. 좋은 책에는 우리가 몰랐던 사실이 존재한다. 어떤 사실은 과학적 근거를 바탕에 둘 것이고, 어떤 사실은 누군가의 삶에서 나온 이야기일 수도 있다. 그렇게 자신과 현실의 간극을 느끼면서 우리는 바뀔 수 있는 원동력을 찾을 수 있다. 여기서 한 발짝 더 나아가 새롭게 깨달은 지식을 기반으로 내 삶의 기준점을 새롭게 정하거나 혹은 구체적으로 원하는 롤 모델을 찾으면 더할 나위 없이 좋다. 스스로 확립한 기준에 부합하지 못하면 자연스럽게 불편함을 느낄 것이다. 이렇게 깨달음을 근간으로 한 불편함은 그 어떤 감정보다도 변화를 위한 강력한 추진력이 될 수 있다. 반면, 어떤 기준도 없어서 불편함을 느끼지 못해 더 나아질 수 있음에도 불구하고 상황에 무의식적으로 순응해서 살아가는 안타까운 경우도 많다.

당연히 편안한 상태는 매력적이다. 근심 걱정도 없이 하늘에 편하게 떠 있는 느낌은 생각만 해도 기분이 좋아진다. 하지만 인생에서 그런 상황이 지속되는 것은 불가능하다. 외적인 상황을 빼더라도, 우리는 적응의 동물이기 때문에 결국 단조로움에 질리게 마련이다. 그 단조로움은 결국 불만족을 야기시킨다. 하지만 그런 종류의 불만족은 앞에서 언급한 것처럼 변화를 위한 시동으로는 절대 충분하지 않다. 인생을 단순하게 한 단어로 정의하는게 쉬운 일은 아니지만, 이 글에서는 '템포'라는 말이 떠오른다. 불편함을 통해 성장하고, 성장한 다음에 원하는 만큼 쉬었으면, 다시 불편함을 찾아 떠나는 '쿵짝쿵짝' 템포가 인생이 아닐까 생각해본다.

멋지게 나이 든 사람들의
3가지 공통점

우리는 많은 것을 극복할 수 있지만, 세상에는 극복 불가능한 것도 있다. 그중의 하나가 바로 시간이 흐르면 나이가 든다는 사실이다. 서글프게도 늙어감은 긍정적 감정보다 부정적 감정으로 다가온다. 왜 그럴까? 아마 멋지게 나이 든 분들을 많이 접하지 못해서 그런 것은 아닐까? 그래서 내가 만나 본 몇몇 멋진 어른들의 공통점 3가지를 적어보고자 한다.

1. 나이를 계급으로 생각하지 않는다

장유유서 문화가 발달한 우리나라에는 나이를 권력으로 착각하는 사람이 너무 많다. 할 말 없으면 "어린놈의 자식이!" 혹은 "너 몇 살이야?"가 바로 튀어나오는 게 현실이다. 반면 멋지게 나이 든 분들은 연륜이 있다. 그 연륜의 핵심은 인내심이다. 젊음의 장점이 냄비처럼 확 끓어오르는 열정이라면, 노년의 장점은 뚝배기 같이 한번 뜨거워지면 따뜻함이 오래 가는 은은함이다. 세상의 풍파를 겪으면서 내 마음대로 안 되는 것이 많다는 것을 깨닫고 한 템포 죽이면서 세상에 반응하는 연륜을 쌓아가는 것이 바로 멋지게 늙는 것 아닐까?

2. 무언가를 계속 배운다

C. S. 루이스는 "새로운 목표를 세우고 또 다른 꿈을 꾸기에 너무 늦은 나이란 없다."라고 말했다. 멀리 가지 않고 우리 어머니 얘기를 하고 싶다. 우리 어머니는 올해 66살이시다. 손녀딸도 둘이나 있는 전형적인 할머니이다. 그래도 어머니는 끊임없이 어학 능력을 키우려고 노력한다. 작년에는 자기주도 학습 코칭 수업도 들으셨다. 아쉽게도 마지막 주에 여행을 가서서 수료증을 못 받으셨

지만, 나는 언제나 어머니가 공부하는 모습을 보면 멋지다 못해 존경스럽기까지 하다. 결국, 우리의 개념 속에 있는 늙음의 핵심은 더 이상 도전하지 않고 순응하는 데 있다. 반대로 끊임없이 배우려고 노력한다면, 그것이야말로 나이는 숫자에 불과하다는 것을 보여주는 정신적 청춘의 모습이 아닐까? 생각해보니 육체적으로는 젊지만, 배우려고 노력하지 않는 사람이 너무 많다. 안타까운 현실이다.

3. 누군가의 버팀목이 되어준다

여기서 버팀목은 물리적인 개념보다 정서적인 개념을 말한다. 나이가 많다면 젊은 사람보다 정량적으로 다양한 경험을 겪었을 확률이 높다. 다양한 경험은 공감 능력의 핵심이다. 우리는 모두 각자의 고민을 떠안고 고통을 짊어지고 살아간다. 그래서 자신의 힘겨움을 누군가에게 하소연하고 싶어 한다. 이럴 때 비슷한 길을 걸었던 경험을 바탕으로 젊은 사람과 소통하는 어른이 있다면 얼마나 멋있을까? 특히, 이래라저래라 훈수하지 않고 공감 능력을 바탕으로 진지하게 들어주는 분이라면, 정말 많은 사람에게 커다란 버팀목이 될 것이다.

멋지게 나이 든 사람이라고 하면 떠오르는 영화가 하

나 있다. 로버트 드 니로와 앤 해서웨이가 주인공을 맡은 〈인턴〉이다. 이 영화에서 앤 해서웨이는 30세의 젊은 CEO로 등장한다. 그리고 로버트 드 니로는 그녀의 회사에 70세 나이로 취업한 '인턴'으로 등장한다. 인턴 어르신께서는 처음에 요즘 회사 문화에 적응하지 못해 당황한다. 하지만 새로운 지식을 배우는 데 주저하지 않고 젊은 친구들에게 버팀목이 되어주면서 회사에 없어서는 안 될 소중한 존재가 된다. 그러면서도 절대 나이를 내세우지 않고 '인턴'이라는 본분에 맞게 행동한다. 내가 생각하는 멋지게 나이 든 사람에 가장 잘 들어맞는 캐릭터가 아닐까 싶다.

평균 수명이 늘고 출산율이 급격하게 낮아지면서 우리는 고령화 시대를 어느 나라보다 빠르게 맞이하고 있다. 나이 든 분들이 앞에서 언급한 3가지 소양을 두루두루 겸비하고 있다면 고령화 시대에 대한 걱정이 조금은 줄어들지 않을까? 우선 나부터 멋지게 나이 들겠다고 굳게 결심해본다.

내가 적은 노력으로
성공할 수 있었던 비결

나는 일반인보다 정량적으로 훨씬 많은 일을 한다. 하지만 엄밀히 살펴보면 딱히 그렇지도 않다. 일주일에 80시간을 일하면 보통 사람의 2배를 일하는 셈인데, 그중에 독서가 최소한 20~40시간 정도 반드시 포함되어 있다. 그런데 여기서 말하는 독서가 휴식이나 지적 유희를 뜻하지는 않는다. 정보 습득을 위한 공격적인 독서라서 매우 집중해서 읽고, 정리도 해야 한다. 인풋보다 아웃풋이 100배 중요하다. 글로 정리하든 영상을 찍든 어떤 식으로든 반드시 정리한다. 이러면 1년에 아무리 적게 읽어도 50권의 양서를 제대로 읽게 된다.

그렇게 제대로 공부해서 임계점을 넘으면 경험하지 못한 영역에 들어서게 된다. 일단 사람들을 만나서 대화하기가 한결 수월해진다. 우선, 해줄 말이 많다. 세상 어떤 사람도 자신에게 도움 되는 이야기를 싫어하지 않는다. 게다가 교양을 넓게 갖췄기 때문에 많은 사람과 쉽게 대화할 수 있다. 나아가 대화를 통해 높은 신뢰감을 쌓을 수 있다. 이렇게 되면 인간관계에서 소모하는 에너지가 확 줄어든다. 여기서부터 노력의 정도에 차이가 벌어진다.

나는 뇌를 매우 신뢰한다. 충분한 지식을 꾸준히 뇌에 쌓으면 무의식의 영역에서 지식의 충돌이 저절로 일어난다. 때로는 책에서 읽은 내용을 마치 내가 생각해 낸 것처럼 말로 술술 풀어낼 때가 있다. 완전히 체화한 것이다.

여러 가지 지식이 충돌하면서 나온 아이디어는 별것 아닌 것 같아도 완전히 새로울 때가 많다. 보통 새로운 아이디어를 떠올리려면 뭔가 180도 확 전환해야 한다고 생각하는데, 절대 그럴 필요가 없다. 99%는 기존 시스템과 똑같고, 1%만 다르게 구성해도 전혀 다른 모델이 나올 수 있다. 애플은 스마트폰을 최초로 개발한 회사가 아니다.

이미 존재하는 아이디어를 약간씩 업그레이드하여 아이폰이라는 제품 안에서 연결한 것뿐이다. 그리고 애플은 세계 최고의 회사가 되었다.

결국, 핵심은 제대로 이해한 지식을 완벽히 체화해서 꾸준히 쌓는 것이다. 그러면 어느 시점부터는 노력 대비 아웃풋이 급격하게 올라간다. 사실 이 글의 제목은 함정이다. 제목에 쓴 '적은 노력'은 진짜 적은 노력이 아니다. 진실은 실력과 노력의 관계에 있다. 똑같은 결과물을 하수는 온종일 힘들게 낑낑대서 내놓지만, 고수는 쉽게 툭툭 던지듯 내놓는다. 즉, 노력의 질은 실력에 따라 달라진다. 정량적으로 적은 노력이라고 꼭 사소하거나 부족한 노력이 되는 것은 아니다.

이 개념을 돈과 연결하면, 똑같이 만 원을 버는 데 들어가는 시간을 환산한 것으로 볼 수 있다. 누군가는 만 원을 벌기 위해 1시간을 일해야 한다. 내 경우 작년에 세전 수익에서 만 원을 버는 데 들어간 시간을 계산해보니 정확히 3분 걸렸다.

그래서 평생 노력해야 한다면 초반에 제대로 하는 것이 중요하다. 그럼에도 늦은 때란 없다. 어떤 영역이든 티핑포인트를 넘어가면 보상은 기하급수적으로 올라간다. 그 시작은 내 노력의 보상이 10배, 100배로 올라갈 수 있다는 사실부터 깨닫는 것이다. 이를 다른 사람의 이야기라고만 생각하는 사람이 많다. 나도 그랬었다. 하지만 지금은 아니다. 한번 생각의 경계를 깨고 실천해서 임계점을 넘어보자. 그 뒤에는 내가 보지 못했던 세상을 만나게 된다. 지금까지와는 다른 삶이 새롭게 펼쳐지는 것이다. 건투를 빈다.

기회

*
비관론자는 어떠한 기회에서도 난관을 본다.
낙관론자는 어떠한 역경 속에서라도 기회를 본다.

- 윈스턴 처칠 -

*
작은 기회로부터 종종 위대한 업적이 시작된다.

- 데모스테네스 -

*
기회는 종종 불행이나 일시적 패배라는 분장을 하고 찾아온다.

- 나폴레온 힐 -

일을 진짜 잘하는 사람의 3가지 특징

세상은 불공평하다. 이 진리를 인정하지 못하면 괴로움의 번뇌에서 벗어날 방법이 없다. 특히 사회생활을 시작해보면 똑같은 일을 해도 압도적으로 잘하는 사람을 볼 수 있다. 분명히 나보다 늦게 배우고 늦게 시작한 것 같은데 퍼포먼스는 훨씬 뛰어나다. 그럴 때 몰려오는 자괴감은 생각보다 훨씬 크다. 어떻게 하면 우리도 프로 '일잘알'이 될 것인가? 맥락에 따라 일을 잘한다는 정의가 다르겠지만, 보편적으로 통하는 일 잘하는 3가지 스킬에 관하여 알아보자.

1. 일 잘하는 사람은 레버리징이 뛰어나다

쉽게 말하면 내가 어떤 일을 하고 100만 원을 받기로 했을 때, 그 일을 80만 원에 외주를 주는 것이다. 그렇게 20만 원의 차익을 챙기고 그 시간에 부가가치가 더 큰 일을 할 수 있다. 실제로 실리콘밸리에서는 재택근무를 하던 어느 회사원이 자신의 모든 회사 업무를 외주로 맡기고 월급과 외주 비용의 차익을 남기면서, 정작 본인은 회사 업무를 하지 않고 다른 일을 한 사례가 있었다. 만약에 회사 규정을 위반하지 않았고 결과가 잘 나왔다면 뭔가 불편하고 이상해 보이는 상황이더라도 전혀 문제 될 일이 없다.

일 잘하는 사람은 맥락을 파악한 후 부가가치가 큰 일을 할 수 있다는 판단이 서면 레버리징을 활용한다. 요즘은 프리랜서와 만날 수 있는 플랫폼도 많기 때문에 외주를 줘서 성공적인 레버리징을 할 수 있다면 적극적으로 활용해보는 것을 추천한다. (그런데 실제로 외주를 통해서 일을 진행하면 소통이나 일에 대한 책임 문제 등 여러 가지 애로 사항이 벌어지기 때문에 생각보다 쉽지 않다는 것도 꼭 인지해야 한다)

2. 망하는 시나리오에 대해 준비가 철저하다

사실 일 잘하는 사람이라고 해서 성과가 극적으로 커지는 경우는 많지 않다. 그럼 능력 차이가 확연하게 보이는 시점은 언제일까? 바로 최악의 상황이다. 보통 '설마 최악의 상황이 오겠어?'라고 생각하지만, 재수 없게도 누군가는 똥을 밟기 마련이다. 그럴 때 구체적인 계획까지는 아니더라도, 마음가짐만 잘 돼 있어도 그렇지 않은 사람과 확실히 차이가 난다.

일단 당황하지 않기 때문에 조금이라도 일을 침착하고 빠르게 처리할 수 있다. 만약 망하는 상황에 대한 플랜 B가 제대로 준비되어 있다면 게임은 끝났다고 보면 된다. 언제나 격차는 최악의 상황에서 벌어지기 마련이다. 망하지 않고 버틴다면 퀀텀 점프의 기회가 기다리고 있을 것이다.

3. 질문을 적절히 한다

별것 아닌 것 같아도 매우 중요한 부분이다. 대부분 문제가 터진 다음에 상사에게 일이 벌어졌다고 보고한다. 한마디도 들은 게 없다가 문제가 터진 상황을 보면 상사는 울화통이 치밀어 오른다. 반면, 일 잘하는 사람은 수시로 상황에 관한 조언을 구하기 위해 질문을 던진다. 그렇게 조언을 구했을 때 문제가 터지면 상사는 최소한 일이 어느 정도 진행되었는지 알 수 있고, 어떻게 수습해야 할지 구체적인 대안을 조금이라도 빨리 마련할 수 있다.

그리고 질문하면 내가 혼자 고민하는 것보다 답을 빠르고 쉽게 얻을 수 있다. 특히 우리나라처럼 가만히 있는 게 미덕인 나라에서는 더 많은 질문이 필요하다. 가만히 있으면 중간은 갈까? 모르는 일이다. 하지만 제대로 질문하면 생존 확률을 확실히 올릴 수 있다. 이런 관점에서 의사결정권자는 질문을 원천적으로 차단하는 문화가 모든 사람이 상대적으로 일을 잘할 기회를 말살하고 있다는 점을 반드시 알아야 한다.

냉정하게 주변을 살펴보면 일 잘하는 사람은 생각보다 많지 않다. 우리나라에서 가장 큰 대기업에 다닐 때도 마찬가지였다. 비밀 아닌 비밀을 이야기하자면, 일을 조금만 똑똑하게 해도 생각보다 수월한 삶을 살 수 있다..대부분 그렇지 못한 이유는, 우선 자신이 일을 잘하는지 못하는지 모르기 때문이고, 어떻게 하면 일을 더 잘할지 그 방법에 대해 고민 없이 무작정 열심히 하기 때문이다.

그러니 차분하게 먼저 자신에 대해 파악하자. 자신에 관한 글도 써보고, 객관적으로 조언해줄 수 있는 사람이 주변에 있으면 피드백도 구해보자. 그렇게 자신에 대한 메타인지를 올리고, 어떻게 하면 일의 효율을 올릴 수 있을지 아주 작은 것부터 고민하고 실천해보자. 그렇게 조금씩 일을 잘하게 되면 경제적으로 여유로워질 가능성이 커질 뿐만 아니라, 인생에서 근본적이고 엄청난 혜택인 시간의 자유를 상대적으로 더 많이 얻게 될 것이다. 우리 인생은 한 번뿐이고 심지어 짧다. 어떻게 보면 일을 잘하는 것은 선택 사항이 아니라 인생의 필수 조건일지도 모른다.

어떻게 보면
매너가 전부다

매너가 생존과 직결되는 문제는 아니다. 하지만 이미 생존을 해결하고 그 이상을 원하는 인간에게 매너는 가장 중요한 자질 중 하나이다. 우리는 왜 명품을 살까? 그 제품 자체가 좋아서 사는 사람도 있지만, 대부분 과시욕을 위해서 비싼 가방이나 자동차를 구입하고, 실제로 사람들로부터 뜨거운 관심을 받기도 한다. 하지만 명품을 가지고 있다고 해서 인생이 명품이 되는 것은 아니다.

명품을 든 사람을 바라보는 시선은 무표정이다. 하지

만 자신보다 힘든 누군가에게 자리를 양보하는 모습을 보면 사람들의 얼굴에는 절로 미소가 번진다. 매너는 인격의 향기다. 선행을 자발적으로 하는 사람에게는 인격의 향기가 난다. 제법 무거운 문을 밀고 들어가면서 뒷사람을 위해 문을 잡아주는 일. 커다란 물건을 옮기는 사람을 위해 엘리베이터 열림 버튼을 눌러주는 일. 별것 아닌 것 같아 보이는 작은 선행이지만, 나는 그런 선행에서 상대방의 커다란 인격을 느끼곤 한다.

특히 매너는 오래가는 관계에서 더 중요하다. 매너는 습관이다. 순간적이고 의도적인 행동으로 그럴듯한 솔선수범을 한두 번 할 수는 있겠지만, 그것을 무의식적으로 계속하기란 쉽지 않다. 특히 오래된 관계에서는 무의식의 영역이 더 중요하다. 그래서 매너 있는 사람에게는 신뢰가 간다. 남에게 보이지 않는 곳에서도 그렇게 행동할 것을 모두가 알고 있기 때문이다.

이러한 맥락에서 특히 강조하고 싶은 매너가 있다. 바로 종업원을 대하는 매너다. 당신은 종업원을 막 대하는 사람을 만나면 무슨 생각이 드는가? 종업원이 그냥 스쳐 지나가는 인연이 아니라 비즈니스나 인생에서 중요한 역할을 할 사람, 예를 들면 이직할 회사의 직장 상사래도 막 대하겠는가? 나는 종업원을 막 대하는 사람과 절대 함께 일하지 않을 것이다. 종업원을 대하는 태도를 보면 그가 아랫사람이나 상대적 약자를 어떻게 대할지 알 수 있다. 훗날 나도 막 대할 거라는 합리적인 의심이 들 수밖에 없다.

이처럼 매너는 무엇보다 중요하지만, 절대 단기간에 체득할 수 없다. 꾸준히 예의 있는 사람이 되기 위해서는 의식적으로 반복해서 노력해야 한다. 상황이 바뀌면 그 상황에 맞는 매너도 바뀌기 때문에 적절한 맥락적 사고도 필요하다. 적절한 매너가 삶의 일부가 된다면 인생 절반은 성공했다고 봐도 무리가 아닐 것이다. 그렇게 매너의 중요성을 깨닫고 이를 체득하기 위해 각자가 노력하면, 결국 사회의 전반적인 수준이 올라가고 소모적인 불협화음도 줄어들 것이다. 그러니 우리 모두 매너를 지키는 사람이 되자! 매너가 사람을 만들고, 인생을 만든다.

돈을 잃지 않는
부자의 주식 투자법

　사업으로 돈을 버는 데는 두 가지 방법이 있다. 첫 번째는 창업으로 많은 고객을 확보하는 것이고, 두 번째는 그런 사업에 투자하는 것이다. 이 중 진입장벽이 낮은 것은 후자다. 주식, 채권, 부동산을 보통 3대 투자 자산이라고 부른다. 채권이 어렵다고 생각하는 사람도 있지만, 사실 우리가 은행에 돈을 맡기고 금리를 수취하는 행위 자체가 채권을 갖는 것과 동일하다. 그런데 채권은 상대적으로 안전한 만큼 금리가 낮아서 사람들이 쉽게 관심을 갖지 않는다. 부동산은 각종 규제가 많고 비싸서 사기 어려운 경우가 많다. 결국, 초기 자본이 적게 들어가면서, 기대 수익이 높고, 진입장벽이 낮은 주식으로 사람들이 향하게 된다.

코로나 이후로 전 세계는 주식에 열광하고 있다. 주식을 다루는 유튜브 채널도 우후죽순처럼 늘어났고, 수많은 고수들이 사방에서 등장해 주목받고 있다. 각종 '호재'와 '전망'이 제시되고, 사람들은 그에 환호한다. 그러나 모두가 투자를 통해 돈을 번 것은 아니다. 사람들의 갈채 속에 주목받은 사람은 언제나 소수다. 적지 않은 사람들은 예상치 못한 손실을 마주하게 된다. 이 글을 통해 사람들이 주식에 실패하는 원인과 해결책을 소개하고자 한다.

올해로 12년 차 트레이더인 '돈깡' 강민우는 30만 원으로 시작해 수십억 원에 달하는 자산을 이룬 것으로 유명하다. 그러나 그와 함께 투자를 시작한 사람들 중 남은 것은 그뿐이다. 그만큼 시장에서 꾸준히 생존하는 것 자체가 쉬운 일이 아니다. 사람들은 시장이 좋아질 때 투자를 시작해서 수익을 실현하고는, '나는 재능이 있는 것 같다.'라고 착각한다. 그러나 시장은 언제든지 싸늘하게 돌아설 수 있다는 사실을 잊으면 안 된다.

자신의 투자 성향을 확실하게 정하지 않으면 돈을 잃

기가 십상이다. 흔히 거래 빈도에 따라 스캘핑/데이/스윙 등으로 투자 유형을 나눈다. (스캘핑은 한 주식을 몇 초, 길어도 몇 분 단위로 매매하는 초단타를 뜻하고, 데이는 하루 안에 매수와 매도를 마무리 짓는 단기 투자이며, 스윙은 최대 1주일까지 보유 기간을 가져가는 매매 기법을 말한다_편집자) 직장인들은 실시간으로 차트를 보기가 힘들기 때문에 스윙 트레이딩으로 많이 시작한다. 그런데 문제는 이 노선을 철저하게 지키지 않는다는 점이다. 어떤 종목을 저점이라고 생각하고 오르면 팔려고 들어갔는데, 가격이 계속 하락하자 '나는 이 분야의 미래를 보고 투자한다.'라는 식으로 슬그머니 말이 바뀐다.

이런 일이 발생하지 않으려면 첫째, 소액으로 충분히 연습하면서 자신의 투자 성향을 파악할 필요가 있다. 돈깡은 자신이 생각하는 목표 투자금액의 1/10 정도로 투자 연습을 해보라고 권한다. 1~2년 정도는 소액으로 여러 가지 스타일을 시도하며 시행착오를 통해 자신의 투자 스타일을 파악할 필요가 있다는 것이다. 1~2년이라는 시간을 낭비하는 게 아닌가 조급한 마음이 들 수도 있지만, 이 과정 없이 들어갔다가는 오히려 시간을 더 많이 까먹는 결과를 얻을 수 있다. 작게 시작해서 성과가 잘 나올 경우에 조금씩 투자 금액을 확대하는 것이 결과적으로 더 높은

• 돈을 잃지 않는 부자의 주식 투자법

성과를 얻는 방법이다.

둘째, 주식을 사고파는 이유가 뚜렷해야 한다. 단순히 '최근 인기 종목이라서', '모 유튜버가 추천했기 때문에' 매수/매도하는 사람들이 많다. 그러나 투자에 쓰이는 돈은 자신의 인생이 투입된 산물이라는 것을 잊으면 안 된다. 다른 사람도 납득할 만한 이유가 있어야 한다. 그래야 가격이 오르기 때문이다. 역으로 내가 매수하는 이유가 논리적으로 탄탄하다면 주식 가격은 오르게 되어 있다. 돈깡은 최소한 증권사에서 작성하는 기업 리포트를 읽고 이해하며 내 의견을 만들 수 있는 수준까지 학습하라고 권한다.

더퍼블릭투자자문 김현준 대표는 유튜브에서 주식 고수들이 인정하는 '찐'고수다. 그런 그가 고수들의 고수인 정채진 투자자와 함께 주식 실패의 이유에 대해 몇 시간 동안 이야기한 내용을 방송에서 소개해 주었다.

첫 번째 실패 원인은 기대수익률이 너무 높다는 점이다. 기업이 어떤 변화를 거치는 과정은 짧아도 수개월, 길면 몇 년이 걸린다. 그런데 며칠에서 몇 달 사이에 모든 승부를 보겠다고 생각하는 투자자들이 너무 많다. 기대수익률이 높으면 시간을 짧게 잡고 무리하게 된다. 이것은 내일이 시험인데 공부를 하나도 안 한 채로 만점을 받겠다는 심리와 크게 다르지 않다.

두 번째는 정답과 공식만 얻어가고 그 답이 도출된 과정을 도외시한다는 점이다. 지금 무얼 사서 언제 팔면 되는가? 이 종목을 사도 되는가? 이 가격에 사야 하는가, 팔아야 하는가? 사람들은 이런 문제에 대한 답을 원한다. 그래서 고수들의 시황과 종목 분석에 열광한다. 그런데 김현준 대표는 자기 스스로 종목을 연구해 논리를 만들지 않고 타인의 답안지를 베끼는 것은 의미가 없다고 말한다. 결국, 중요한 순간에 판단에 의존할 '그 사람'이 없으면 안 되기 때문이다.

사람들은 쉽고 빠르게 뭔가를 얻고자 한다. 유튜브에서도 제목과 섬네일에서 제시하는 질문에 관한 정답이 댓글에 콕 집어서 좌표처럼 찍혀있으면, 그 부분만 보고 나가는 경우도 많다. 그렇지만 투자에서는 자기만의 호기심과 정량적 분석, 자신의 판단을 우직하게 밀어붙이는 뚝심이 필수적인 자질이라고 김현준 대표는 말한다. 그런데이 점은 돈깡도 정확하게 동의한 부분이다. 트레이더와투자자 모두가 동의하는 부분이라면 분명 참고할 점이 있을 것이다.

주식 투자는 결국 어떻게 대중보다 앞서서 나의 포지션을 가져가느냐의 게임이다. 주식으로 큰돈을 번 사람들일수록 그만큼 세상과 거리를 뒀다고 생각할 수 있다. 그런데 주식의 이러한 특성상, 말과 글로 주식 잘하는 방법을 전수하기는 매우 어렵다. 전업투자자 '냉철' 박홍일은 "주식에는 학원이 있을 수 없다."라고 말한다. 어떤 강의나 교재도 끊임없이 변화하는 세상을 모두 담아낼 수는 없다는 것이다.

세상에는 수많은 투자법들이 존재하고, 지금도 끊임없이 수많은 주식 콘텐츠들이 등장하고 있다. 이들 중에 각자의 성향과 필요에 맞는 것을 찾기란 쉽지 않다. 그 방법론들을 하나하나 확인할 수는 없기 때문이다. 대신 수많은 사람이 공통으로 하는 실수를 피할 수 있다면, 그 범위 안에서 자유롭게 자신이 원하는 대로 투자할 수 있을 것이다. 결국, 돈을 잃지 않으면 된다.

가장 위대한 투자가로 불리는 워런 버핏은 간단한 2가지 투자 원칙을 갖고 있다. 투자 좀 해 본 사람일수록 이 원칙을 지키기가 얼마나 어려운지 수긍할 것이다.

1 돈을 잃지 마라(Never lose money).
2. 절대 첫 번째 원칙을 잊지 마라(Never forget rule No. 1).

미루는 핑계를
원천적으로 차단하는
3가지 방법

4시 55분이면 많은 사람이 5시에 시작해야겠다고 마음먹는다. 그러다가 자칫 딴짓에 너무 몰두하면 5시가 훌쩍 넘어가고, 정시에 무언가 제대로 해보려 했던 욕구는 확 줄어든다. 그래서 다시 6시에 일을 시작하겠다는 최악의 다짐을 하는 사람도 생각보다 많다. 우리 인생은 무엇을 미루기에 너무나 짧다. 미루는 시간만 아껴도 인생을 두 번 사는 것처럼 알차게 살 수 있을지도 모른다. 어떻게 하면 미루지 않고 냉큼 일을 시작할 수 있을까?

1. 난이도가 낮은 업무나 과제를 처음에 배치한다

시작이 반이라는 게 그냥 나온 말이 아니다. 거시세계에는 관성의 법칙이 작용하기 때문에 한번 모멘텀이 붙으면 계속 움직이게 된다. 그래서 시작만 하면, 반까지는 아니어도, 확실히 10%는 먹고 들어간다. 그런데 그 시작에 숨 막히는 난이도의 업무나 과제가 기다리고 있다면 누구라도 하기 싫어질 것이다. 그러니 막연하게 일을 시작하려 하지 말고, 만만한 것부터 먼저 하는 습관을 만들자. 그러면 미루는 빈도가 현저하게 줄어들 것이다.

2. 함께 한다

아이를 키워보면 신기한 경험을 여러 번 한다. 아이에게 집에서 뭔가 가르치거나 시키려고 하면 말을 전혀 듣지 않는데, 어린이집이나 유치원에 가서 친구들이 하는 모습을 보면 자연스럽게 따라 한다. 어떤 강요가 없어도 친구들이 하면, 아이들은 자연스럽게 따라 한다.

여기에서도 모멘텀 이야기가 다시 나온다. 함께 하면, 하고자 하는 커다란 분위기가 조성되어 그것 자체가 하나의 모멘텀이 된다. 그래서 혼자 방구석에서 뒹굴뒹굴하면서 딴짓하느니 꾸역꾸역 도서관에 가는 게, 설령 엎드려

자더라도, 조금은 이득이다. 간접적으로라도 다른 사람과 함께하기 때문에 열심히 하는 사람을 보며 자극받을 수도 있고, 하다못해 눈치가 보여서 1초라도 더 공부하게 된다. 그러니 직간접적으로 누군가와 함께해보자.

단, 여기서 주의할 점은 긍정적 의지가 있는 사람과 함께해야 한다는 점이다. 놀고 싶은 마음만 가득한 사람과 함께 하면 부정적 시너지가 발생해서 다 같이 폭망할 수도 있다.

3. 납기를 확실하게 정한다

사람은 마지막에 다다랐을 때 초인적인 힘을 발휘한다. 육상 경기를 봐도 막판에 엄청난 에너지로 스퍼트하는 모습을 볼 수 있지 않은가? 실제로 많은 사회 실험에서 구체적 납기가 있거나 없을 때 사람들이 일을 끝내는 비율이 확연히 달라진다는 사실을 보여주었다. 의지보다 강력한 것이 납기인 셈이다.

여기서 주의할 점은 너무 터무니없는 납기를 설정하지 않는 것이다. 감당하기 어려운 납기를 설정하면 그냥 미루는 정도가 아니라 아예 포기하게 될지도 모른다. 우선은 메타인지를 올리고 그다음 적절한 납기를 설정해야 한다.

윈스턴 처칠은 "태도는 사소한 것이지만, 그 결과는 거대한 차이다."라는 명언을 남겼다. 미루는 태도를 조금만 바꿀 수 있어도 인생 전체를 놓고 보면 거대한 결과의 차이가 발생한다는 사실을 우리는 반드시 깨달아야 한다. 그러니 지금 미루고 있는 일이 있다면, 그중에서 가장 만만한 일을 골라서 이 책을 덮자마자 냉큼 실천해보자.

― 성공

*
성공은 성공 위에 지어지는 것이 아니다.
그것은 실패 위에, 절망 위에 지어진다.
가끔은 재앙 위에 지어지기도 한다.

- 섬너 레드스톤 -

*
성공하겠다는 결심이 공고하다면
실패가 나를 엄습하는 일은 절대 없을 것이다.

- 오그 만디노 -

*
성공은 실수를 저지르지 않는 것에서 나오는 게 아니라,
같은 실수를 저지르지 않는 데서 나온다.

- 조지 버나드 쇼 -

돈을 쉽게 벌고 싶다면
"ㅎㄱㅅ"을 키워라

인생에서 돈이 전부는 아니지만, 상당히 큰 부분을 차지하는 것이 사실이다. 돈이 많으면 시간을 아낄 수 있고 선택의 폭이 넓어지기 때문에 당연히 삶이 더 윤택해진다. 이런 근본적인 핵심을 모르면 아무리 돈이 많아도 절대 행복할 수 없다.

그렇다면 어떻게 해야 돈을 많이 벌 수 있을까? 무작정 노력하면 될까? 아니다. 기회를 잡아야 한다. 똑같은 노력도 기회와 접목하면 그 결과를 몇 배로 키울 수 있다.

그 소중한 기회를 잡으려면 어떻게 해야 할까?

운이 좋아서 기회를 잡을 수도 있겠지만, 운은 통제 밖의 영역이다. 그렇다면 어떻게 의도적으로 기회를 잡을 수 있을까? 바로 '호기심'을 키우는 것이다. 호기심은 자신이 잘 모르는 영역으로 들어가는 열쇠이다. 기회가 보물상자 안에 들어 있다면 호기심은 보물상자를 여는 열쇠인 셈이다. 또한, 호기심이 많다는 것은 그만큼 많은 열쇠를 가지고 있다는 말이다.

이미 대중들이 유망하다고 이야기하기 시작한 분야는 사실 전혀 유망하지 않은 경우가 대부분이다. 벌써 경쟁이 치열하게 시작되었고, 기회가 있어도 순식간에 사라지며, 잡은 기회를 다른 사람에게 빼앗기기도 한다. 그래서 호기심이 중요하다. 아무도 관심을 두지 않는 영역을 약간의 호기심을 통해 먼저 경험해보는 것이다. 놀랍게도 여기서는 실력이 중요한 것도 아니고 지식이 필요한 것도 아니다. 핵심은 그냥 "어? 이거 신기해 보이네!" 이 정도의 관심으로 툭 쳐보는 것이다. 별것 아닌 것 같아도 이렇게 하는 사람은 생각보다 드물다.

유튜브가 처음 나왔을 때 얼마나 많은 사람이 관심을 가지고 영상을 올렸을까? 유튜브는 갈수록 경쟁이 치열해지고 있다. 방송국은 자신들이 가진 막대한 히든에셋을 활용하고 있고, 일반 유튜버들도 엄청난 퀄리티로 무장해 영상을 송출하고 있다. 초창기부터 유튜브를 시작했다면 지금보다 플랫폼에서 자리 잡기가 훨씬 수월했을 것이다. 페이스북도 5년 전에는 명언만 써서 올려도 '좋아요'를 수천 개씩 받았다. 이제는 구독자가 더 많아졌음에도 예전 1/10의 반응조차 얻기가 힘들다. 그만큼 호기심으로 새로운 영역을 빨리 발견해서 초기에 민첩하게 시도하는 것이 정말 중요하다.

우리는 오랫동안 공교육을 통해 필사적으로 정답을 찾는 훈련을 받아왔다. 그 과정에서 답이 아닌 것, 즉 이상한 것을 걸러내는 훈련을 꾸준하게 익혔다. 정답을 제외한 것은 틀린 것이라고 배우다 보니 호기심의 싹이 완전히 죽은 사람이 생각보다 많다.

새로운 것에 대한 관심이 사라지면 사소하거나 별것 아닌 것을 의미 없는 것으로 무시하는 경우가 무의식적으로 많아진다. 강조하건대, 그 어떤 대단한 것들도 처음에는 다 별것 아니었다. 예외는 없다. 그 가능성의 씨앗을 찾는 돋보기와 망원경이 바로 호기심이다.

쉽게 돈을 벌고 싶은가? 그러면 기회를 잡아라. 기회를 잡고 싶은가? 그렇다면 호기심이라는 더듬이를 언제나 세우고 다녀라. 호기심을 통해서 기회를 발견했을 때

꾸준히 해낼 수 있는 역량만 있다면 당신은 결국 성공과
만날 것이다. 인생이 그렇다.

• 돈을 쉽게 벌고 싶다면 "ㅎㄱㅅ"을 키워라

극도로 힘든 경험은
우리에게 무엇을 남기는가?

누구나 살면서 인생의 고비를 맞이한다. 정도의 차이
는 있겠지만, 몇몇은 정말 말도 안 되게 힘든 상황을 경험
하기도 한다. 운이 없게 사고를 당하기도 하고, 믿었던 사
람에게 배신을 당하기도 한다. 이런 최악의 상황을 겪지
않는 것이 좋겠지만, 확률적으로 누군가는 이런 풍파에
휩쓸리는 것이 자명한 사실이다. 여기서 필요한 것이 니
체의 스웩(swag)이다. "나를 죽이지 못하는 고통은 나를
더 강하게 만든다." 과연 극도로 힘든 경험은 인생에 어떤
영향을 줄 것인가?

1. 인생의 바닥

보통 바닥을 쳤다고 하면서 반전을 만드는 긍정적 상황을 이야기하고는 한다. 우선 지독하게 냉정한 현실을 말하고 싶다. 바닥은 생각보다 훨씬 깊은 곳에 있는 경우가 많다. "이것보다 더 나빠지겠어?"라고 생각하지만, 바닥 밑에서 지하실을 경험할 수도 있다. 그렇게 현실의 바닥은 생각보다 깊기 때문에, 바닥까지 떨어지는 과정과 순간은 괴롭기 그지없다.

그렇게 최악의 고통을 겪고서 결국 바닥에 도착했다면, 이제 진짜로 떨어질 곳이 없다는 것을 확인하게 된다. 인생에서 죽을 것 같이 힘들고 고통스러운 경험을 하고 나면 모든 것이 상대적으로 좋아 보일 수밖에 없다. 그래서 진짜 바닥까지 떨어져 본 사람의 내공은 생각 이상으로 막강하다.

2. 변화의 가능성

사람은 웬만해서 바뀌지 않는다. 진짜 안 바뀌는 것이 사람이다. 그런 사람을 바꾸려면 새롭게 태어났다는 말이 나올 만큼 엄청난 충격이 필요하다. 그것이 바로 최악의 상황이 가진 긍정적 측면이다. 우리는 생각보다 질기다.

절대 쉽게 끝나지 않고, 완전히 무너지지 않는다. 정말 힘든 상황 속에 빠졌어도 버틸 수 있다면 다음 기회는 반드시 있다. 게다가 제대로 충격받았다면 누가 시키거나 설득하지 않아도, 이제는 바뀌지 않으면 안 된다는 사실을 마음속으로부터 깨닫게 된다.

3. 불확실성에 대한 대비

조금 어려운 개념이지만, 안티프래질(antifragile)이라는 단어를 쓰지 않을 수 없다. 안티프래질은 나심 탈레브가 만든 용어로 프래질(fragile, 충격에 취약한)의 반대 개념이다. 그렇다고 '튼튼한'이나 '단단한' 같은 개념은 아니다. 프래질의 진정한 반대, 즉 충격을 받아 오히려 강화되는 개념이다. 예를 들면, 촛불은 바람에 꺼지지만, 모닥불은 바람에 더 활활 타오른다. 똑같은 충격이어도 전혀 다른 양상으로 전개된다. 그래서 인생에 충격이 발생했을 때는 과연 내 삶이 촛불인지, 모닥불인지 생각해 봐야 한다.

안티프래질은 상대성이 중요하다. 예를 들면, 자동차에서 안전띠를 착용하지 않는 것은 매우 프래질한 행동이다. 사고에 목숨을 잃을 수 있다. 안전띠를 착용했다고 충격에 강화되는 것은 아니지만, 안전띠를 하지 않았을 때와 비교해 충격(교통사고)에서 얻는 상대적인 보상이 무한히 크다고 볼 수 있다. 따라서 큰 충격을 받아 엄청난 피해를 입으면 불확실성에 대한 고민을 평소에 더 진지하게 할 수밖에 없다. 예상치 못한 충격을 피할 수는 없겠지만, 시스템 설계를 제대로 한다면 오히려 충격을 활용할 수도 있기 때문이다. 그렇게 나를 죽이지 못한 충격이 나를 더 강하게 만들면 안티프래질한 삶을 이룰 수 있다.

인간적으로 누구나 힘든 고통을 피하고 싶을 것이다. 내가 의도적으로 피할 수 있는 고통도 많지만, 복잡계에서는 음의 창발을 통해 예상할 수도, 피할 수도 없는 고통이 발생할 수 있다. 하지만 위에서 얘기한 것처럼, 그런 고통은 우리에게 상처를 남기면서도 동시에 긍정적인 측면으로 작용하기도 한다. 태풍은 모든 것을 파괴하지만, 태풍을 통해 자정작용을 얻게 되는 것처럼 말이다.

・ 극도로 힘든 경험은 우리에게 무엇을 남기는가?

내 인생의 괴로움을
확 줄여준 단 하나의 결심

살다 보면 괴로움의 무게가 우리의 인생을 짓누를 때가 있다. 그럴 때는 정말 앞뒤 안 보고 어디론가 도망치고 싶어진다. 잠깐은 가능할 수도 있겠지만, 영원히 도망칠 방법은 사실상 없다는 점을 우리는 누구보다 잘 알고 있다. "세상에서 제일 힘든 고민은 바로 내 고민이다."라는 말도 있지 않은가. 인생이 이왕이면 행복으로 가득 차면 좋겠지만, 괴로움 없는 인생은 없다. 괴로움은 어쩌면 행복의 그림자일지도 모른다.

괴로움을 인생에서 완전히 제거할 수는 없겠지만, 확 줄일 수는 있다. 그 고통의 원인을 통제 가능한 요소로 바꾸는 것이다. 통제 가능한 요소로 바꾸면 잠깐 타이밍 잡아서 피할 수도 있고, 또 가능하면 그 크기를 줄일 수도 있을 것이다. 어떻게 하면 가능할까?

바로 모든 괴로움의 원인이 내 안에 있다고 결심하는 것이다. 처음에는 이렇게 생각하는 것이 말도 안 되고 너무나 괴로울 것이다. 그리고 어떤 상황은 진짜 본인 잘못이 하나도 없는 경우가 있을 것이다. 그래도 문제의 원인은 내 안에 있다고 생각하는 훈련이 필요하다. 문제가 내 안에 있으면 통제할 수 있다. 하지만 외부에 있으면 누군가가 해결해줘야 한다. 적절한 사람이 나타나지 않으면 그 문제가 영원히 지속될 수도 있다.

책 〈베스트 셀프〉의 저자 마이크 베이어는 "오늘날 문화에 만연한 사고방식 중 가장 위험한 것을 꼽으라면 나는 주저하지 않고 '피해 의식'을 꼽을 것이다. 피해자 역할을 한다는 것은 당신의 삶에서 잘못되고 있는 것에 대한 책임을 당신 자신이 아닌 다른 사람이나 다른 것에 돌린다는 뜻이다."라고 주장했다. 이어 "내적 통제 소재를 지닌 사람은 자신이 사건과 그 결과에 영향을 미칠 수 있다고 생각하지만, 외적 통제 소재를 지닌 사람은 모든 것을 외부의 탓으로 돌린다."라고 말했다. 내적 통제 소재를 지니라는 말은 괴로움의 원인을 내부에 두라는 말과 일맥상통한다. 최고의 삶으로 나아가기 위해, 인생의 괴로움을 줄이기 위해 반드시 가져야 할 태도인 셈이다.

사실 지금 말하는 것은 태도의 문제이기 때문에, 본질적인 현상은 크게 바뀌지 않는다. 하지만 문제를 내 탓으로 돌리면 확실히 책임감이 늘어날 수밖에 없다. 괴로움이라는 무게를 짊어졌기 때문에 정신적 근육을 단련한다고 하면 좋을 것 같다.

이런 태도를 지닌 사람을 다른 사람은 어떻게 생각할까? 보통 사람보다 훨씬 더 높은 신뢰감을 느낄 것이다. 더 높은 신뢰는 인간관계의 연결고리를 국도에서 고속도로로 확장해 준다. 똑같은 일이라도 이런 관계에서는 불협화음이 덜 발생하고, 그로 인해 스트레스는 더욱더 줄어든다. 어차피 피할 수 없는 괴로움을 내 문제로 소화하면 생각보다 얻는 게 이렇게나 많다.

인생에서 더 큰 성공을 원한다면 책임져야 하는 것이 더 많아진다. 평소 문제에 대한 책임을 주도적으로 의식하는 행위는 일종의 리더십 트레이닝으로 작동할 것이다. 리더십은 사실 배우기가 매우 어렵다. 그래서 직책에 걸맞은 리더십을 가진 사람은 생각보다 드물다. 괴로움의 원인을 외부가 아닌 내 안으로 끌어들이면, 이렇게 배우기 힘든 리더십까지 저절로 트레이닝하게 된다.

이 글만 읽어도 벌써 괴로움이 1g 정도는 줄어드는 게 느껴지지 않는가? 관점을 바꾸면 생각보다 많은 문제를 조금이라도 더 수월하게 해결할 수 있다. 자, 이제 심호흡 크게 한 번 하고 인생의 괴로움을 내 마음속으로 끌고 오자! 그렇게 모두가 자신의 괴로움을 온전히 담아간다면 세상에 길 잃은 영혼처럼 돌아다니는 괴로움도 많이 사라지지 않을까? 이 글이 짧고 힘겨운 인생에서 조금이라도 덜 괴롭고, 조금이라도 더 행복하게 살아가는 데 도움이 되었으면 좋겠다.

사업해서
무조건 잃지 않고
돈 버는 방법 3가지

　나는 살면서 유치원부터 대학원 박사과정까지 모든 교육과정을 겪었다. 대기업에서도 일했고, 외국의 작은 연구소에서도 짧게 일했다. 그리고 지금은 사업을 하고 있다. 역시 가장 힘든 것은 사업이다. 생각해야 할 것이 한둘이 아니고, 예측하지 못한 변수가 너무 많다.

　가장 작은 단위의 사업인 자영업은 10년 안에 80%가 폐업한다는 통계가 있다. 그만큼 어려운 영역이 사업인데, 아직까지 살아남은 걸 보니 그래도 제법 잘하는 구석이 있는 것 같다. 어떻게 하면 망하지 않고 사업해서 무조건 돈을 벌 수 있을까? 관점과 상황에 따라 다르겠지만, 다음 3가지를 꼭 고려해보면 좋겠다.

1. 내 개인 능력을 수익화하는 최소단위의 일을 사업의 디폴트(default)로 설정한다

사업하다가 망할 수도 있다. 단, 망하는 것도 잘해야 한다. 망했다고 해서 반드시 돈을 벌지 못하는 것은 아니다. 실패의 경험을 디딤돌 삼아 다시 제대로 도전하면 더 큰 돈을 벌 수도 있다. 그래서 중요한 것이 망하더라도 좋게 끝내는 것이다.

만약 자기 자본이 없는 상태에서 빚을 내어 사업을 시작했다가 망하면, 적어도 대한민국에서는 회생하기가 매우 어렵다. 그래서 우선은 작게 시작해봐야 한다. 특히 개인 능력을 수익화하는 사업 모델을 만들면 망하더라도 잃는 것은 개인의 시간과 노력이 대부분이다. 요즘은 소셜미디어의 발달로 개인의 능력을 수익화할 방법이 많아졌다. 개인의 노력이 충분한 수익으로 바뀌면 본격적인 사업으로 확장할 수 있다. 그렇게 사업을 시작하면 혹시 망하더라도, 일단 빚은 없을 확률이 높다. 그렇기 때문에 다시 초심으로 돌아가 개인 역량으로 시작했던 최소단위의 수준에서 또 도전할 수 있다. 망한 과정을 잘 복기하면 다시 사업을 확장할 때 실패 확률을 당연히 낮출 수 있다. 실제로 주변에 이와 비슷한 과정을 겪으면서, 결국 큰 규모의 사업으로 확장한 경우가 제법 있다.

2. 지분을 받는다

대부분 창업이라고 하면, 처음부터 모든 것을 완전하게 갖춰야 한다고 생각한다. 착각이다. 절대 그럴 필요가 없다. 만약 본인이 능력도 출중하고 자본도 충분하면 모든 리스크를 짊어질 수도 있지만, 대부분은 그러기가 힘들다. 그럴 때는 자본이 충분한 사람에게 내 능력을 어필하자. 그래서 공동 창업자가 되어 지분을 받자. 그러면 리스크는 줄이고, 이익은 극대화할 수 있다.

이럴 때는 능력 이상으로 중요한 것이 바로 신뢰이다. 공동 창업자는 내 전우이자 가족이다. 그래서 능력과 신뢰를 꼭 함께 보여주어야 한다. 실제로 우리 회사에 있는 3명의 이사는 자본금 투자 없이 순전히 능력과 신뢰를 바탕으로 나에게 지분을 받았고, 월급도 기존 직장보다 더 많이 받고 있다. 잃지 않고 무조건 성공하는 법이 조금씩 보이지 않는가?

3. 아이디어를 팔자

쉽지 않은 영역이지만, 일종의 투잡 형식으로 일반 직장에 근무하면서 아이디어를 파는 자영업을 시도할 수 있다. 여기서 아이디어는 여러 가지 관점으로 해석할 수 있다. 가장 높은 난이도는 기술 관련 특허를 내는 것이다. 사실 특허는 내기도 어렵지만, 특허 수가 많아지면 유지하기 위해 들어가는 비용도 만만하지 않다. 그래도 만약 관련 분야의 특허를 낼 수 있다면, 일종의 개인 연구소를 창업했다고 생각하고 컨설팅 형식으로 고급 아이디어를 내어 팔아보자.

다른 형태의 아이디어는 스토리를 파는 것이다. 요즘은 다양한 형태로 스토리를 팔 수 있다. 유튜브에서 방송할 수도 있고, 1인 출판도 할 수 있다. 이런 식으로 아이디어를 극화시켜서 파는 개인사업자가 되어보자.

아이디어를 파는 방식으로 일하면 잃는 것은 생각보다 적고, 운이 좋다면 엄청난 이익을 얻을 수도 있다. 확률은 높지 않아도 로우 리스크 - 하이 리턴을 노릴 수 있는 몇 안 되는 현실적인 전략인 셈이다.

괴짜 CEO로 알려진 리처드 브랜슨은 "사업 기회는 버스와 같다. 다음 기회는 언제나 다가온다."라는 탁월한 통찰을 우리와 공유했다. 그래서 우리는 절대 망하지 않는 것을 제1원칙으로 삼아 사업하고 있다. 세상은 넓고, 기회는 많고, 방법도 다양하다. 그러니 무작정 아무 생각 없이 사업에 뛰어들지 말자. 리스크를 최소화하는 방향을 고민해서 불필요한 고통 없이, 이왕이면 자아실현을 이루면서 즐겁게 사업하기를 바란다. 진심으로 건투를 빈다.

─ 의지 ─

*
20대에는 의지, 30대에는 재치,
40대에는 판단이 지배한다.

\- 벤저민 프랭클린 -

*
힘은 육체적인 역량에서 나오지 않는다.
그것은 불굴의 의지에서 나온다.

\- 마하트마 간디 -

*
승리가 전부는 아니다.
하지만 승리하고자 하는 의지는 전부다.

\- 빈스 롬바르디 -

이 차이를 모르면
폭망할 수 있다

정말 중요한 차이인데 대부분의 사람이 잘 모르는 돈의 속성 두 가지가 있다. 하나는 페잉(paying, 지불)이고, 다른 하나는 베팅(betting, 도박)이다. 똑같이 돈을 소비하는 데 결과가 보장될 수도, 보장되지 않을 수도 있다. 여기서 베팅은 도박의 이미지가 있어서 나쁜 것으로 생각하기 쉽지만, 절대 그렇지 않다. 우리가 지불하는 돈은 모든 영역에서 페잉과 베팅의 개념이 섞여 있기 때문에 이분법적인 접근이 아니라 스펙트럼 관점에서, 예를 들면

80%의 페잉과 20%의 베팅이 섞여 있는 식으로 이해해야 한다.

먼저 페잉은 내가 돈을 주고 기대하는 것을 즉각적으로 얻는 행위다. 사과를 사는 경우로 이해해보자. 5,000원을 주면 사과 3개를 받는다. 그러면 사과를 먹는 즉시 기대하던 가치가 따라온다. 맛있고 배부르다. 이것은 예측 가능하고 어느 정도 결정되어 있다.

하지만 사과를 산 행위는 100% 페잉이 아니다. 사과의 맛을 겉만 보고 확신할 수는 없기 때문이다. 맛있는 사과를 기대하고 샀지만, 맛없을 수도 있다. 그런 의미에서 사과 구매 행위는 90%의 페잉과 10%의 베팅이라고 볼 수 있다.

그러면 광고는 어떨까? 어딘가에 광고하려면 우리는 돈을 내야 한다. 상황에 따라 다르겠지만, 리스크가 큰 경우는 10%의 페잉과 90%의 베팅이라고 생각한다. 내가 어떤 상품을 광고하고 싶어서 어딘가에 의뢰했다고 생각해보자. 앞에서 언급한 사과 구매와 다르게 아무것도 보장할 수가 없다. 만약 광고가 성공해서 많은 사람에게 알려졌다면 10배, 100배의 수익을 얻을 수도 있다. 하지만 대부분의 광고는 아무것도 얻지 못하고 끝날 확률이 매우 높다.

광고를 어떤 곳에서 하는지에 따라서도 베팅의 정도가 바뀐다. 예를 들면, 똑같은 100만 원짜리 광고를 10만 구독자를 보유한 유튜버에게 의뢰하는 것과 10만 회원이 있는 온라인 카페에 공지하는 것은 전혀 다른 성격의 광고이다. 전자가 상단이 더 열려있고 불확실성이 크기 때문에 베팅의 정도가 훨씬 강하다.

페잉은 예측 가능하고 상단이 정해져 있다. 반대로 베팅은 예측 불가능하고 상단이 열려있다. 이 개념을 이해하지 못하기 때문에 우리 인생이 불행해지곤 한다. 교육이 아주 좋은 예다. 교육은 페잉일까, 베팅일까? 아이가 어렸을 때의 교육은 페잉에 가깝다. 이때 교육의 목적에 '아이를 안전한 곳에서 보호하고 일정 시간 돌봐주는 것'이 포함되어 있다고 생각하면, 여기서는 원하는 가치를 바로 얻을 수 있다.

하지만 수준과 난이도가 높아질수록 교육의 개념은 베팅에 가까워진다. 높은 퀄리티의 교육 서비스를 비싼 돈을 주고 구입한다고 해도 결과를 예측할 수 없기 때문이다. 어떤 교육을 받는다고 해서 내 미래를 확정할 수는 없다. 따라서 한 사람의 전반적인 교육비는 베팅에 가깝다고 볼 수 있다.

모두가 불행해지는 지점이 여기다. 교육을 베팅이 아

• 이 차이를 모르면 폭망할 수 있다

닌 페잉 개념으로 이해하고 있기 때문이다. 이렇게 생각하면 쉬울 것 같다. 교육비를 많이 쓴다고 해서 모두가 공부를 잘하게 될까? 절대 아니다. 운 좋게 좋은 성적으로 좋은 대학교에 갔다고 가정하자. 좋은 대학에 가면 먹고사는 문제가 해결될까? 그럴 확률이 높아지긴 하지만, 100% 보장할 수는 없다. 이렇게 두 단계에 걸쳐서 리스크가 존재하기 때문에 전체적인 불확실성은 매우 높아진다. 하지만 그것을 이해하지 못하기 때문에 사교육비에 엄청난 돈을 지불하는 부모들이 많은 것이다.

다시 한번 말하지만, 베팅이 나쁜 것은 아니다. 단지 페잉과 성격이 다른 것이다. 교육이 베팅이라서 위험하니 전혀 투자하지 말아야 할까? 아니다. 베팅에서 예측에 성공하면 그 보상은 크다. 핵심은 실패의 비용을 감수할 수 있는지 여부이다. 여유 자금 안에서 아이의 교육에 돈을 투자하는 것은 사실 전혀 문제가 되지 않고, 현실적으로 그 어떤 투자보다 좋은 투자이다. 하지만 경제적으로 무리해서 교육비를 지출하고, 그 예측이 빗나갔을 때는 심각한 피해가 발생한다.

여기서 짚고 넘어갈 것이 있다. 페잉과 베팅이 섞여 있는 최고의 교육이 있는데, 바로 독서라는 점이다. 책을 샀을 때 내가 잃는 것은 책값이다. 엄밀히 말하면 종이 원가 및 제작 그리고 유통과정에 대한 비용은 페잉이고, 책 내용 등에 해당하는 나머지는 베팅이다. 책 내용을 통해서 내가 변화한다면 적은 비용으로 10배, 100배의 결과를 기대할 수 있기 때문이다. 독서만큼 적은 비용으로 상단이 열려있는 일은 없다.

똑같은 돈을 쓰더라도 페잉과 베팅의 개념을 모르면 우리 인생은 망할 수도 있다. 특히 비즈니스를 하는 분들이라면 명심해야 한다. 내가 쓴 만큼 돌려받는다고 믿고 있다면, 즉 지금 베팅하고 있는지 모른 채 페잉하고 있다고 믿는다면 언제든지 망할 수 있다는 사실을 알아야 한다. 페잉과 베팅을 모르면 절대 비즈니스를 하면 안 된다.

베팅의 1원칙은 '내가 실패의 비용을 감수할 수 있는가'이다. 페잉과 베팅은 어려운 개념이지만, 한번 깨달으면 돈을 쓰고도 불행해지는 일을 어느 정도는 막을 수 있다. 두 개념은 상황에 따라 달라질 수 있으니 맥락적으로 접근하자. 이분법이 아니라 스펙트럼으로 사고하자. 독자분들이 이 둘의 근본 차이를 깨달아 지혜롭고 현명하게 살아서 꼭 행복하셨으면 좋겠다.

후천적으로 만들어진
천재의 결정적 특징

　나는 선천적으로 좋은 능력을 타고난 사람이 있다는 사실을 부정하지 않는다. 확실히 뛰어난 자질을 타고난 사람을 보면 부러운 것이 사실이다. 그런데 부러움을 넘어서 존경스러운 사람들이 있다. 바로 후천적인 노력으로 천재가 된 사람들이다. 이 사람들은 어떤 비결이 있길래 타고난 자질도 없이 천재가 되었을까?

　나는 실제로 대학원에서, 대기업에서 그리고 여러 업계에서 압도적인 퍼포먼스를 내는 사람들을 알고 있다.

몇 명은 원래부터 관련 분야 일을 좋아하고 잘하는 전형적인 천재였지만, 그렇지 않은 후천적 천재들도 있다. 내가 이들을 후천적 천재라고 확신하는 근거는 이들이 그 분야에서 처음에 두각을 내지 못했기 때문이다. 심지어 관련 분야를 딱히 좋아하지도 않고, 그냥 먹고 살아야 해서 계속 일을 하다가 최고수가 된 사람도 있다. 무엇이 그들을 대가로 만들었을까?

그들이 분야에서 최고가 된 배경은 사실 복합적이기 때문에 내가 모르는 부분이 훨씬 더 많을 것이다. 하지만 그런 사람들을 관찰하고 대화하면서 하나 크게 깨달은 것이 있다. 이들에게는 확실히 엄청난 집중력이 있다. 여기서 집중력을 조금 더 구체적으로 설명해보자. 이들은 그저 어떤 것에 몰입하는 게 아니라, 외부 신호로부터 자신을 철저하게 차단하는 능력이 있었다. 이게 핵심이다.

대학원에서 연구를 점점 잘하기 시작해서 나중에 거의 미친 수준으로 올라간 이란 친구가 있었다. 그는 연구 논문을 읽을 때나 데이터를 정리하고 분석할 때 바로 전화를 껐다. 그리고 일이 끝나면 전화를 켰다. 책상에 한 번 앉으면 무언가를 마무리 짓기 전에는 절대 일어나지 않았다. 이 친구가 새로운 분야의 개념을 위키피디아에서 읽으면서 완전히 처음부터 공부하던 모습이 아직도 눈에

선하다. 그리고 이 친구는 나중에 혼자 시뮬레이션 분야로 전향해서 결국에는 세계적인 학술지에 1저자 논문을 발표했다.

더 특이한 케이스도 있다. 내가 아는 한 사업가는 항상 이어폰을 끼고 다녔다. 그래서 "매일 같이 뭘 그렇게 들으세요?"라고 물어보니 충격적인 대답이 돌아왔다. 아무것도 듣지 않는다고 했다. 무언가를 들으면 집중이 안 되기 때문에 이어폰을 귀마개로 쓴다고 했다. 또 이어폰을 끼고 있으면 사람들이 말을 잘 걸지 않기 때문에 대화 차단용으로도 쓴다고 들었다.

그들은 확실하게 소음을 차단하면서 똑같은 시간을 월등하게 효율적으로 활용했다. 사실 나도 비슷하다. 나는 IQ가 높지도 않고, 이해도 느리고, 당연히 천재도 아니다. 하지만 언제나 평균 이상의 성과를 꾸역꾸역 만들어내고 있다. 무언가를 해내야 하면 절대 무작정 열심히 하지 않는다. 우선 나만의 시간을 어떻게 확보할 것인지부터 엄청 진지하게 고민하고 일을 시작한다. 지금도 온 가족이 다 잠들었기 때문에 앞으로 3시간 동안은 전혀 방해받지 않고 온전히 집중해서 일할 수 있다. 결국, 타고난 능력 없이 압도적 성과를 내는 사람들은 환경설정부터 시작한다.

잊지 말자. 우리는 환경에 영향을 받는다. 의지보다 강력한 것이 환경설정이다. 적절한 환경설정을 한다면 여러분도 충분히 훌륭한 성과를 낼 수 있다. 당장 공부하거나 중요한 일을 할 때는 스마트폰부터 꺼라. 그게 천재가 되는 첫걸음이다.

자본주의 부루마불에서
살아남는 방법

평생 주식 거래 없이 살아가는 사람은 있어도, 평생 부동산 거래 없이 살아가는 사람은 거의 없을 것이다. 그런데 적지 않은 사람들이 부동산을 '나쁜' 것으로 생각한다. 나날이 집값이 치솟고 있고 집 때문에 '벼락거지'가 됐다는 이야기를 들으면, 그 마음도 이해가 된다. 하지만 여느 게임이 그렇듯 이 '자본주의' 게임에도 매뉴얼과 공략집이 있다면 어떨까?

'유비' 김수영은 우리가 자본주의 시스템에서 사는 이

상, 이 '부루마불' 시스템에 대해 알아야 한다고 말한다. 이 시스템에서 돈을 버는 방법은 1) 세계 일주를 통해 급여를 받는 것과 2) 부동산을 매입해 수익을 내는 것이다. 부루마불 게임에서 승리하는 방법은 내 땅을 확보하고 건물을 지어서 다른 참가자들에게 통행세를 걷는 방법뿐이다. 부동산은 부루마불에서 승리하기 위한 무기이자 다른 사람에게 패배하지 않도록 지켜주는 방패가 된다.

누구나 경제적 자유를 꿈꾼다. 그런데 지금의 직장이나 고용계약이 끝난 이후를 대비한 현금 흐름을 가진 사람은 많지 않다. 부동산을 통한 현금 흐름이 밑바탕이 되어 있다면 뭘 하든 넓은 시야를 갖고 일을 추진할 수 있다. 거창하게 재벌이 되기 위해서가 아니라, 삶에서 불안을 제거하기 위해서라도 부동산에 대해 알아두는 것은 도움이 된다. 먼저 내 집 한 채를 마련하는 것부터 시작해야 한다.

물론 쉽게 결정하기 어려운 일이다. 집값이 유례없이 전국적으로 가파르게 치솟고 있고, 국내외 경제 상황도 어떻게 변할지 예측할 수 없다. 그렇다 보니 많은 사람들이 앞으로 집값이 오를까 내릴까, 지금이라도 집을 사야 하나 말아야 하나 궁금해한다. 투자자 '북극성주' 오은석은 이에 대해 명료하게 답변한다.

"실거주라면, 지금이라도 사라."

이는 최근 수많은 전문가들이 동의한 점이기도 하다. 지금 사라는 말은 결코 지금이 싸다는 이야기가 아니다. 그럼에도 불구하고 내 집 한 채는 필요하다. 집의 가격이 워낙 비싸고 고액의 대출을 받는 것을 사람들이 부담스럽게 느끼다 보니, 차라리 전세로 살고 싶어 하는 사람도 많다. '집은 사는(live) 곳이지, 사는(buy) 것이 아니다.'라는 말도 이 심리를 대변하는 것 같다. 그럼에도 집의 필요성을 고려해봐야 한다.

전세를 살면 내 인생이 정해진다. 내가 열심히 계속 벌지 않는 이상 전세에서 게임이 끝나는 셈이다. 그런데 만약 대출을 받아 집을 사면 여기에 의외성이 하나 생긴다. 집값이 내려가도 집값에 대해서 이자를 내며 살면 된다. 30년짜리 대출이면 최소한 전세와 같아지는 셈이다. 그런데 만약 집값이 오르면 삶이 바뀌게 된다. 집값이 껑충 뛰어올라 몇억을 벌었다는 이야기를 한 번쯤 들어본 적이 있는 것처럼 말이다.

몇 년 안에 조정이 온다고 하니, 그때까지 기다렸다 사는 것이 더 지혜롭지 않냐고 반문하는 사람도 있다. '부동산 좀 아는 선배'로 큰 사랑을 받았던 투자자 '너와 나를 위하여(너나위)'는 이에 대해 신중하지만, 단호한 태도를 보인다. 하락이 온다는 이야기는 많지만, 그게 반드시 들어맞는다는 보장은 없다. 만약에 그 가능성만 믿고 기다렸는데, 집값이 계속 오르면 위험에 무방비한 상태로 노출된다. '마켓 타이밍'은 숙련된 전문가도 정확히 맞히기 어렵다.

투자자 '부룡' 신현강은, 심지어 상승장의 끝에서 사더라도, 이후 하락 폭은 상승 폭에 비해 낮았다는 점을 강조한다. 2008년 금융위기 직전이었던 2007년 말, 상승장의 끝물에 집을 산 사람은 분명 하락을 맛보았다. 하지만 하락 폭은 상승 폭에 비해 적은 수준이었다. 집값이 떨어지다 보니 전세로 살려는 수요가 늘었고, 결과적으로 전세가가 올라서 매매가의 하방을 받쳐주었기 때문이다.

부룡은 하락장을 앞두고 있거나 하락이 진행 중이더라도 실수요자가 집을 사는 경험이 필요하다고 역설한다. 하락장을 경험하는 것이야말로 많은 것을 깨달을 기회이기 때문이다. 대신 앞으로 금리 인상 등의 변수가 있기 때문에 무리한 수준에서 대출받는 것은 지양하고 감당할 수 있는 수준 안에서 선택할 필요가 있다. 상승장 후반부에 진입했다면, 하락장이 다가올 것을 염두에 두어야 한다는 것이다.

집을 사겠다고 마음먹었지만, 자산이 부족한 사람들이 있다. 이 사람들은 지금이라도 '영끌'해서 아무 집이라도 들어가야 할까? 투자자 '휠휠' 박성혜는 이런 사람들에게 파격적인 제안을 한다. 1,000만 원을 들여서 부동산을 공부하는 데 쓰라는 것이다. 이 정도 금액이면 부동산의 모든 분야를 원하는 만큼 공부할 수 있고, 책도 충분히 사서 읽을 수 있다. 특히 부동산을 공부할 때는 책도 쌓아 놓고 읽어야 한다. 시간과 돈을 투자해서 안목을 업그레이드하는 것이 중요하기 때문이다. 충분히 공부한 뒤에 사도 결코 늦지 않는다.

오히려 부동산에서 가장 위험한 사람은 '돈 있는 부린이'다. 복덕방 사장님들은 손님이 들어오는 순간 모든 것을 파악하고, 그 사람이 집을 살 수 있도록 만반의 준비를 마친다. 브리핑을 마치면 부린이들은 '이 동네가 대한민국에서 나에게 최고의 공간이구나.'라는 결론에 이르기 쉽다. 그렇기 때문에 부린이는 부동산에 갈 때 결제 수단을 가져가지 않는 것이 오히려 좋다. 손품과 발품을 많이 팔아볼수록 점차 정보들이 입체적으로 필터링 되어 다가오게 된다.

세상은 지금이라도 사지 않으면 큰일 난다고 우리를 조바심 나게 한다. 하지만 중요한 것은 싼 집을 사는 게 아니라 좋은 집을 사야 한다는 점이다. 좋은 집이란 시간이 지나서 가치가 더 오를 집이다. 신축 빌라를 사지 말라고 하는 이유가 여기에 있다. 가장 찬란해 보이는 신축 빌라는 시간이 지날수록 가치가 떨어진다. 신축이 많은 지역은 재개발조차 요원하다. 반면, 낡아 보이는 아파트는 시간이 지나도 가치가 유지된다. 재개발 지역에서 이주할 때까지 사는 사람보다 재건축 아파트에서 이주할 때까지 사는 사람이 더 많다는 사실은 실사용 가치가 어느 쪽이 높은지 단적으로 보여준다.

"사람은 다 자기 집이 있어."

부동산 사장님들이 많이 하는 말이다. 처음에는 이 말이 와닿지 않았다. 대한민국에 주택이 이렇게 많은데 내가 들어갈 집은 없지 않은가! 그렇지만 포기하지 않으면 길은 있다. 주식과 달리 부동산은 끈기 있는 사람에게 유리하다. 계속 공부하며 돈을 모으다 보면 기회는 오기 때문이다. 지금 집을 마련하기가 어느 때보다 쉽지 않은 상황임은 분명하다. 그러나 집을 포기하기에는 너무 아쉽다. 집은 단순히 사는 곳이 아니라 나를 지켜주는 가장 든든한 자산이기 때문이다.

내 집 한 채를 마련하고 나면 비로소 게임 참가자가 된다. 최악의 경우 집값이 떨어지더라도 내가 실거주하면 그만이다. 집값이 오르면 현재 집보다 더 나은 지역이나 평형대로 갈아탈 수도 있다. 경매로 현재 시세 대비 저렴한 물건을 취득할 수도 있고, 다른 형태의 투자도 얼마든지 가능하다. 그리고 결정적으로 시장의 변화에 마음 졸이지 않아도 된다. 내 집 한 채는 세상으로부터 나와 가족을 지키는 방패이면서, 필요할 때는 자유롭게 활용할 수 있는 무기가 될 것이다.

어리석은
질문을 하는
3가지 방식

　질문만 잘해도 정답의 반은 얻은 것이나 다름없다. 하지만 우리나라에서 질문은 멸종 위기에 놓여있다. 교실에서도, 회의에서도 질문이 없다. 질문을 활발하게 하는 문화가 아니다 보니 막상 질문을 해도 제대로 못 하는 경우가 태반이다. 일단, 잘하기는 어려워도 못하는 것을 피할수는 있다. 혹시나 다음과 같은 질문을 해서 누군가와 나자신의 시간을 낭비하는 것은 아닌지 스스로 질문하며 반성해본다.

1. 본인이 무엇을 질문하는지 모르면서 질문한다

나는 여러 직업을 통해 정말 다양한 사람으로부터 많은 질문을 받았다. 대학원에서 조교를 하면서 학생들에게 질문을 받았고, 작가로 활동하면서 독자에게 질문을 받았다. 그리고 회사를 운영하면서 고객과 직원들에게 계속 질문을 받고 있다.

그러면서 확실히 깨달은 것은 상당수가 본인이 무엇을 모르는지 모른다는 사실이다. 전형적으로 메타인지가 낮은 경우이다. 남에게 질문하기 전에 우선 자신에게 질문해보자. 명료하게 질문할 수 없다면 아직 무엇을 모르는지 파악하지 못한 것이다.

가장 좋은 해결 방법은 종이에 내가 모른다고 생각하는 것을 적어보는 것이다. 그렇게 자신에게 먼저 질문하는 습관을 지니면 스스로 깨닫는 순간을 경험하게 된다. 그렇게 인생의 내공이 조금씩 올라가는 것이다.

2. 스스로 쉽게 찾을 수 있는 답을 질문한다

사실 요즘은 검색만 해도 원하는 정보의 대부분을 쉽게 얻을 수 있다. 영어를 제대로 읽을 수 있다면 얻을 수 있는 정보의 양은 기하급수적으로 올라간다. 그런데 직접 찾을 수 있으면서도 굳이 남에게 질문해서 정보를 얻으려는 사람들이 있다. 이것은 사실 무엇을 모른다기보다 태도의 문제라고 봐야 한다.

예를 들면, 요즘 길 찾기는 사람보다 지도 어플로 검색하는 것이 훨씬 빠르고 정확하다. 그런데 굳이 물어보는 것은 직접 찾아보고 싶지 않다는 뜻밖에 되지 않는다. 이런 질문을 계속하면 주변에 밉상이 박힐 뿐만 아니라 수동적인 이미지도 굳어질 수 있다는 사실을 명심하자.

3. 답을 정해놓고 질문한다

최악은 답을 정해놓고 질문하는 것이다. 사실 이것은 질문이라기보다 확답이나 동의를 얻고 싶은 경우이다. 많은 사람이 우리나라 토론 프로그램을 코미디보다 재미있다고 말하는데, 그 이유도 여기에 있다. 토론은 서로 질문하면서 상대방을 이해하고 더 나은 방향을 찾아가는 것이 핵심인데, 답을 정해놓고 질문하기 때문에 본인이 원하는 답이 나오지 않으면 듣지 않거나 화를 낸다. 질문의 본질이 완전히 무색해지는 상황이다. 질문에서 문장의 끝은 물음표이지, 절대 마침표가 아니다.

앞서 일반적으로 나쁜 질문 유형 3가지에 관하여 언급

했지만, 본질적으로 더 중요한 사실이 따로 있다. 질문을 멈추지 않아야 한다는 점이다. 바보 같은 질문이라도 아무것도 묻지 않는 것보다 훨씬 낫다고 생각한다.

아인슈타인은 "어제로부터 배우고, 오늘에 충실하며, 내일에 희망을 가져라. 중요한 건 질문을 멈추지 않는 것이다."라고 우리에게 조언했다. 질문은 우리 삶의 뿌리이고 시작이다. 그래서 우리는 세상에 그리고 자신에게 끊임없이 질문을 던져야 한다. 그런 과정에서 우리가 의식적 노력을 통해 질문의 수준을 끌어올릴 수 있다면 질문하는 사람에게도, 질문받는 사람에게도 더할 나위 없이 좋을 것이다. 그렇게 훌륭한 질문은 모두에게 이득이 된다.

— 사랑

*
사랑 없는 인생은 마치
열매와 꽃잎 없는 나무와 같다.

- 칼릴 지브란 -

*
사랑은 우리가 가지고 태어난 것이다.
두려움은 우리가 여기서 배운 것이다.

- 마리안 월리엄슨 -

*
누군가를 사랑한다는 것은
자신을 그와 동일시하는 것이다.

- 아리스토텔레스 -

인간관계를 파괴하는
최악의 습관

우리보다 물리적으로 훨씬 강력한 동물도 존재했고 여전히 존재하지만, 결국 지구에서 가장 영향력이 강한 생물은 인간이 되었다. 인류가 지구에서 이렇게 번성한 이유는 관계를 중심으로 하는 진사회성 동물이기 때문이다. 그만큼 인간이라는 종족에게 관계는 중요하다. 강력한 관계는 가능성이고 힘이다. 그렇다면 관계의 핵심은 무엇일까? 바로 신뢰이다.

우리는 어떤 사람을 신뢰할까? 사람마다 다르겠지만,

인간의 본능에 따르면 예측 가능한 사람, 즉 일관된 사람을 신뢰할 수밖에 없다. 우리의 뇌 구조가 그렇다. 우리의 뇌는 에너지 소모를 최대한 줄이기 위해 패턴을 찾는다. 그래서 패턴을 깨고 예상 밖으로 행동하는 사람을 신뢰하기 어려워한다. 그런 사람은 결국 다른 사람과 단단한 유대를 맺기 힘들다.

이러한 맥락에서 볼 때 신뢰를 아주 빠르게 산산조각 내는 최악의 선택이 바로 거짓말이다. 거짓말은 약속이라는 정해진 패턴을 깨고 말과 행동이 다른 모습을 보여주어 신뢰를 송두리째 뽑아버린다. 너무 큰 거짓말은 한 번에 모든 관계를 초토화할 만큼 엄청나게 부정적인 에너지를 가지고 있다. 작은 거짓말도 조금씩 관계의 토대를 갉아먹어서 피해를 누적시킨다. 결국에는 누적을 견디지 못하고 예상치 못한 순간에 찾아오는 결정타에 모든 것이 무너진다.

당장 생각해보자. 6시에 만나기로 했는데 6시에 오는 사람이 몇이나 있을까? 5분, 10분 늦은 것은 이유가 있으니까 괜찮을까? 대부분 그러니까 그냥 이해하고 넘어가야 할까? 아니다. 약속했는데 지키지 않았으면 거짓말을 한 것이다. 이런 사소한 거짓말이 팽배하면 그 사회는 저신뢰 사회가 된다. 그런 풍토 때문에 지불해야 하는 사회

• 인간관계를 파괴하는 최악의 습관

적 비용도 상상 이상으로 크다. 작게는 사적인 인간관계를 파괴하고, 크게는 공동체를 파괴하는 것이 바로 거짓말이다.

반대로 약속을 잘 지키면 신뢰를 불러올 뿐만 아니라 그 자체로 배려가 될 수도 있다. 예를 들어, 약속 시간에 잘 맞춰 온다는 것은 상대의 시간을 소중하게 생각한다는 의미가 된다. 시간은 돈보다 소중한 자원인데, 그걸 지켜주겠다니 얼마나 고마운 일인가? 작은 거짓말이 관계의 토대를 갉아먹는다면, 작게라도 약속을 지키는 일은 관계의 토대를 조금씩 쌓아가는 일이 된다. 어기면 잃을 것이 많고, 지키면 얻을 것이 많다. 왜 약속을 지켜야 하는지, 왜 거짓말을 하면 안 되는지 명확하지 않은가?

우리는 협력과 경쟁이라는 복잡한 관계를 통해 이렇게 번성할 수 있었다. 신뢰는 관계를 이어주는 다리이고, 거짓말은 그것을 파괴하는 재앙이다. 그래서 별것 아닌 것 같아도 거짓말을 하지 않는 것이 상당히 중요하다. 다르게 말하면 사소한 약속부터 지키는 습관이 매우 중요하다. 무엇을 제대로 열심히 하는 습관도 중요하지만, 나쁜 일을 하지 않는 습관을 만드는 것도 똑같이 중요하다.

깨진 신뢰는 절대 쉽게 회복되지 않는다. 설령 회복해도 상처가 남는다. 아무리 강력한 접착제로 붙여놓는다한들 깨진 자리에 생긴 금까지 완벽히 사라지진 않는다. 그러니 거짓말이 얼마나 쉽게 신뢰를 산산조각 낼 수 있는지, 그것을 복구하기가 얼마나 힘든지 반드시 명심하길 바란다.

짧은 인생 정말 바보같이 사는 5가지 부류의 사람들

인생은 유한하다. 절대 무한하지 않다. 하지만 대부분이 중요한 사실을 망각한 상태로 하루하루를 흘려보낸다. 아쉬움, 고통, 괴로움, 후회... 이런 단어들의 근간에는 삶이 유한하다는 대전제가 깊숙하게 자리 잡고 있다. 인생을 꽉 차게 살기도 바쁜 마당에 바보같이 짧은 인생을 허비하는 사람들이 있다. 과연 어떤 사람들일까?

1. 내 삶에 집중하는 것이 아니라
타인의 삶만 바라보는 사람

우리는 사회적 동물이기에, 정도의 차이는 있지만, 누군가와 반드시 함께해야 한다. 그래서 생기는 부작용 중 하나가 내 삶이 아닌 다른 사람의 삶에 관심을 쏟는 것이다. 타인의 삶에서 무엇을 배운다면, 그것은 일종의 공부이다. 이것은 전혀 나쁘지 않다. 하지만 주변을 살펴보면 자신을 돌아보지 않은 채 다른 사람의 허물과 잘못만 비난하고 헐뜯는 사람들이 많다. 그 에너지를 자기반성에 쓰면 스스로 발전할 수 있을 텐데, 무의미한 곳에 유한한 시간과 에너지를 소모하는 사람이 너무도 많다.

2. 과거에 집착하는 사람

후회 없는 인생이 있을까? 후회는 우리가 영원히 살 수 없기 때문에 생기는 감정이다. 하지만 과거에 집착한다고 해서 바뀌는 것은 없다. 게다가 현재에 집중하지 못하면 망가진 현재가 빚더미처럼 과거로 더 축적된다. 현재에 집중해서 다가오는 미래를 맞이하자. 그러면 과거는 앨범 속 좋은 추억으로 남을 것이다.

3. 세상 탓만 하는 사람

세상에 내 마음대로만 되는 것이 과연 얼마나 있을까? 하물며 내 몸도 의지대로 못 움직일 때가 허다한데, 수많은 사람과 협력하고 경쟁해야 하는 세상살이가 과연 쉬울까? 절이 싫으면 중이 떠나야 하지만, 세상이 싫으면 지구를 떠나야 한다. 방법이 없다. 그러니 긍정적인 부분에 더 집중하자. 찾아보면 내 마음대로 되는 것이 은근히 많다. 홈런을 쳐야 한다는 환상에서 벗어나자. 2할 5푼 정도만 안타를 쳐도 잘한다고 스스로 격려하자.

4. 자신을 속이는 사람

우리는 살면서 이런저런 거짓말을 한다. 운이 좋다면 모두를 속일 수도 있겠지만, 절대 그럴 수 없는 사람이 딱 한 명 있다. 바로 자기 자신이다. 자신을 속인다는 것은 무언가 외면하고 믿지 않겠다는 것이다. 그러면 현실과 괴리가 발생하기 시작하고 벗어날 수 없는 괴로움이 마음속으로부터 싹트기 시작한다. 정직은 최고의 덕목이지만, 쉽게 얻을 수는 없다. 그러니 일단 자신에게 정직하고 떳떳해지자. 그러면 세상살이가 한결 더 뿌듯해질 것이다.

5. 사랑하지 않는 사람

여기서 사랑을 굳이 남녀 간의 사랑으로 국한할 필요는 없다. 인간이 할 수 있는 최고의 행위는 아마도 사랑인 것 같다. 내가 하는 일을 사랑하고, 내 주변 사람을 사랑하고, 이렇게 태어나서 무언가에 도전할 수 있음을 사랑하는 것만으로도 우리 삶은 꽉 차게 된다. 사랑하자. 격렬하게 사랑하자.

"나는 본래 병이 들 운명이다. 나는 본래 죽을 운명이다. 나에게
소중한 전부와 내가 사랑하는 모든 사람은 본래 변할 운명이다.
그런 운명에서 벗어날 방법은 어디에도 없다."

책 〈인생의 마지막 순간에서〉에 등장한 구절로 오래된 불교 명상법에 쓰이는 말이라고 한다. 삶을 더 풍요롭게 살고 싶다면 우리는 반드시 죽음을 기억하고, 떠올리며, 되새겨야 한다. 만약 지금 하는 행동이 바보 같은 일일지 걱정된다면 죽음을 떠올려보자. "죽기 전에 지금 하는 일을 못 했다고 후회할까?" 전혀 후회할 것 같지 않다면 당장 멈춰도 좋다. 그런 일로 채우기에 우리 삶은 너무도 짧다는 걸 절대 잊지 말자.

자존감이 바닥으로
떨어진 당신에게

많은 친구들이 자존감이 떨어진다고 하소연한다. 그래서 왜 자존감이 떨어지는지 물어봤다. 다양한 친구에게 물어봤지만, 돌아오는 대답은 비슷했다. 이것저것 시도했는데 잘 안 된다는 것이다. 시험에서 좋은 점수를 얻지 못했고, 원하는 직장에 취업하지 못했다는 사실 때문에 너무 괴롭고 자존감이 떨어진다고 했다.

그래서 다시 질문했다. "당신은 원하는 꿈을 이루기 위해 도전한 것 아닙니까?" 그대가 진정으로 도전했다면

인생은 실전이다

실패는 끝이 아니다. 왜 실패했는지 고민하고, 공부하고, 다시 도전할 수 있다면 실패는 이제 경험이 된다.

당신이 한 번의 시도 혹은 약간의 노력으로 성공을 꿈 꿨다면, 그것은 어쩌면 도전이 아니라 도박이었을지도 모른다. 시도했던 것이 도박이었다면 당연히 시간이 지나도 남는 게 없다. 점점 정신적으로 빈털터리가 될 뿐이다. 그래서 아마도 더는 자신을 존중해줄 힘조차 남지 않게 되었는지도 모른다.

경쟁은 갈수록 치열해지고 있다. 힘든 상황임을 모두가 공감하고 인정한다. 당신이 세상을 향해 변명과 원망을 해도 아무도 나무라지 않는다. 이 시대는 충분히 그럴만한 상황이다. 그래도 한 번 정도는 호흡을 깊게 고르고 차분히 생각해보자. 우리는 도전을 한 것일까, 아니면 도박을 한 것일까? 그 답은 자신만이 알고 있다.

성공하진 못했지만, 조금이라도 성장했다면 당신은 확실히 도전한 것이다. 그 작은 성장은 다른 사람들에게 보이지 않을지도 모른다. 어쩌면 본인조차도 그 성장을 눈치채지 못할 수 있다. 그래서 실패 후에는 막연하게 정신승리로 무장하여 달릴 것이 아니라 차분하게 자신에 관하여 공부하는 것이 절대적으로 필요하다. 결국, 공부라는 것은 몰랐던 것을 알아가는 과정이기 때문이다.

• 자존감이 바닥으로 떨어진 당신에게

떨어지는 자존감은 마음만 먹는다고 쉽게 되돌릴 수 없다. 아주 작더라도 스스로 '아! 그래도 이번에는 이만큼 성장했구나!'라고 깨닫는 것이 정말 중요하다. 아주 작은 성장이라도 스스로 인지하고 인정해줄 수 있다면, 실패하더라도 여러분의 자존감은 오히려 조금씩 올라갈 것이다. 그렇게 제대로, 꾸준히 도전한다면 당신은 높은 자존감과 함께 무엇이든지 해낼 수 있다. 그게 인생을 살아가는 정도(正道)이다.

욕먹지 않는
리더가 되기 위한
4가지 덕목

일 잘하는 리더는 생각보다 없고, 거기서 한 차원 더 높은 레벨인 존경받는 리더는 쉽게 찾을 수 없는 것이 냉정한 현실이다. 리더는 어떤 그룹의 최종 책임자이다. 리더라는 위치로 올라가면 단순히 예전에 잘했던 일의 범위를 넘어서 단어의 의미대로 조직을 잘 이끄는 역할을 해내야 한다.

이게 정말 어려운 이유는 제대로 된 리더십 훈련을 받기가 사실상 불가능하기 때문이다. 일단 이론을 배워도 조직원의 특성이나 일의 맥락이 조금만 바뀌면 배운 내용이 순식간에 무용지물이 된다. 그래서 리더는 팀원들에게 욕먹는 게 당연한 일이라는 생각도 든다.

이렇게 상황이 복잡한 경우에는 구체적인 각론보다 핵심적인 철학이 더 중요하다. 욕먹지 않는 리더가 되려면 어떤 덕목을 함양해야 할까?

1. 일관성

리더는 실무를 하는 사람이 아니다. 방향을 지시하고 그 결과물에 대한 최종 책임을 지는 사람이다. 결국, 리더의 핵심 역량은 일의 시작과 끝에서 가장 많이 발휘된다. 시작을 했으면 자신이 정한 계획에 따라 일관성 있게 행동해야 조직원들의 스트레스를 줄일 수 있다. 분명히 전에 지시한 내용이 있는데, 결과가 조금 나쁘게 돌아간다고 갑자기 방향을 틀면서 실무자에게 책임을 전가하면, 그것은 진짜 최악의 리더라고 할 수 있다.

2. 상황 파악

상황은 언제나 바뀐다. 그렇다면 전략도 그에 상응하게 수정되어야 한다. 이때 착각해서 일관성을 지켜야 한다는 명목으로 변화된 상황에 적응하기 위한 전략을 수립하지 않는다면, 그것은 전형적으로 무능한 리더이다. 하지만 앞에서 언급한 것처럼 일관성은 중요하다. 그래서 계획의 큰 부분이 바뀔 때는 명령이 아니라 먼저 설명을 해야 한다. 사실 모든 실무자는 갑작스럽게 새로운 일로 전환하는 것에 거부감이 있다. 그렇기 때문에 바뀐 현실을 이전보다 더 명료하게 설명해야 한다. 그렇게 최대한 팀원들을 납득시킨 후 빠르게 전략을 수정하는 것이 훌륭한 리더이다. 리더가 맥락을 읽지 못하면, 이것은 나침반 없이 항해하는 선장과 똑같다. 눈뜬장님이 따로 없다.

3. 학습능력

존 F. 케네디는 "리더십과 배움은 서로 필수 불가결한 관계다."라고 정의했다. 끊임없이 공부하지 않는 리더는 무조건 도태될 수밖에 없다. 실무자일 때는 주어진 일만 잘하면 되지만, 리더는 계속해서 새로운 아이템을 발굴해야 하고 문제 상황이 발생했을 때 새로운 대안을 제시해야 한다. 그래서 학습능력은 리더의 덕목 가운데 핵심이라 할 수 있다. 학습능력이 없으면 맥락을 파악해서 새로운 상황에 대처하려고 해도 그럴 방법이 없다.

리더가 학습하는 모습을 꾸준히 보여주면 얻을 수 있는 또 하나의 혜택은 조직원에게서 얻는 신뢰이다. 꾸준히 성장하고 변화에 적응하기 위해 공부하는 리더를 과연 누가 싫어할 수 있을까? 사실 리더가 솔선수범하여 자기와 조직의 발전을 위해 학습한다면 그것만큼 건설적인 압박도 없다. 이런 압박 속에서 능동적으로 함께 학습하는 조직원이 바로 차세대 리더 후보이다.

4. 소통능력

리더의 핵심 역할은 조율이다. 우리는 언제 조율이라는 말을 쓸까? 악기의 음을 표준음에 맞출 때 조율이라는 말을 쓴다. 악기를 제대로 조율하려면 작업하면서 소리를 확인해봐야 한다. 듣지 않고 조율할 방법은 없다. 업무의 조율도 똑같다. 결국, 리더는 조직원의 이야기를 먼저 경청하고 리더십을 발휘해야 한다.

서글프게도 우리나라에서는 소통 없이 "까라면 까."라는 식으로 왜곡된 리더십인 '딕테이터십(dictatorship)'이 판치고 있다. 조직을 이끄는 수장으로서 "나를 따르라!"라고 외치기 전에 왜 따라야 하는지 설명하고 소통하면 더 많은 사람이 적극적으로 따를 것이다.

사실 소통만 잘해도 리더로서 크게 욕먹을 일은 없다. 노파심에 당부하건대, 소통한답시고 회식에서 술에 취해 이야기하지는 말자. 합리적인 소통은 당연히 맨정신에만 가능하다. 술자리에서 고주망태가 되어 감정을 배설하는 것을 진정한 소통이라 착각하는 리더는 고문관이나 다름없다.

앞에서 말한 것처럼 존경받는 리더를 찾기는 쉽지 않다. 그런 상황을 안타까워하는 것에 그치면 안 된다. 우리는 반대로 질문할 수 있어야 한다. "리더의 위치에 올라갔을 때 과연 나는 존경받을 수 있을까?" 대답하기가 쉽지 않을 것이다.

리더는 하늘에서 뚝 떨어지는 것이 아니다. 우리 중에서 누군가가 되는 것이다. 결국 좋은 리더를 찾기 어렵다는 말은 그만큼 사회의 문화 및 구조가 성숙하지 않았다는 뜻도 될 것이다. 총대를 메야 하는 상황이 닥쳤을 때 리더십을 고민하면 너무 늦는다. 우선 모두가 잠재적 리더 후보임을 잊지 말자. 그렇게 모두가 제대로 인지한다면 리더 부족 문제를 해결할 뿐만 아니라, 거시적으로는 국가경쟁력까지 올라갈 것이다.

― 연습

*

1만 가지 발차기를 연습한 사람은 두렵지 않다.
내가 두려워하는 것은
한 가지 발차기를 1만 번 연습한 사람이다.

- 이소룡 -

*

연습이 완벽함을 만들진 않는다.
완벽한 연습만이 완벽함을 만들어낸다.

- 빈스 롬바르디 -

*

훈련의 시간 일분일초가 싫었다. 하지만 스스로 되뇌었다.
'그만두지 말자. 이 순간의 고통으로 남은 삶을
챔피언으로 살 수 있잖아.'

- 무하마드 알리 -

우리는 언제부터
늙기 시작하는가?

누구도 생물학적 노화를 막을 방법은 없다. 서글픈 현실이지만, 이보다 더 비참한 현실이 있다. 바로 정신의 노화이다. 20살이어도 정신적으로 노인이 있고, 80살이어도 마음은 청년인 사람이 있다. 그렇다면 우리는 언제부터 정신적으로 늙기 시작할까?

어렸을 적에는 누구나 꿈이 많다. 그만큼 자신의 한계를 정하지 않고 가능성을 활짝 열어 둔다. 세월이 흘러 자신에 대한 이해도가 높아지면 꿈이 현실적으로 변한다.

가능해 보이는 것으로 그 선택지를 좁힌다. 나이가 더 들면 어떤 꿈은 좌절되고, 어떤 꿈은 너무 멀리 있다는 것을 깨달으면서 미래에 대한 기대감이 시들어버리기도 한다. 그때부터 우리는 늙기 시작한다.

누가 말했는지 정확히 기억나진 않지만, "꿈꾸는 자는 늙지 않는다."라는 말이 있다. 명언 중의 명언이다. 꿈이 거창할 필요는 없다. 어떤 소박한 꿈이라도 다가올 미래에 대한 기다림이 싹트고 있다면 충분히 좋은 꿈이다. 진짜 꿈이 있는 사람은 목표를 향해 나아가는 과정이 즐겁다. 그 과정이 바로 인생이다. 그래서 아무리 현실이 팍팍하고 힘들어도 절대 잃지 말아야 하는 것이 바로 꿈이다.

사람들은 꼰대를 보면 싫어하지만, 나는 측은한 마음이 더 크다. 그들은 자신의 꿈이 없기 때문에 인생의 지향점이 없다. 그래서 타인의 인생에 간섭하는 것이 유일한 낙이 된다. 그러면서 가장 많이 하는 말이 "내가 옛날에는 말이야."이다. 꿈이 있는 사람은 미래의 자신에 관한 정체성이 있다. 그래서 과거보다 미래를 더 많이 이야기한다. 반면, 꿈이 사라진 사람은 미래보다 과거를 더 많이 이야기한다. 그렇게 꼰대가 된다.

나는 기대수명의 딱 절반 정도를 살았지만, 오히려 20대 때보다 지금이 정신적으로 더 젊은 것 같다. 예전에는 딱히 미래에 관한 이야기를 많이 하지 않았지만, 지금은 어떤 미래가 올지 궁금해서, 심할 때는 잠이 안 올 정도로 설렌 적도 있다. 특히 요즘은 개인적인 꿈이 아니라 내가 속한 공동체가 성장하는 목표를 가지고 있기 때문에 꿈의 스케일이 많이 커졌다. 그만큼 기대감이 크다. 내 현재 나이나 과거 따위는 안중에도 없다. 오로지 어떻게 꿈을 이룰지 매일 고민하고 실천한다. 그렇게 살기 때문에 주변 사람들에게 자주 듣는 말이 "그 많은 에너지는 어디서 나오나요?"이다. 20살에도 못 들었던 얘기를 20년이 지난 시점에 듣고 있다. 다시 한번 말하지만, 꿈꾸는 자는 늙지 않는다.

인생에서 처음으로 내가 나이 들었다고 생각한 순간은 아빠가 되었을 때이다. 30대 초반이라서 여전히 젊은 나이였지만, 누군가의 인생을 책임져야 한다는 무게감을 느끼면서 정서적으로 조금 더 성숙해졌던 것 같다. 나는 내 가족을 절대 포기할 수 없고, 그 어떤 것으로부터도 지켜야 할 책임이 있다. 집착은 부정적 표현이지만, 일종의 생물학적 연결과 사랑으로 이어진 긍정적 집착이라고 할 수 있다. 그래서 흔히 '부모가 되면 어른이 된다'고 말하는 듯하다.

우리는 이렇게 자신이 가진 무언가에 집착하면서 조

금씩 나이가 들기 시작한다. 이런 상황은 정신적 노화라기보다 사회적으로 성숙해가는 과정이라고 봐야 한다. 정말 정신적으로 늙는 경우는 자신이 가진 '경험' 같은 것에 집착할 때다. 그것은 앞으로 과거의 영광을 다시 재현하기 힘들다는 것을 의미하기도 한다. 세상은 끊임없이 변화하면서 앞으로 나아간다. 결국, 내가 가진 것의 속성이 물질적이든 정신적이든 가만히 정체되어 있다면 상대적으로 도태되어 늙어가게 된다. 당연히 우리 모두의 인생은 소중하다. 하지만 딱히 소중하지 않은 것에 정신이 매몰되고 그것에 얽매여 앞으로 나아가지 못한다면, 우리는 늙기 시작할 것이다.

허접스럽게 들리지 않는
3가지 고급스러운 말투

　기능은 전혀 다를 게 없는 가방, 자동차라도 명품이 되면 가격이 천정부지로 솟구친다. 그렇다면 우리 인생은 어떨까? 비슷한 행동을 하고 똑같은 말을 해도 조금 더 품격있게 보이고 들리는 사람이 있다. 삶이 명품인 것이다. 그들은 무엇이 달라서 더 고급스러워 보이는 것일까? 명품을 만드는 것은 결국 작은 디테일의 차이다. 말투도 다르지 않다. 이번에는 별것 아닌 것 같아도 우리 말투를 고급스럽게 하는 작은 디테일 3가지를 알아보자.

1. 절대 서두르지 않는다

참새와 독수리가 나는 것을 떠올려보자. 누가 더 품격 있어 보이는가? 당연히 후자인 독수리이다. 독수리는 비행할 때 날갯짓을 참새만큼 자주 하지 않는다. 한 번 날개를 펼치면 창공을 유유히 비행한다. 말도 마찬가지다. 절대 서두르면 안 된다. 그래서 말을 잘하는 사람은 말의 기교 이상으로 호흡을 중요하게 생각한다. 호흡의 장단을 조절하면서 긴박감과 여유를 만들어 낸다.

서두르지 않는다는 것은 단순히 천천히 이야기하는 것이 아니다. 예를 들어, 임팩트 있게 몰아쳐야 할 때는 조금 빠른 템포를 유지할 수 있어야 한다. 그럴 때도 사전에 긴 호흡이 필요하고, 중간에 미세하지만 쉬는 호흡 구간도 있어야 한다. 이렇게 호흡만 잘 조절해도 상당히 품격있게 말할 수 있다.

추가로 적절한 몸짓은 이야기 전달의 촉매가 된다. 특히 우리나라 사람들은 말할 때 표정이나 몸짓이 잘 드러나지 않는 경우가 많은데, 때로는 거울을 보면서 말하기 연습을 해보자. 그러면서 적절한 표정과 제스처를 연습하면 더 효과적으로 의사전달을 할 수 있을 것이다.

2. 명령문을 상냥한 의문문으로 바꾼다

상냥함은 고급스러움의 뿌리이다. 더 많은 가격을 지불하는 서비스는 비용과 비례하게 직원들의 상냥함도 올라간다. 전 세계 어디를 가도 마찬가지다. 그럼 어떻게 해야 더 상냥하게 보일 수 있을까? 데일 카네기의 〈인간관계론〉에 나오는 필살 비법 중 하나가 바로 명령문을 의문문으로 바꾸는 것이다. "창문 좀 열어."와 "창문 좀 열어줄 수 있어?"는 똑같은 결과를 원하는 말이지만, 그 느낌이 전혀 다르다. 전자는 명령이고, 후자는 부탁이다. 어느쪽이 더 상냥한지 굳이 말하지 않아도 알 것이다. 이에 덧붙여 "미안한데 창문 좀 열어줄 수 있어?"라고 말하면 더할 나위 없이 완벽하다. 참고로 내 아내는 상냥한 의문문의 달인이다. 절대 나에게 명령문으로 말하지 않는다. '극도로' 상냥한 의문문으로 집안일을 부탁한다. 그래서 나는 집안일을 열심히 한다....

3. 묘사를 구체적으로 한다

말을 품격 있게 하는 사람들에게는 공통분모가 하나 있다. 바로 묘사를 구체적으로 한다는 점이다. 특히 칭찬에 있어서 표현력이 매우 뛰어나다. 예를 들어, 직장 동료가 머리를 자르고 회사에 출근했다고 가정하자. 보통은 아무 말도 하지 않거나, 말해도 "OO 씨, 머리 잘랐네." 정도가 전부이다. 하지만 말을 잘하는 사람은 똑같은 칭찬도 구체적으로 한다. "OO 씨, 머리 자르니까 좋아 보인다. 얼굴이 훨씬 밝아 보여." 이런 식으로 구체적으로 칭찬해서 상대방을 조금이라도 더 기분 좋게 해준다.

묘사를 구체적으로 하려면 많은 표현을 배워야 한다. 평소에 좋은 문장이 있는 시나 소설, 에세이 등을 읽으면서 가슴에 와닿는 표현을 따로 적어 외워보자. 그렇게 색다른 어휘나 문장을 실생활에 활용하면 생각보다 어렵지 않게 고급스러운 표현을 할 수 있다.

대한민국에서 말에 관한 한 가장 품격있는 사람은 누구일까? 그중의 한 명으로 유재석을 꼽고 싶다. 말하는 직업을 가졌으면서도 남녀노소 모두에게 사랑받고, 또 그 사랑을 수십 년째 이어오고 있다. 그런 그가 한 말이다.

"적게 말하고 많이 들어라. 들을수록 내 편이 많아진다."

모든 소통이 그러하듯, 고급스러운 말투도 그 시작은 경청이다. 더 상냥하게, 더 구체적으로 말하기 위해서 서두르지 말고 일단 경청하자. 잘 들어주기만 해도 고급스러움의 반은 먹고 들어갈 것이다.

월 소득 1,000만 원을 달성하는 방법

모든 직장이 좋은 사람, 충분한 급여, 유익한 경험으로만 채워져 있다면 어느 누구도 떠나려 하지 않을 것이다. 그러나 현실의 직장은 많은 것이 부족하다. 그래서 아쉬움을 느끼는 사람이 많다. 이왕 불순한 마음을 먹었다면 부업부터 시작해서 현재 월급만큼 벌어보면 어떨까? 부업으로 월급 이상을 번 순간부터 퇴사에 대한 진정한 선택권이 생긴다.

100만 원 정도만 있어도 당장 시작할 수 있는 사업은 많다. 당신에게 특별한 지식이나 재능이 있다면 그것을 판매하면 된다. 만약 재능이 없다면 다른 재능있는 사람들이 만들어 놓은 물건을 팔 수도 있다. 돈을 모으면 5번의 시도를 해볼 수 있다. 먼저 특별한 능력이 없어도 누구나 할 수 있는 '상품 판매'에 대해 이야기해 보자.

중학교 친구인 '창업다마고치' 김정환은 게임 회사의 디자이너로 일했지만, 결국 회사 생활에 회의를 느끼고 퇴사하게 되었다. 이 친구를 모델로 내세워 매출 0원부터 시작해 월 순이익 1,000만 원 이상으로 성공하는 과정을 보여주는 유튜브 콘텐츠를 만들었다. 게임에서는 공략만 있다면 누구나 쉽게 게임을 깰 수 있다. 창업에도 나름의 공략이 존재하고, 이 공략을 그대로 따라 하면 돈을 벌 수 있다는 것을 보여주고 싶었다. 회사 생활과 사업을 하면서 느꼈던 막막한 감정을 다른 사람들과 공유하고 싶었다. 누군가가 나를 도와주었으면 했던 당시의 마음을 녹여내고 싶었다.

장사하는 데는 아프리카 초원과 같이 먹이사슬이 있다. 생산자(사자) → 도매자(하이에나) → 소매자(가젤) → 소비자(풀). 대부분의 사람은 이 먹이사슬의 가장 아래 단계인 소비자, 즉 '풀'과 같은 존재다. 자연에서는 한 번 풀로 태어나면 평생 풀로 살아야 하지만, 다행히도 돈 버는 데에서는 그렇지 않다. 마치 포켓몬처럼 진화가 가능하다. 그래서 사자는 하이에나가 새로운 사자로 진화할까 봐 걱정하고, 하이에나는 가젤이 진화할까 봐 걱정하며, 가젤은 또 다른 가젤이 늘어날까 봐 걱정한다.

그래서 그들은 모두 다 풀을 왕처럼 대한다. 그 결과 풀들은 자신이 강자인 줄 안다. 재밌게도 돈이 흘러가는 방향을 보면 전혀 그렇지가 않다. 돈은 풀에게서 사자에게로 간다. 모든 풀들은 원하기만 하면 가젤에게, 하이에나에게, 사자에게 도전할 수 있지만, 대부분 그렇게 하지 않는다. 계속 돈을 쓰면서 돈이 더 있었으면 좋겠다는 생각만 한다. 그러다 어떤 사건을 계기로 진화를 시작하면 다시 풀로 돌아가기가 어려워진다.

내가 그렇게 시작했고, 내 친구도 그렇게 변화했다. 가젤만 되어도 직장인 이상의 수준으로 돈을 벌 수 있다. 첫 주문이 들어오고 나서 친구는 가젤의 면모를 보이기 시작했다. 지금은 16만 명이 넘는 구독자들에게 도움을 주고 있다. '아마존 다마고치', '자사몰 다마고치' 등 내가 가보지 못한 영역까지 나아가고 있다.

결국, 가장 중요한 것은 스스로 하고 싶어 하는 것이다. 대부분 하고 싶어서 하기보다 경제적으로 궁지에 내몰리면서 변화를 강요당한다. 어쩔 수 없이 절약하고 돈을 벌기 위한 방법을 찾게 된다. 돈 자체가 목적이어서 시작하는 사람들은 어찌할 바를 모른다. 왜냐면 돈 되는 장사의 3요소 중에 아무것도 갖추지 못했기 때문이다.

어떤 사람들은 어쩔 수 없는 경우가 아님에도 장사를 하고 싶어 한다. 자발적으로 장사를 하고 싶은 경우는 크게 3가지가 있다. 갑자기 좋은 물건을 만들고 싶을 때, 주변에 생산자나 도매업자가 있을 때, 그리고 많은 잠재 고객을 보유하고 있을 때이다. 장사의 본질은 결국 '좋은 물건을 좋은 가격에 많은 사람에게 파는 것'이다.

어떤 사람들은 이 중 하나라도 갖추면 본능적으로 장사를 하고 싶어 한다. 그런데 안타까운 점은 그것을 전부라고 생각하는 것이다. 물건을 만든 사람은 좋은 물건이 장사의 전부라고 생각하고, 좋은 가격을 가진 사람은 낮은 가격이 장사의 전부라고 생각하며, 많은 잠재 고객을 가진 사람은 고객이 전부라고 생각한다. 그러나 이 중 하나라도 무너지면 오래가지 못한다. 시작과 동시에 3가지를 모두 갖추는 것은 어렵다. 가장 먼저 챙겨야 하는 것은 무엇일까? 나는 '많은 사람'이라는 요소가 가장 중요하다고 생각한다. 풀이 없는 사막에 가젤이 살 수는 없기 때문이다.

물건은 누구나 팔 수 있다. 생각보다 단순한 사실인데,

많은 사람들은 자기가 판매업자가 될 수 없다고 생각한다. 나는 운 좋게도 아주 어렸을 때 이 사실을 알았다. 나의 외할머니는 깻잎이나 쑥갓 등을 따다가 시장에 나가서 팔았다. 그냥 한 귀퉁이에 앉는 순간부터 장사가 시작되었다. 그 모습이 신기했다. 어떤 날은 하나도 팔지 못했지만, 어떤 날은 팔렸다. 시장에는 사람들이 많이 있었다.

만약 시장에서 장사를 시작한다면 내가 낼 수 있는 자릿세 대비 사람이 가장 많이 모인 곳부터 찾을 것이다. 시장에서는 실제로 자리 때문에 싸움이 나기도 한다. 노점도 마찬가지다. 본능적으로 잠재고객이 가장 중요한 가치임을 모두 다 느끼고 있다.

내가 손님의 중요성을 이야기하면 극단적으로 좋은 상품의 예를 들면서 강력한 상품이 손님을 창출할 수 있다고 반론하는 사람도 있다. 스티브 잡스의 예를 드는 경우도 많다. 고객이 원하는 것을 보여주기 전까지 고객은 자신이 무엇을 원하는지 모른다는 그의 명언과 함께. 하지만 한 가지 간과하는 사실은 스티브 잡스도 실패한 적이 있다는 것이다. 좋은 제품을 결국에는 알아주겠지만, 그 결국이 언제 올지는 아무도 모른다.

나는 먼저 손님을 만들라고 권한다. 만들 수 없다면 손님이 몰려 있는 곳에서 시작하기를 권한다. 장사 초보인

당신이 뇌피셜로 만들어낸 니즈가 아니라 진짜로 원하는 손님이 있는 시장을 공략해야 한다.

내가 만든 상품을 원하는 사람이 아무도 없다면 아무리 경쟁자가 없는 특별한 상품을 만들더라도 소용이 없다. 초기 시장에서는 각자의 특색이 특별함을 만들고 팬층을 이루기도 한다. 그러나 성숙한 시장에서는 특이한 상품이 살아남기가 어렵다.

나는 6살 먹은 아들이 있는데, 탱크를 매우 좋아한다. 〈진짜 진짜 재밌는 탱크 그림책〉에 나오는 초창기 탱크의 모습을 보면 굉장히 특색있고 독특하다. 국가별로 특징이 두드러지며 신기하게 생긴 탱크도 많다. 하지만 책 후반에 나오는 탱크들은, 일부 디테일이나 도색만 다를 뿐, 유사한 모습으로 수렴하게 된다.

초보자들이 진입하고자 하는 시장은 대부분 성숙 시장이다. 내가 생각한 니즈는 시장에서 이미 충분히 검토되었을 가능성이 크다. 처음에는 시장의 수요와 내가 생각하는 수요의 온도 차를 맞춘다는 겸손한 생각으로 많은 사람들이 원하는 상품을 공급해야 한다.

원하는 사람들의 그룹이 어디에 존재하고, 그들이 어떤 흔적을 남기며, 어떤 공통적 행동을 취하는지 찾는 것이 가장 우선되어야 한다. 창업다마고치 시리즈는 이와 관련한 기술 중 하나인 '키워드'와 관련한 이야기를 주로 다루는 콘텐츠다.

기본적인 내용은 '사람들이 더 많이 검색하는 키워드로 상품명을 짓자.'이다. 온라인이 보편화된 시대가 되면서 소비자들은 많은 흔적을 남기게 되었다. 그 흔적을 추적해서 내가 상품을 등록할 때 반영하자는 것이다.

제품을 구하고 나서 사람들이 제품을 찾도록 만드는 게 아니다. 사람들이 많이 찾는 상품명을 찾고 이 상품명에 부합하는 제품을 어디서 구할지 고민해야 한다. 순서만 바꾸는 것이다. 이 방식은 비단 키워드에만 적용되는 게 아니다. 제품을 먼저 만들고 그 제품을 홍보하기 위한 콘텐츠를 만드는 게 아니라, 콘텐츠로 사람을 먼저 모으고 그 콘텐츠에 맞는 제품을 구하는 것이다. 이 제품을 어떻게 블로그로 홍보할지 고민할 게 아니라, 이 블로그에서 어떤 제품을 판매해야 할지 고민하는 것이다.

풀을 먼저 기르고 그곳에 가젤을 풀어 놓는다. 가젤을 먼저 풀어놓고 풀을 기르기 시작하면 가젤은 다 굶어 죽는다. 가젤을 먼저 풀어 놓는 방식으로 키우기 위해서는 풀이 자랄 때까지 계속해서 사료를 사다 부어야 한다. 투자를 유치하거나 빚을 져야 한다는 말이다. 사업 아이템이 압도적이거나 창업자의 명망이 높다면 투자자를 유치할 수도 있겠지만, 대부분의 사업은 투자자를 유치하지 못하고 망하기가 십상이다. 풀부터 기르고 가젤을 푼다. 풀을 기르는 리스크는 가젤을 기르는 리스크보다 작을 수밖에 없다. 가젤을 풀고 하이에나를 푼다. 하이에나가 생기면 사자도 푼다. 생태계는 아래로부터 만들어야 한다.

만약 당신이 아무리 풀을 길러도 자꾸 풀이 아니라 대나무만 자란다면 가젤이 아니라 판다를 키워야 한다. 장사 초보일수록 내가 모으는 고객의 타입에 따라서 내 상품을 정해야 한다. 이것이 몸에 익고 나면 어떤 아이디어를 내더라도 고객의 입맛에 맞는 상태에 다다르게 된다. 그때부터는 직감을 활용해도 될 것이다. 직감을 먼저 발휘하고 그에 대한 근거를 찾는 식으로 업무 프로세스를 다시 만들어도 된다. 그러나 초보자가 직감에 의지한다는 것은 사막에서 길을 잃은 채로 오아시스를 찾아 걸어가는 것과 다를 바가 없다.

손님을 모으고 나면 그다음은 일사천리다. 1,000명의 잠재고객을 모았다면 그것을 기반으로 제안을 시작할 수 있다. 가장 적합한 상품을 만드는 사람에게 '나에게 이런 타입의 고객이 1,000명 있으니 상품을 달라'고 제안하는 것이다. 이때 내 고객을 내가 얼마나 잘 알고 있는지에 관한 증거를 첨부한다. 당신이 모은 고객을 보고 역으로 제안받을 수도 있다. '쿠팡 파트너스' 같은 서비스를 활용해 충분한 판매량을 만들어 냈음을 데이터로 활용할 수도 있다. 이 서비스를 통하면 나이키든 애플이든 무엇이든 팔 수 있다. 쿠팡에 등록만 되어 있다면.

지금은 자신의 홈페이지가 없어도 이미 갖춰져 있는 오픈 마켓에 들어가는 식으로 인프라 비용을 줄일 수 있다. '쇼핑몰', '스마트스토어' 같은 검색어만으로도 많은 정보를 찾을 수 있다. 내 채널에 나온 수많은 판매자들을 통해서도 적지 않은 정보를 얻을 수 있다. 60대도, 50대도, 40대도, 30대도, 20대도 쇼핑몰로 돈을 벌 수 있다. 학벌이 뛰어나지 않아도, 이 분야에 대해 아는 것이 없어도 돈을 벌 수 있다.

'그건 그때나 통하던 거지, 지금은 너무 늦었어.' 이렇게 생각하는 사람들이 많다. 물론 더 일찍 시작한 사람에 비해 수익이 늘어나는 속도가 더딜지도 모른다. 하지만 내 유튜브 채널에 출연해 자신의 쇼핑몰 이야기를 하고 싶어 하는 사람이 끊이질 않는다. 그들 중 많은 사람이 사업을 시작한 지 1년이나 반년이 채 되지 않았다. 모두가 돈을 번다고 장담할 수는 없다. 하지만 지금도 누군가는 분명히 돈을 벌고 있다.

당신에게 자신만의 지식이나 노하우, 기술이 있다면

좀 더 선택지가 많아진다. 유튜브를 촬영할 수도 있고, 전자책을 만들 수도 있고, 블로그나 인스타그램을 운영하면서 팔로워를 늘려갈 수도 있다. 시작할 때부터 뛰어난 지식이나 기술이 없더라도 자기가 하루하루 경험하고 학습한 것을 바탕으로 콘텐츠를 만들 수 있다.

'국민강사' 김미경은 자신만의 온라인 콘텐츠를 갖추지 못한 사람은 나중에 자신만의 디지털 빌딩을 가질 기회를 잃을 것이라고 강조한다. 더 나아가 몇 년 뒤에는 자신만의 온라인 콘텐츠를 쌓아 온 사람과 그렇지 않은 사람이 가지는 기회가 하늘과 땅만큼 벌어질 것이라고 이야기했다. 분명한 것은, 지금이라도 늦지 않았다는 점이다. 지금은 뭐든 시작하기 좋은 때이다. 언젠가 지금 시작하지 않은 것을 후회하게 될지도 모른다. '그때 집을 샀어야 했는데...' 같은 아쉬움처럼 말이다.

과거에는 돈을 벌려면 사람들을 직접 만나고, 좋은 인상을 주고, 설득하는 과정이 필요했다. 당연히 사람의 외모나 풍채, 성격 같은 요소들이 사업에 영향을 주었다. 지금은 아니다. 사람들은 시장이 아닌 화면 속에 있고, 소통은 손가락과 목소리만으로 이루어진다. 사람 좋아하고 수완 좋은 사람과 누군가를 만나기가 부담스러운 소심한 사람이 동일한 조건에서 경쟁하는 셈이다.

•   월 소득 1,000만 원을 달성하는 방법

지금은 누구나 1인 기업이 될 수 있는 시대다. 누구나 1시간 만에 쇼핑몰을 오픈할 수 있고, 지식과 재능 같은 무형의 가치도 팔 수 있다. 권리금이나 월세를 내지 않아도 되고, 영업하느라 술을 마실 필요도 없다. 비행기를 타지 않아도, 외국어를 할 줄 몰라도 글로벌 비즈니스까지 할 수 있다. 아무것도 없이 시작하더라도 올바른 방향으로 꾸준히 노력하면 월 1,000만 원이 넘는 수입을 만들어낼 수 있다.

인간관계에서
본전 뽑는 비법

　세상에 노력 없이 만들어지는 것은 없다. 그래서 역설적으로 사람들은 적은 노력으로 큰 결과를 얻는 것에 열광한다. 하지만 적은 노력으로 큰 보상을 얻으려는 시도의 결말은 안타깝게도 더 많은 것을 잃는 경우가 대부분인 것 같다.

　인간관계도 다른 것이 하나 없다. 관계를 유지하려면 노력이 필요하고, 적은 노력으로는 좋은 인맥을 얻기가 쉽지 않다. 좋은 관계까지는 바라지도 않는다. 들인 노력만큼의 결과만 얻어도 다행이다. 우리가 인간관계를 조성하기 위해 투입한 정성을 잃지 않고 본전이라도 확실히 건지는 방법에는 무엇이 있을까?

1. 장점을 찾아라

방송인 유병재가 한 유명한 말이 있다. 자신이 싫어하는 사람을 멘토로 정한다는 것이다. 그래서 '절대 저 인간처럼 되지 말자'고 다짐하면서 성장한다고 한다. 나는 이것을 '유병재 멘토론'이라고 부른다. 인간관계에서 본전을 뽑는 방법이 이와 비슷하다. 어떤 사람을 만나더라도 어떻게든 배울 점을 찾는 것이다. 이것은 성장에 있어서 굉장히 유용한 전략이다.

회사 재직 시절 싫어하는 상사가 있었는데, 자료 정리 하나는 정말 끝장나게 잘했다. 그래서 옆에 찰싹 붙어서 자료 정리하는 법을 배웠고, 이것은 나에게 평생 도움이 되고 있다. 누구나 자세히 보면 장점이 있기 마련이다. 하지만 대부분은 단점에 가려져 있다. 그래서 사람은 절대 겉모습만 보고 판단하면 안 된다. 한 번만 심호흡하고, 한 번만 참아보자. 그러면 그 사람의 보이지 않았던 장점을 찾을지도 모른다. 충분히 인내했음에도 불구하고 장점을 발견하지 못했다면 손절매가 답일 수 있다. 본전 생각에 전 재산 날리지 말고, 이럴 때는 피해를 최소화하는 것에 만족하자.

2. 기대하지 마라

친구에게 돈을 빌려줄 때는 그 친구가 소중한지 돈이 소중한지 결정해야 한다는 말이 있다. 참으로 명언이다. 보통 돈을 빌려줄 정도의 친구면 당연히 우정이 돈보다 소중할 것이다. 그렇다면 돈을 빌려줄 때 절대 돌려받을 생각을 하면 안 된다. 그래서 애초에 없어도 되는 돈만큼만 빌려주는 것이 답이다. 그래야 친구도 돈도 잃지 않는다.

우리가 인간관계에서 가장 실망하는 순간은 내 노력에 대한 보상이 돌아오지 않을 때이다. 정서적으로 그 친구에게 신경을 쏟았는데, 반대로 그 친구는 나에게 어떠한 관심도 보이지 않을 때 실망하게 된다. 마치 돈을 빌려주고 돌려받지 못해서 전전긍긍하거나, 빌려 간 친구가 고마워하기는커녕 미안한 마음도 보이지 않을 때 실망하는 것과 같다.

그래서 인간관계에서 본전을 뽑는 가장 완벽한 전략

은 절대 아무것도 바라지 않는 것이다. 애초에 기대하지 않으면 실망하지도 않는다. 그냥 뭔가를 해줄 때 기쁜 마음으로 해주자. 그러면 상호성의 법칙이라는 마법이 당신을 도와줄 것이다. 앞에서 말하지 않았는가? 공짜는 전설속에도 존재하지 않는다. 받은 것은 다 토해내야 하는 것이 세상 진리이다. 따라서 받은 사람은 무의식중에 관계의 빚을 진 셈이다. 언젠가는 다 갚아야 한다.

3. 미래를 생각하라

하수는 눈앞에 보이는 것만 믿는다. 하지만 고수는 미래를 생각한다. 인간관계도 마찬가지다. 현재에 내가 조금 더 잘해주고 그만큼 보답받지 못하면 누구나 손해 보고 있다고 느낄 것이다. 하지만 사람에 대한 투자라고 관점을 바꾸자. 그러면 굳이 1:1 관계로 보상받을 필요가 없다.

예를 들면, 10명하고 인간관계를 맺고 있는데, 9명에게서 보상을 받지 못했다. 하지만 남은 한 명이 미래에 크게 성공해서 10배 이상으로 나를 도와줬다고 생각해보자. 그러면 그 성공한 한 명 덕분에 나머지 모두에게 잃은 나의 노력을 회수할 수 있다. 실제 이 방법은 벤처 투자자들이 스타트업에 투자할 때 쓰는 전략이다. 인간관계를 투자의 관점으로 전환하면 현재 상황의 이익 관계 때문에 일희일비하지 않는다. 오히려 상대가 더 잘되기를 바라는 마음이 생길 것이다. 때로는 이렇게 관점의 전환이 필요하다.

인간관계에서 본전을 운운하면 "너무 계산적으로 사는 것 아니냐?"라고 반문하는 사람이 있다. 하지만 따져볼 줄 아는 사람일수록, 성공을 갈망하는 사람일수록 주변에 잘해준다. 책 〈기브앤테이크〉에서는 사람을 세 유형으로 구분한다. 내 이익을 먼저 챙기는 테이커(taker), 받는 만큼 돌려주는 매처(matcher) 그리고 내 이익보다 다른 사람을 먼저 생각하는 기버(giver)다. 이 중에서 성공의 사다리 꼭대기에 서는 사람은 바로 기버다.

그들은 인생의 지혜를 알고 있는 사람들이다. 세상에 공짜는 없고, 내가 베푼 친절과 도움은 반드시 돌아오게 되어 있다. 그래서 기버는 기꺼이 주변에 도움을 준다. 하지만 무턱대고 잘해주기만 해서는 안 된다. 사다리의 가장 밑바닥에 있는 사람들도 기버다. 세상은 그런 사람들을 호구라고 부른다.

따라서 좋은 인간관계를 이루고 싶다면 무작정 잘해주는 게 아니라 지혜롭게 전략적으로 잘해줄 수 있어야 한다. 그래야 나도 이기고, 상대도 이기는 win-win의 관계를 이룰 수 있다. 나아가 그 선한 영향력이 세상까지 이어지면 win-win-win을 이룰 수 있다. 이것이 절대 망하지 않는 인간관계를 이루는 방법이다.

집중

*

상당한 시간 동안 집중할 수 있는 것은
어려운 성취에 있어 필수적이다.

- 버트런드 러셀 -

*

과거에 사로잡히지 마라. 미래를 꿈꾸지 마라.
온 마음을 지금 이 순간에 집중하라.

- 석가모니 -

*

소수의 사람만이 자신이 원하는 바를 이루는 이유는
우리가 집중하지 않기 때문이다.
즉, 우리의 힘을 한곳에 집중하지 않기 때문이다.
많은 사람들은 하나를 고도로 숙련하려고 결정하는 대신,
한평생 이것저것 건드려만 본다.

- 토니 로빈스 -

돈 쓰고 욕먹는 사람의
3가지 특징

예전에 미국에 교환학생으로 갔을 때 일이다. 가기 전에 미국 사람은 더치페이를 선호한다는 '도시 괴담'을 듣고 갔다. 그런데 며칠 살아보니 역시나 세상에 공짜 좋아하지 않는 사람은 아무도 없었다. 밥을 해서 같이 먹자고 해도 좋아하고, 하다못해 2달러짜리 햄버거를 여러 개 사와서 나눠줘도 매우 좋아했다. 그렇게 모든 사람이 공짜를 좋아하는데, 굳이 돈을 쓰고도 욕먹는 사람이 있다. 어떤 사람이 그럴까?

1. 한 번 사주고 열 번 생색내는 사람

사줬으면 당연히 생색낼 권한이 있다. 이 점은 인정해 주자. 그게 싫다면 애초에 얻어먹을 생각을 버리자. 그런데 그것도 한두 번이지 한 번 사주고 3절, 4절까지 호의를 우려먹는 사람이 꼭 있다. 사실 이런 사람은 메타인지가 낮아서 자신이 잘못하고 있는지조차 모른다. 호의를 권리로 착각한다는 말이 있듯이, 이런 사람은 한 번의 호의를 무슨 평생의 은혜로 심각하게 착각하고 있는 것이다.

2. 어떤 목적을 달성하기 위해 미끼로 돈을 쓰는 사람

20대 시절 평소에 뭐 하나 잘 사주지 않던 친구가 뜬금포로 고기를 먹자고 한 적이 있었다. 항상 얻어먹기만 하던 친구라서 이게 웬일인가 싶어 모든 친구들이 제대로 얻어먹자고 신이 나서 고기를 먹었다. 그리고 간만에 한턱낸 친구는 돈 좀 빌려 달라고 친구들에게 말했다.

역시나 세상에 공짜는 없었다. 사람이 안 하던 행동을 하면 이상하게 생각했어야 했는데, 역시나 공짜 한턱은 미끼였다. 이렇게 어떤 청탁을 위해 돈을 쓰는 사람이 생각보다 많다. 이런 상황에서는 상호성의 법칙이 작용하기 때문에, 이미 호의를 받았다면 거절하기가 생각보다 쉽지 않다. 참 얄밉게 돈 쓰는 사람들이다.

3. 기대치에 부응하지 못할 때

이런 상황을 가정해보자. 회사에서 모든 팀원이 몇 날 며칠을 야근해가며 어떤 프로젝트를 추진했다. 팀장은 이 프로젝트만 끝나면 자기가 확실하게 쏘겠다고 했다. 프로젝트는 성공했고, 팀장은 가장 큰 공로를 회사로부터 인정받았다. 그래서 팀장이 자기가 쏠 테니 회식을 하자고 한다. 그런데 팀장은, 과장 조금 보태서, 직원들을 분식집으로 데리고 갔다....

분명히 팀장은 한턱냈지만, 욕먹기 딱 좋은 상황이다. 사실 이 정도로 몰염치한 사람은 별로 없다. 쉽게 이해하기 위해 극단적인 예를 들어본 것이다. 그런데 이 정도는 아니어도 어떤 보상이나 보답을 해야 할 때 상대방의 기대치보다 낮게 하면 보답에도 불구하고 상대방은 실망하기 마련이다. 인생에는 여러 센스가 필요한데, 무언가 보답할 때 기대치의 임계점보다 살짝 넘겨서 하는 것도 중요한 인생 센스 중 하나다. 그러면 그 상황은 상대방에게 오래도록 긍정적으로 남기 마련이다.

돈은 생존과 연결되어 있기에 인간관계에서 무엇보다 강력한 지표가 될 수 있다. 흔히 사람을 평가할 때 외모, 성별, 인종처럼 타고난 성질이 아니라 말과 행동으로 평가해야 한다고 말한다. 그런데 말과 행동보다 더 강력한 것이 바로 돈이다. 돈의 흐름을 따라가다 보면 의도와 진실이 보이는 경우가 많다. 그러니 돈을 쓸 때는 꼭 한 번 더 생각해보자. 내가 돈을 쓰는 방식이 나라는 인간을 정의하고, 나아가 주변과의 관계를 결정한다는 사실을 꼭 기억하길 바란다.

저절로 좋은 습관을
만드는 꿀팁

습관은 인생이다. 좋은 습관을 지니고 있다면 이미 인생의 절반은 성공이라고 봐도 무방하다. 경쟁이 치열한 세계에서 앞서가는 사람들은 이 악물고 매 순간 노력하는 동시에 좋은 습관을 만들기 위해서도 노력하는 경우가 많다. 습관은 무의식의 영역이기 때문에 의식적 노력보다 에너지 소모량이 압도적으로 적다. 결국, 좋은 습관을 만들지 못하면 하루하루를 힘겹게 살아가야 한다. 어떻게 하면 좋은 습관을 만들 수 있을까?

가장 빠르고 효과적인 방법은 좋은 습관을 지닌 사람과 함께 하는 것이다. 나는 대학교 시절에 일찍 일어나 도서관에 가서 공부하는 습관을 만들고 싶었다. 하지만 중력과의 치열한 사투는 언제나 중력의 압승으로 끝났다. 굴욕적이게도 몸만 누운 것이 아니라 눈꺼풀도 들어 올리지 못했다. 그래서 특단의 조치로 가장 부지런한 후배에게 먼 거리를 통학하는 대신 돈을 내지 않고 내 자취방에서 함께 살자고 제안했다. 그리고 제발 아침에 일찍 깨워서 도서관에 멱살 잡고 가라고 부탁했다. 후배는 통학 시간을 아낄 수 있어서 흔쾌히 승낙했고, 나는 진짜 멱살을 잡혀서 매일 도서관에 끌려갔다...가 도서관에서 잤다. 그래도 도서관에 가는 습관이 생겨서 그 학기에 높은 학업 성취를 이룰 수 있었다. 이렇게 이미 습관이 잡힌 사람과 함께 하면 생각보다 어렵지 않게 좋은 습관을 만들 수 있다.

대부분 습관을 만들지 못하는 이유는 난이도가 높은 루틴을 목표로 설정하기 때문이다. 일단 쉬운 것부터 습관으로 만드는 것이 중요하다. 쉬워야 자주 시도할 수 있고, 자주 시도해야 익숙해진다. 그렇게 작은 습관을 하나 만들면 자신감이 생기고, 또 그 작은 습관에서 아낀 에너지로 더 어려운 습관 형성에 도전할 수 있다. 그러니 시작

• 저절로 좋은 습관을 만드는 꿀팁

은 작게, 꾸준히 할 수 있는 목표를 잡아라. 그러려면 당연히 메타인지가 높아야 한다. 자신에 관해 제대로 파악하지 못한 상태에서 무작정 도전하는 것은 시간과 에너지를 잡아먹기만 한다는 사실을 명심하자.

기록의 힘은 습관을 만들 때 생각 이상으로 강력하다. 예를 들어 체중 감량을 위해 운동 습관을 만든다고 해보자. 사실 운동을 매일 해도 극적인 변화가 일어나는 것은 아니다. 충분한 시간이 지나야 가시적으로 변화가 보이기 때문에 대부분 잠복기 구간에서 포기한다. 그럴 때 필요한 것이 바로 기록이다.

눈에 잘 보이지 않지만, 제대로 운동하고 적절한 식이요법을 진행하면 조금이라도 체중이 줄어들게 마련이다. 이를 매일 기록하다 보면 자신조차 인지하지 못했던 변화라도 기록을 통해 확인할 수 있다. 즉, 피드백을 통해 작은 성공을 눈으로 확인하며 훨씬 큰 동기부여를 얻는 셈이다. 피터 드러커의 명언을 인용하자면 "측정되지 않는 것은 관리할 수 없다." 측정하고 기록하면 관리가 되고, 관리가 되면 셀프 피드백을 할 수 있다. 꾸준한 피드백은 결국 습관 형성으로 이어진다.

습관은 제2의 천성이라고도 불린다. 타고난 천성을 바꾸기는 쉽지 않다. 하지만 습관은 그 타고난 천성을 파괴하고 새로운 천성을 만들 정도로 강력하다. 그렇게 좋은 습관이 제2의 천성이 된다면, 인생도 저절로 좋아지게 마련이다. "저절로 좋은 습관을 만들어, 저절로 인생을 좋아지게 한다." 이보다 쉽고 명확한 인생 전략이 또 있을까?

저절로 좋은 습관을 만드는 꿀팁

호봉제를
폐지해야 하는 이유

　많은 기업이 점차 호봉제의 부작용을 인지하여 개선하고 있지만, 여전히 많은 부분에서 우리나라는 연차와 직급이 비례하는 시스템으로 돌아가고 있다. 호봉제는 정말 최악의 시스템이고 폐지하는 것이 옳다. 내가 늘 강조하는 말이지만, 나이를 한 살 더 먹었다는 것은 지구가 태양을 한 번 공전했다는 것만을 의미한다. 그 어떤 다른 사실도 보장하지 못한다. 내가 지구를 들고 태양 주위를 돈 것도 아닌데, 왜 직급이 그것에 비례하여 올라가야 하는가?

호봉제가 여전히 살아있는 이유는 크게 두 가지다. 첫째, 우리나라에 깊게 뿌리 박힌 유교 문화 때문이고, 둘째, 업무에 대해 객관적으로 평가할 수 있는 시스템이 제대로 정립된 곳이 드물기 때문이다. 그로 인해 호봉제라는 최악의 시스템을 따르기로 우리 모두 암묵적으로 합의한 셈이다.

호봉에 상응하게 실력이 늘면 다행이지만, 그런 일을 목격하기란 어려운 일이다. 연차와 실력은 결코 비례하지 않는다. 예전에 회사에 다닐 때 C 책임이라는 사람이 있었다. 선임들 사이에서는 항상 누가 C 책임이랑 한 조가 되는지가 큰 이슈였다. C 책임은 직급도 높고, 연차는 더 높았지만, 선임들보다도 업무에 대한 이해능력이 떨어졌다. C 책임과 한 조가 되면 일은 일대로 하면서 추가로 자신이 한 일을 C 책임에게 설명해줘야 했다. 업무량도 정량적으로 늘어나고, 스트레스는 몇 배로 더 늘어났다. 가장 충격적인 것은 C 책임이 하는 일도 없고 선임들 노력에 무임승차해 회사에 다니고 있지만, 월급은 C 책임이 더 많이 받는다는 점이었다. 현실 지옥이 여기가 아니면 어디인가?

연봉은 호봉과 거의 비례한다. 모두가 호봉제의 폐해를 잘 알고 심지어 혐오하면서도 호봉제가 쉽게 없어지지

• 호봉제를 폐지해야 하는 이유

않는 이유는, 결국 보상심리 때문이다. 자신도 그 흐름에 탑승하여 시간이 지나면 경제적으로 보상받을 수 있다는 것을 알기 때문이다.

지금도 많은 대기업은 직급 분포가 역 항아리 모양을 갖는다. 부장, 차장, 과장급, 즉 관리자층이 더 많고 막상 실무자가 없다. 사실 이 표현도 엄밀히 따지면 잘못된 것이다. 요즘은 시스템이 발달해서 관리자가 많이 필요하지 않다. 팀 단위로 업무를 분장해서 직급 없이 모두가 실무를 하고, 팀장 한 명만 관리 업무를 맡아도 잘 돌아가는 경우가 많다. 하지만 일하는 사람은 없고, 관리자만 넘쳐나는 게 현 실정이다. 당연히 실제로 일해야 하는 사원, 대리가 불필요하게 받는 스트레스는 어마어마하다.

요즘 유능하다는 친구들이 대기업의 높은 연봉과 안정성을 마다하고 스타트업으로 이직하는 이유는 조직 문화가 유연하기 때문이다. 회사가 직급 중심으로 돌아가는 것이 아니라 능력 중심으로 유기적으로 돌아가면 훨씬 효율적이고 일에 대한 내적 동기도 더 크다.

호봉제는 잠재적으로 회사에 엄청나게 부정적인 결과를 초래할 것이다. 임금대비 업무 효율이 심각하게 떨어지기 때문이다. 회사가 망하고 싶지 않다면 직급 체계는 무조건 최소화해야 한다. 연차가 아무리 높아도 실무에서 빠지면 안 되고, 학습 능력을 바탕으로 자신의 분야에서 최소한의 전문성을 확보하겠다는 마음으로 일해야 한다. 그렇게 하려면 연차에 비례해서 무조건 연봉이 오르는 것이 아니라 연봉협상을 철저하게 성과 중심으로 해야 한다. 그러면 회사도 인건비를 최적화할 수 있고, 직원도 정년이 되기 전에 명예퇴직 같은 압박을 받을 이유가 없다.

대기업에서 일하던 시절 정말 짜증 났던 부분은 분명히 내가 옳아도 누군가가 직급으로 찍어 누르면, 결국 내 의견을 철회해야 한다는 점이었다. 이것보다 더 싫었던 상황은 내가 주도적으로 처리했어도, 결국 그 공을 내 위의 직급인 차장, 부장이 가지고 갈 때였다. 아이디어도 내가 냈고, 심지어 상사는 내가 일할 때 도움이 되기는커녕 방해만 한 경우도 많았다. 그러면서 비업무 시간인 점심시간이나 퇴근 후에 끊임없이 원하지 않는 무언가를 함께 하려는 경우도 많았다.

도대체 왜 그러는 걸까? 무슨 왕 놀이를 하는 건가? 자신도 예전에 상사에게 시달렸으니 보상심리로 똑같은 대접을 받고 싶은 걸까? 호봉은 진짜 최악의 권력이다. 어떤 조직이든 연차를 기본으로 한 서열 중심이 아니라 능력 중심으로 조직 업무 체계의 근간을 잡아야 한다. 그러면 불필요한 야근도 사라지고, 누구도 원치 않는 회식도 사라질 것이다. 호봉제 폐지의 긍정적인 효과는 이렇게 차고 넘친다.

어처구니없게도 대학에서조차 학년이 높다고 군기를 잡는다고 한다. 도대체 1년 일찍 학교에 입학한 것이 왜 권력이 되는가? 이따위 일이 80년대도 아니고 21세기에 벌어졌다는 데서 땅이 꺼지도록 한숨이 나오더라. 결국, 이 모든 적폐를 없애려면 호봉제를 폐지해야 한다. 더는 나이가, 연차가 권력이 아니라는 인식을 우리 사회 모두가 공유해야 한다.

싸움에서 쉽게 이기는
3가지 방법

우리는 살면서 이런저런 이유로 싸움과 분쟁에 엮이게 된다. 피할 수 없다면 즐기라는 말은 싸움에 적합한 말이 아닌 것 같다. 이럴 때는 "피할 수 없으면 잘 넘기자."라는 말이 더 현실적이다. 어떻게 하면 우리는 싸움을 슬기롭게 극복할 수 있을까?

1. 상대방의 논리를 사용한다

싸움은 서로 다른 주장이 부딪힐 때 발생한다. 그럴 때는 너무 내 주장만 내세우지 말고 상대방의 이야기에 귀를 기울이자. 그래서 상대의 주장으로 상대의 허점을 파고들자. 자신의 논리에 자신이 굴복당하면 그때 얻는 데미지는 매우 치명적이다. 그리고 상대가 흔들릴 때 내 주장으로 카운터 펀치를 날리자.

2. 조금 주고 많이 받는다

싸움에서 압도적으로 이길 필요는 없다. 바둑에서 반집으로 승리하든 불계승을 하든, 결국 승리는 똑같다. 그러니 양보할 수 있는 부분은 양보하고, 감정적으로 참아낼 수 있는 부분은 참아보자. 그렇게 상대가 승리하는 것처럼 느끼게 하자. 그러면서 내가 얻을 수 있는 것을 최대한 끌어내자. 괜히 사자성어로 소탐대실이라는 말이 있는 게 아니다. 생각보다 많은 사람이 적은 것을 얻으려다가 큰 것을 잃는다. 그리고 상대가 저자세로 나오면 자신이 유리한 줄 알고 방심한다. 무조건 이기려고 덤비지 말고 얻어야 할 것이 무엇인지 파악하면서 전략적으로 싸우자.

3. 장기전과 단기전을 구분하자

자신이 유리한 상황에 있더라도 상대의 페이스에 말

려들면 안 된다. 상대가 모종의 이유로 싸움을 빨리 끝내려고 하면 최대한 레이스를 오래 끌고 가자. 그러면 상대는 지치거나 초조해진다. 또 어떤 상대는 슬로 스타터여서 후반으로 갈수록 뒷심이 생기기도 하고, 반대로 내가 장기전에 취약한 경우도 있다. 이럴 때는 이 악물고 전력을 다해 싸우자. 즉, 상황에 대한 메타인지만 높아도 똑같은 조건에서 한결 수월하게 경쟁할 수 있다. 무작정 최선을 다하는 게 절대 정답이 아니다. 언제나 타이밍이 중요하다. 적절한 타이밍에 치고 들어가 확실한 승기를 잡자.

인류의 역사는 싸움의 역사라고 해도 과언이 아니다. 오늘날 우리는 과거 어떤 시절보다 더 많은 연결고리를 가지고 살아간다. 연결이 있으면 싸움은 필연적이다. 소셜 미디어는 연결의 수를 폭발적으로 증가시켰다. 그만큼 살면서 더 많은 싸움을 마주하게 될 것이다. 즉, 당신은 반드시 잘 싸우는 법을 배워야 한다. 기왕 싸울 거라면 꼭 이길 수 있기를 바란다.

— 시간 —

*

시간 엄수는 비즈니스의 영혼이다.

- 토마스 할리버튼 -

*

당신은 지체할 수도 있지만,
시간은 그러하지 않을 것이다.

- 벤저민 프랭클린 -

*

누군가를 원망하며 시간을 허비하기에 인생은 짧다.

- 일론 머스크 -

기회를 잡지 못하는
근본적인 이유

실력도 중요하지만, 그 이상으로 중요한 것은 타이밍이다. 기회가 주어졌을 때 해내야 최상의 결과를 얻을 수 있다. 결과의 기여도를 따졌을 때 사실 노력보다 기회 자체가 더 큰 영향력을 발휘하는 경우가 많다. 열심히 최선을 다했어도 원하는 결과를 얻지 못한 사람에게는 허무하고 안타까운 일이겠지만, 인생이란 '운칠기삼'이다. 인생은 절대 예상한 것처럼 선형적으로 돌아가지 않는다. 그래서 기회를 꽉 잡는 것은 생각보다 훨씬 중요한 일이다. 어떤 사람이 기회를 잡고, 어떤 사람이 기회를 잃을까?

절대 완벽한 때라는 것은 없다. 흔히 기회는 준비된 자에게 온다고 한다. 맞는 말이다. 하지만 이 말을 오독하면 안 된다. 준비되었다는 것은 완벽하게 능력을 갖췄다는 이야기가 아니다. 부족함이 있더라도 이 악물고 최선을 다하겠다는 태도를 말한다. 대부분은 충분히 준비된 다음에 무언가에 도전하려고 한다. 하지만 기회는 우리를 기다려주지 않는다. 운이 좋게 기회가 왔고, 그것을 알아봤으면, 일단 부족해도 부딪혀야 한다. 서두에 언급한 것처럼 노력보다 타이밍이 중요한 경우가 많다. 그러니 주저하지 말고 뛰어들자.

적당한 욕심은 경쟁력이 될 수 있다. 하지만 욕심이 과하면 우리의 눈을 멀게 하고 메타인지를 떨어뜨린다. 특히 기회는 한 사람에게 오는 게 아니라 팀에게 오는 경우가 많다. 상식적으로 생각해보자. 여러 명이 무엇을 찾을 때와 한 명이 찾을 때, 누가 더 빨리 많이 찾겠는가? 당연히 여러 명이 훨씬 유리하다. 그런데 욕심이 과하면 기회를 독차지하기 위해 무리수를 뒀다가 모든 것을 망치기가 십상이다. 큰 업적은 협업으로 이뤄지는 경우가 훨씬 많다. 그런데도 순간의 욕심이 파이를 키워서 나눌 생각을 가로막고, 작은 파이를 혼자 독차지하고 싶게 만든다. 그러다 죽도 밥도 안 된다. 기회를 잡고 싶으면 일단 주제 파악부터 하자!

기회는 이마에 기회라고 쓰고 오지 않는다. 기회라는 녀석은 모두가 좋아하다 보니 부끄러움이 많다. 그래서 언제나 모습을 뚜렷하게 드러내지 않고 여기저기에 숨어 있다. 절대 우리 눈에 쉽게 보이는 형태로 돌아다니지 않는다. 모두에게 보이면 그것은 이미 기회가 아니다. 그것을 기회로 착각하고 뛰어들면 위기와 직면할지도 모른다. 기회는 힘든 곳이나 어려워 보이는 일에 있다. 절대 평범한 장소에서 우리를 기다리지 않는다.

미국의 소설가 잭 런던은 이런 말을 남겼다.

"영감이 떠오르길 기다려선 안 된다. 몽둥이를 들고 그걸 쫓아가야 한다(You can't wait for inspiration. You have to go after it with a club)."

원래는 글쓰기에 관한 말이지만, 기회에 적용해도 탁월한 명언이라고 생각한다. 마냥 기회를 기다려선 안 된다. 몽둥이를 들고 기회를 쫓아가야 한다. 이것이 숨어 있는 기회를 찾아내는 준비된 사람의 자세이다. 잊지 말자. 세상에 공짜는 없고, 기회는 그냥 얻을 수 없다. 그것이 인생 진리다.

아무것도 하기 싫을 때
무언가를 해내는 방법

살다 보면 누구나 무기력해지는 순간이 온다. 그럴 때는 정말 미친 듯이 아무것도 하기 싫어진다. 망치로 시계를 박살 낸다고 시간이 멈추지는 않듯이, 우리가 해야 할 일을 미룰 방법은 없다. 정말 아무것도 하기 싫을 때, 그런데 무언가는 반드시 해내야 할 때 어떻게 일을 해낼 수 있을까?

손가락 하나 까닥하지 않아도 우리가 할 수 있는 일이 하나 있다. 바로 '생각하기'이다. 우리에게 기력이 없지 상상력이 없는 것은 아니니까. 아인슈타인도 그랬다. 지식보다 위대한 것은 상상력이라고. 그러니 가지고 있는 상상력을 총동원해서 일을 끝내지 않았을 때 벌어질 최악의 상황 혹은 일을 마쳤을 때 얻게 될 최고의 보상을 상상해보자.

여기에도 전략이 있다. 책 〈거절당하지 않는 힘〉에 따르면 심리학자들은 미래를 2가지 종류로 나눈다고 한다. 하나는 근거리 미래로 현재와 가까운 미래의 시간을 가리킨다. 다른 하나는 원거리 미래로 현재와 다소 무관한 먼 미래의 시간을 가리킨다. 사람들은 근거리 미래를 구체적이고 분명한 방식으로 접근하는 반면, 원거리 미래는 일반적이고 추상적인 방식으로 접근한다. 즉, 근거리 미래는 현실적인 관점에서 얼마나 실현 가능한지 살피고, 원거리 미래는 이상적인 관점에서 얼마나 가치 있고 바람직한지 살핀다.

그래서 해야 할 일이 근거리 미래일 경우, 예를 들어 다음 주에 있을 시험이라면, 시험공부를 하지 않았을 때 벌어질 최악의 상황을 상상하는 게 더 효과적이다. 엄마의 등짝 스매시를 떠올리는 순간 당신은 움직이게 되어 있다. 반면 해야 할 일이 원거리 미래일 경우, 예를 들어 6개월 후를 목표로 다이어트에 돌입한다면, 운동을 열심히 했을 때 얻게 될 최고의 보상, 즉 훌륭한 몸매를 상상하는 게 효과적이다. 다이어트 성공 후 입게 될 멋진 옷을 꺼내 보며 의욕을 다지면 더욱더 좋다.

무기력에 심하게 빠지면 노력으로 극복이 불가능한 타이밍이 올 수도 있다. 이때는 내 일을 대신해 줄 사람을 찾아보자. 적절한 대가를 지불할 수 있다면 지불하고, 여력이 안 되면 다음에 힘든 상황이 있을 때 도와주겠다고 약속하자. 이것은 아웃소싱 개념을 설명하는 것이다. 나에게 힘든 일이 누군가에게는 쉬운 일일 수도 있다. 그러니 무언가 하기 싫을 때는 아웃소싱할 수 있는지 고민해 보자. 매우 효율적인 일 처리 방식이다.

아무것도 안 하는 것과 포기하는 것은 다르다. 사실 해야 하는데 아무것도 안 하고 있으면 마음이 괴롭다. 그런데 과감하게 포기하면 더는 마음이 괴롭지 않다. 우리는 불필요한 것에 얽매여 있는 경우가 많다. 내 상황을 근본적인 관점에서 다시 생각해보면서 진짜 내가 이 일을 해야 하는지 따져보는 것도 중요하다. 정말 하기 싫다면 무언가 잘못된 방향으로 흘러가고 있다는 신호일 수도 있다. 이때는 실패비용을 계산할 줄 알아야 한다. 내가 포기했을 때, 그 실패비용을 감당할 수 있는지 계산해보자. 만약 감당할 수 있다면 능동적 포기도 하나의 선택이 될 수 있다. 그렇게 한 박자 쉬어가면서 오히려 나중에 멀리 도약할 수 있다면 포기는 결과적으로 좋은 선택이 된다.

사람을
내 편으로 만드는
부자의 관계

'환불원정대'라는 예능 프로그램에서 가수 엄정화가 어려움을 겪은 적이 있다. 2010년 갑상샘암 수술을 받은 후 성대 신경이 마비되는 등 가수로서 활동이 어려운 상황에서 음반 작업을 하게 된 것이다. 엄정화 본인도, 그와 함께하는 팀도 극도로 긴장할 수밖에 없었다.

그런데 이를 지켜보는 유재석의 행동이 놀라웠다. 엄정화가 부담을 느끼지 않도록 연습 시간과 장소를 배려하는 한편, 친한 보컬리스트를 섭외해서 엄정화의 컨디선 회복을 도왔다. 한편, 이를 면밀하게 관찰하다가 결정적인 순간에 팀원들에게 그녀가 얼마나 잘하고 있는지 알리며 사기를 끌어 올렸다. 엄정화는 환불원정대 활동뿐만 아니라 솔로 활동까지 성황리에 마무리할 수 있었다. 유재석과 같은 사람이야말로 '진짜 내 편'이라고 할 수 있지 않을까?

진짜 내 편이 될 사람을 어떻게 알아볼 수 있을까? 협상 전문가 류재언 변호사는 관계의 질이 신뢰도에 따라 나뉜다고 하며 5가지 신뢰 단계를 소개했다. 1단계는 어떤 말을 해도 받아들여지지 않는 단계다. 2단계는 어떤 제안을 했을 때 형식적으로 긍정하면서 이를 숙고하지 않는 상태다. 3단계는 일상적인 업무와 소통을 하는 데 지장이 없는 단계다. 4단계는 상대의 부탁에 대해 사적인 에너지를 투입하여 도울 수 있는 단계다. 5단계는 상대가 어떤 이야기를 하든 따지지 않고 도와주는 단계다. 현실적으로 3단계와 4단계 사이만 되어도 동업이 가능한 수준이다.

신뢰는 마일리지처럼 시간과 경험에 비례해서 쌓인다. 그런데 살다 보면 만난 지 얼마 안 된 사람과 중요한 프로젝트를 진행해야 할 경우가 있다. 그때 내가 억지로 상대의 신뢰를 높이기보다 다른 사람의 신뢰를 빌려올 수도 있다. 나와 상대 모두에게 높은 신뢰가 있는 다른 사람에게 도움을 청하는 것이다. 우리가 흔히 '인맥'이라고 말하는 인간관계가 빛을 발하는 것이 이 순간이다.

좋은 관계를 만들고 지속하려면 우선 자신의 감정을 건강하게 유지해야 한다. 건강한 감정을 위해 필요한 것이 바로 자존감이다. 살다 보면 승승장구할 때도 있지만, 힘든 순간도 있다. 그때 바닥을 딛고 일어설 수 있는 원동력이 바로 자존감이다. 자존감은 내가 자신을 어떻게 보는지 알려준다. 건강한 자아상을 가진 사람은 그렇지 않은 사람보다 회복이 빠르다. 그런데 사람들은 사회화가 되면서 자존감이 점점 낮아진다. 자기보다 먼저 생각해야 할 것들이 늘어나기 때문이다.

자존감을 건강하게 회복하고 유지할 방법이 없을까? 정신과 의사 전미경은 자존감도 후천적으로 높아질 수 있다고 주장한다. 등산 도중 만난 사람들이 서로에게 조건 없이 친절한 것처럼 긍정적인 경험으로 삶을 채우고, 나의 삶을 관심 있게 지켜봐 줄 멘토를 만들며, 세상이 변화하는 방향을 꾸준히 학습하면서 직관을 키워가다 보면 어느새 자존감이 높아진다는 것이다. 중요한 것은 그냥 나에게 주어지는 것 이외에 의도적으로 좋은 것들을 선택해서 받아들인다는 점이다.

돈에 대한 감정도 부자가 되는 데 영향을 미친다. 정신과 의사 정우열 원장은 돈을 버는 방법과 지식도 중요하지만, 자신이 돈에 대해 가지고 있는 감정도 반드시 알아야 한다고 강조한다. 사람마다 돈에 대한 감정이 서로 다르기 때문이다. 어떤 사람은 돈을 부끄러워한다. 어떤 사람은 돈을 증오한다. 어떤 사람은 돈을 생각하면 열정이 솟는다.

그런데 이 모든 현상에는 이유가 있다. 자라면서 가정이나 학교에서 겪은 경험이 무의식중에 감정과 인격을 형성한다. 이것은 돈에 있어서도 마찬가지다. 돈에 대한 감정은 성장 과정에서 부모님이나 선생님에게 영향을 받는다. 가령 부모님이 근검절약하는 분이라면 부모님을 따라 근검절약하게 되거나 아니면 그 반대로 소비 지향적으로 자랄 수 있다. 선생님이 돈에 따라 학생을 차별한 경험이 있다면, 그것은 감정과 무의식의 깊은 곳에 자리 잡고 있다가 나중에 돈에 대한 태도에 영향을 미친다. 무의식중에 생긴 이러한 감정은 돈과 관련된 태도와 습관에 큰 영향을 미치기 때문에 자신의 감정을 잘 살펴봐야 한다. 이때 자신에 대해 혼자 알아내기는 어렵기 때문에 자신을 다른 곳에 비춰 보면 도움이 된다. 내 마음을 잘 들어주는 사람과 대화하거나, 그러기 어려울 경우에는 일기를 쓰는 방법이 대표적이다.

심리 코치 박세니는 사람들이 더 성공하고 큰돈을 벌 수 있는데 그러지 못하는 이유가 '감정을 통제하지 못해서'라고 말한다. 인간은 무의식중에 수만 가지 생각을 하고, 그와 연결된 감정을 느낀다. 그런데 감정을 통제하지 못하면 좋은 것을 축소해서 받아들이고, 나쁜 것을 과도하게 받아들이게 된다. 소위 멘탈이 무너지는 것이다.

우리가 모든 생각을 통제할 수는 없지만, 어떤 생각이 과도하게 늘어나는 것을 감지하고 조절하는 정도는 가능하다. "새가 머리 위를 날아다니는 것은 막을 수 없지만, 새가 머리 위에 집을 짓는 것 정도는 막을 수 있다."라는 말처럼 말이다. 감정을 통제할 수 있으면 멘탈을 관리할 수 있고 더 큰 성공이 가능해진다.

자신의 감정을 통제할 수 있으면 다른 사람에게 적극적으로 접근하여 기회를 얻고 발전을 도모할 수 있다. 그 과정에서 거절당하는 것에도 익숙해져야 한다. 거절 자체는 좋은 것도 나쁜 것도 아니다. 나의 존재가 아니라 내가 제안하는 물건이나 생각의 일부가 거절당한 것에 불과하기 때문이다. 상대의 상황을 고려하고 배려하여 계속 제안하다 보면 상대가 제안을 수락하게 된다. 이처럼 자신의 감정을 통제할 수 있다면 다른 사람의 생각도 움직일 수 있다.

정우열 원장은 자신의 감정을 있는 그대로 받아들이고 타인의 시선을 의식하지 않아야 한다고 말한다. 그러기 위해서는 사회와 조직의 감정 문화도 판단 중심에서 수용 중심으로 변할 필요가 있다. 각자의 감정은 의심과 판단의 여지 없이 100% 타당한 감정으로 받아들여져야 하기 때문이다. 이러한 태도로 감정을 충분히 들어주면 각자의 마음이 편해지고, 각자가 생각하는 이상적인 길로 나아갈 힘이 생긴다. 이 감정은 조직의 능률 및 이윤 창출과도 연결되기 때문에 앞서가고자 하는 기업과 조직에서는 구성원들의 감정이 존중받는 환경을 만들어야만 한다.

많은 사람이 끝까지 내 편이 되어줄 사람과 집단을 찾는다. 그런데 이는 하루아침에 찾을 수 있는 게 아니다. 먼저 내가 자존감을 높게 유지하고 내 감정을 잘 조절하면서 돈에 대한 나의 인식을 돌아보아야 한다. 그러다 보면 같은 방향으로 걷고 있는 사람들을 만나게 될 것이다.

사람들은 왜 가족이
중요한지 알면서
소홀히 대할까?

앞으로 한 시간 안에 죽는다면 무엇을 할 것인지 생각
해보자. 이 질문을 받으면 대부분 사랑하는 사람과 함께
하겠다고 이야기할 것이다. 우리가 가장 사랑하는 사람은
누구일까? 상황에 따라 다르겠지만, 대부분 큰 고민 없이
'가족'이라고 대답한다. 그런데 왜 우리는 평소에 가족을
잊고 살다가 중요한 순간에만 가족이 생각날까? 나아가
왜 가장 많이 싸우는 상대 중 하나가 가족일까? 이 모순적
인 상황에 대해 한 번이라도 고민해본다면 인생의 행복도
가 조금은 올라갈 것 같다.

당연함은 망각의 뿌리이다. 우리는 당연한 것에 대해 잊고 살다가 그것의 부재를 직접적으로 인지해야 소중함을 깨닫는다. 평소에 먹는 김치찌개랑 유럽 배낭여행 두 달 하다가 만난 김치찌개는 전혀 다른 차원의 음식이다. 맑은 하늘을 무심히 바라보며 살다가 미세먼지 오염이 심각해지고 여기저기서 스트레스를 토해내듯 떠들고 나서야 맑은 하늘의 소중함을 깨닫기 시작한다.

가족도 그렇다. 우리가 왜 가족이 되었을까? 설명하기가 너무 힘들다. 그냥 운명이나 섭리 같은 단어들로 당연하게 받아들이는 방법이 가장 적합하다. 즉, 가족은 우리 인생에서 당연함의 시작이다. 그래서 잊고 산다. 그러다가 소중함이 가슴 속에서 머리로 문득문득 넘어올 때야 그 소중함에 대해 '깨닫는다'.

아이를 키워본 부모라면 공감하는 것이 있다. 언제나 함께 하기 때문에 아이가 크는 것이 체감적으로 잘 느껴지지 않는다. 그런데 가끔 와서 아이를 보는 사람들은 "아이구! 벌써 이렇게 컸어!"라는 말을 한다. 늘 함께하면 변화를 더 잘 알아차릴 것 같지만, 누구보다 변화를 일찍, 자주 보기 때문에 바로 적응해 오히려 변화를 인지하지 못한다. 그래서 딱히 나눌 대화가 없다. 맨날 보는 친구랑 대화를 많이 할까, 오랜만에 보는 친구랑 대화를 많이 할까? 당연히 후자이다. 오랫동안 보지 못한 사이에 바뀐 것이 많기 때문이다. 가족은 너무 가깝기 때문에 역설적으로 멀어진다.

우리는 유독 애정표현에 서투르다. 내가 캐나다에서 백인 가족과 살 때 당황했던 것은 가족 간에도 매우 적극적으로 스킨십하며 인사한다는 점이었다. 미국에 살 때는 3명의 룸메이트가 모두 농구선수였다. 가끔 그들의 가족 전체가 학교를 방문하곤 했는데, 10년도 더 된 일이지만, 아직도 그 엄청난 숫자의 흑인 가족을 처음 만난 순간이 잊히지 않는다. 특히 내 절친이었던 EJ의 엄마를 처음 봤을 때가 인상 깊었다. "Hi. Nice to meet y…"를 끝내기도 전에 EJ의 엄마는 "Come on, son."하고 나를 와락 안아주었다.

요즘은 많이 바뀌고 있지만, 스킨십은 고사하고 애정표현도 서툰 것이 과거의 대한민국 가족들이었다. 행복의 뿌리를 단단하게 만들고 싶다면 작은 일에도 진심으로 고맙다고 표현하고 별일 없어도 사랑한다고 말해야 한다. 즉, 가족 간에도 말하는 연습이 필요하다. 그렇게 연습하면 익숙해지고, 익숙해지면 애쓰지 않아도 자연스럽게 튀어나온다. 결국은 습관이다. 우리는 가족의 소중함에 대해 표현하는 습관이 부족했던 것이다. 노력하는 만큼, 익숙해지는 만큼 은은한 가족의 행복이 내 삶에 스며들면서 내 인생의 전반적인 행복감이 올라갈 것이다.

─ 용기 ─

*

용기란 일어나 말할 수 있게 하는 자질이다.
동시에, 용기는 앉아서 들을 수 있게 하는 것이기도 하다.

- 윈스턴 처칠 -

*

리스크를 감내할 용기가 없는 사람이라면
삶에서 아무것도 이뤄낼 수 없을 것이다.

- 무하마드 알리 -

*

모든 꿈은 이루어질 수 있다.
그 꿈을 추구할 용기만 있다면.

- 월트 디즈니 -

• 용기

너무 지쳤다면
반드시 해야 하는
3가지 조치

모두가 지치는 시기가 있다. 사람마다 그 시기와 상황은 다르겠지만, 정서적으로 혹은 육체적으로 지치는 것을 피할 방법은 거의 없다. 어느 곳보다 숨 가쁜 일상이 지속되는 우리나라에서는 유독 지친 사람이 많은 것 같다. 하지만 그런 상황에 올바르게 대처하는 사람은 생각보다 적다. 정말 지쳤을 때 우리가 반드시 취해야 할 조치는 무엇이 있을까?

1. 잘 쉬어야 한다

혹자는 이런 당연한 이야기를 왜 하는지 모르겠다고 생각할 수도 있다. 그래서 역으로 질문하고 싶다. 과연 어떻게 쉬는 게 잘 쉬는 것일까? 단순히 일하지 않으면 잘 쉬었다고 말할 수 있을까?

사람마다 휴식에 대한 정의가 다르겠지만, 내가 꼭 알려주고 싶은 휴식에는 '충전'이라는 개념이 들어있다. 지쳤다는 것은 방전되었다는 뜻이다. 더 이상 나아갈 에너지가 없기 때문에 충전의 시간이 필요하다. 예를 들면, 점심시간은 직장인에게 정말 소중한 시간이다. 이때 잘 쉬었다고 말할 수 있으려면 점심시간 동안 에너지 소비를 최대한 줄이면서 동시에 오후 업무를 위한 에너지를 보충할 수 있어야 한다. 가장 효과적인 휴식법 중 하나는 낮잠이다. 점심시간에 10분만 자도 피로로 생긴 아데노신 농도가 줄어들면서 오후 업무를 훨씬 쾌적하게 할 수 있다. 하지만 그 소중한 시간을 습관적으로 무의미한 잡담이나 하면서 낭비하는 경우가 많다. 특히 최악의 경우는 영양가 하나 없는 상사의 이야기를 영혼 없이 들어야 할 때다. 이건 휴식이 아니라 고문이다.

자유시간이라고 간단한 스마트폰 게임을 하는 것은

휴식처럼 보이지만, 이는 충전이 아니라 짧은 여가를 즐기는 것이기에 절대 좋은 휴식이라고 볼 수 없다. 주말이나 휴가 기간에도 휴식을 통해 재충전해야 하지만, 사실 휴식에 대해서 진지하게 생각해 본 사람이 많지 않아 능동적 충전이 아닌 그저 시간 때우기로 흘려보내는 일이 너무 많다. 자신의 몸에 대한 메타인지를 높여서 지치면 꼭 적절한 휴식을 통해 방전된 몸을 충전하도록 하자.

2. 지금 하는 일이 능력에 적합한지 생각해본다

인생은 길다. 한 치 앞도 모르는 게 인생이지만, 그래서 더욱더 멀리 보려는 의식적 노력이 필요하다. 인생이 힘든 이유는 기회가 아무 때나 오지 않기 때문이다. 그래서 우리는 기회가 왔을 때 이 악물고 최선을 다해야 한다.

그런데 기회를 잡았더라도 내가 버티지 못해 건강에 문제가 생긴다면, 그 기회에 관하여 진지하게 고민해봐야 한다. 엄밀히 따지면 기회가 아니었을 수도 있다. 실제로 나는 일 중독자 중 한 명이다. 최선을 다했을 때 나온 결과를 보는 것도 즐겁고, 또 일하면서 몰입할 때 느끼는 희열감은 그 무엇과도 바꿀 수 없다. 대기업에서 퇴사하고 새로운 일을 시작했을 때 일이 어느 정도 궤도에 오르는 것이 보이자 더 미친 듯이 일하기 시작했다. 내 마음은 몹시 즐거웠지만, 안타깝게도 몸은 전혀 따라가지 못했다. 그래서 결국 몸이 망가지고 병까지 얻었다.

이제는 일의 양을 적절히 조절하고, 동시에 치료도 받으면서 건강이 많이 좋아졌다. 하지만 능력 이상의 일을 무리하게 하다가 일에서 얻은 것 이상으로, 특히 체력적인 면에서 많은 것을 잃었다. 그러니 너무 지쳤다면 진지하게 자신의 능력과 지금 하는 일이 적절한 균형을 이루는지 고찰해봐야 한다.

3. 정신승리가 필요하다

앞에서 올바른 휴식과 능력에 관한 근본적인 고찰까지 이야기했다. 이제는 전투상황을 이야기할 차례인 것 같다. 반드시 해내야 하고, 피할 수도 없고, 딱히 다른 선택도 없어서 기필코 이겨내야 하는 일이라면 정신승리가 필요하다. 그래서 일단 위기를 넘기는 것이 중요하다. 한 고비를 넘기면 앞에서 말했던 휴식과 근본적인 고민을 할 시간이 생길 것이다.

정신승리를 위해서는 처음과 끝에 관한 생각이 필요하다. 바로 초심과 비전이다. 모두가 처음 시작할 때는 패기도 넘치고 설레는 마음도 있었을 것이다. 문제는 현실적으로 초심을 계속 유지할 방법이 없다는 점이다. 초심은 어디까지나 초심일 뿐이다. 다만 그때의 긍정적인 기분을 다시 상기할 수는 있다. 그렇게 초심으로 조금만 버텨보자.

그리고 경제적 보상에 대해서 생생하게 생각해보자. 반대로 망쳤을 때 받을 피해를 생각하는 것도 강한 자극이 되어 원동력이 될 수 있다. 그래도 이왕이면 긍정적인 마음가짐을 택하자. 잊었던 초심과 비전이 가슴 속에 다시 꿈틀거리면 없었던 에너지가 조금은 충전될 것이다. 그 힘으로 조금만 더 버텨보자. 단, 정신승리는 근본적으로 한계가 있으니 위기를 넘겼다면 앞에서 말한 2가지 조언을 진지하게 받아들이길 바란다.

한때 힐링 열풍이 불기도 했지만, 나는 당시에도 힐링 기조가 마음에 들지 않았다. 위로를 빙자해 무작정 잘 될 거라는 무의미한 조언과 현실 도피가 판쳤다. 그런 건 진짜 힐링이 아니다. 진짜 힐링은 제대로 된 휴식에서 찾아야 한다. 몸과 마음의 소리에 귀를 기울이고 잘 쉬기 위한 환경도 갖추어야 한다. 예를 들면, 침구류만 자주 세탁해도 수면의 질이 월등히 높아진다. 그러니 제대로 힐링하고 싶다면, 제대로 쉴 방법을 찾아보자. 잘 쉬는 것이야말로 자신을 아끼고 사랑하는 가장 좋은 수단이 아닐까 싶다.

잔소리 마스터가
되는 방법

원하지 않아도 누군가에게 싫은 소리를 해야 하는 상황이 올 수 있다. 특히 리더라면 그런 일은 일상다반사이다. 사실 잔소리는 듣는 사람뿐만 아니라 하는 사람도 기분이 좋지 않다. 최악의 경우는 상황이 조금도 개선되지 않고 두 사람 사이에 부정적인 관계의 골만 깊어지기도 한다. 하고 싶지 않지만, 안 할 수 없는 잔소리. 어떻게 해야 예술의 경지로 끌어올릴 수 있을까?

잔소리는 부정적 상황에서 나오기 마련이다. 그럴 때는 목적 달성을 위해 본론이 처음부터 나오면 안 된다. 일단은 대화를 통해 적절한 유대감을 형성하는 것이 중요하다. 주사를 맞을 때도 힘을 빼고 맞아야 안 아프다. 잔소리도 똑같다. 갑자기 잔소리를 들으면 대부분 위축될 수밖에 없고, 잔소리에 수긍하기보다 반감을 품을 가능성이 크다.

그러니 절대 두괄식으로 싫은 소리를 하면 안 된다. 주제와 직접적으로 연관이 없어도 공감대를 형성할 수 있는 이야기로 시작해야 한다. 예를 들어, 상대의 잘못을 지적해야 한다면 그 잘못을 저지를 수밖에 없었던 상대의 처지나 마음에 먼저 공감해주고 이야기를 시작하자. 그래야 잔소리를 향한 반감을 줄일 수 있다.

결국, 누군가에게 싫은 소리를 해야 하는 이유는 상황의 개선이 필요하기 때문이다. 냉정하게 따지면 더 나은 상황을 원하는 주체는 잔소리를 '하는' 사람이다. 즉, 개선이 이뤄졌을 때 더 많은 이득을 얻는 사람은 잔소리하는 사람일 확률이 높다. 그래서 절대 감정적으로 시작하면 안 된다. 자신의 욕구를 채우려는 이기적 행동으로 보일 수 있기 때문이다. 이럴수록 더 침착하게 요구사항을 말하면서 잔소리 듣는 사람이 변화로부터 얻을 혜택에 관하여 명료하게 설명해줘야 한다.

설령 그것이 작더라도 변화하면 이득이 있다는 사실

을 깨닫게 해주는 것은 매우 중요하다. 변화로부터 얻어지는 보상이 구체적으로 인지되어 동기로 변환될 수 있다면 상황은 생각보다 쉽게 풀릴 수 있다.

잔소리의 최고수들은 말로 하지 않는다. 행동으로 한다. 행동은 말보다 압박감이 훨씬 강력하다. 예전에 친구 3명과 함께 자취한 적이 있다. 젊은 남자 3명이 사는 자취방을 생각해보라. 아니다. 끔찍하니까 상상하지 말자. 내가 딱히 깔끔한 성격은 아니지만, 건강을 위해서 위생 상태를 개선하겠다는 의지로 청소를 결심했다. 하지만 다른 두 친구의 반응은 뜨뜻미지근했다. 나는 친구들에게 청소하라는 잔소리를 하지 않았다. 대신 제일 힘든 화장실 청소를 먼저 시작했다. 군대에서 했던 것처럼 칫솔로 바닥을 박박 닦기까지 했다. 그것을 본 친구들은 말없이 주방이랑 방을 청소하기 시작했다. 행동은 말보다 훨씬 강력하다. 최고의 잔소리 전략은 솔선수범이라는 것을 절대 잊지 말자.

인생을 망치는
나쁜 절약 습관 3가지

　　우리는 절약 정신이 중요하다고 학교에서 그리고 어른들에게 항상 배우며 자랐다. 실제로 절약은 중요하다. 사회 초년생이 돈을 모으려면 당연히 지출통제가 1순위로 이루어져야 한다. 하지만 절약이 무조건 다 좋을까? 절대 그렇지 않다. 무조건 아끼는 것이 능사가 아닌 3가지 경우를 함께 살펴보자.

1. 자기 발전을 위한 투자

가장 절약하지 말아야 할 때가 바로 배워야 할 때이고 성장해야 할 때이다. 이럴 때는 필요하다면 빚을 내서라도 적극적으로 배우는 것이 나중을 봤을 때 훨씬 경제적인 경우가 많다. 예를 들면, 헬스장에서는 돈을 주고 PT를 받을 수 있다. 가격은 천차만별이지만, 결코 만만한 가격은 아니다. 그래서 PT 없이 운동하는 경우가 많은데, 몸에 대한 기본적인 역학을 제대로 이해하지 않고 운동하면 몸을 망치기가 십상이다. 반면, 돈이 들더라도 전문가에게 제대로 배우면 평생 운동을 바르게 할 수 있다. 내가 잘 모르는 분야이지만, 꼭 배워야 하는 분야라면 반드시 제대로 자신에게 투자하자.

2. 건강에 대한 투자

건강에 대한 투자는 사실 마음 먹고 하면 끝도 없을 것이다. 하지만 딱 2가지 정도는 꼭 투자하는 것이 보편적으로 맞다. 첫 번째는 제대로 된 음식을 먹는 것이다. 여기서 제대로의 의미가 비싼 음식을 가리키지는 않는다. 영양소를 잘 갖춘 음식을 먹으라는 말이다. 특히 연세 드신 분들이 많이 하는 실수가, 아끼고자 하는 마음에 오래

된 음식도 괜찮다고 먹고, 남은 음식도 아깝다고 먹는 경우다. 그렇게 조금 아끼려다가 탈이 나면 오히려 큰 지출을 하게 된다.

두 번째는 때가 되면 건강 검진을 받는 것이다. 건강 검진으로 병을 조기에 발견하면 큰돈을 들이지 않고 치료할 수 있는 경우가 많다. 겉으로 드러나는 병이 없어도 건강 상태가 안 좋은 것을 정량적으로 확인하면 식이요법이나 운동으로 건강을 회복하려는 노력을 제대로 할 수 있다. 건강에 대한 투자는 절대 아끼지 말자. 건강이 무너지면 모든 것이 무너진다.

3. 누군가에게 선물할 때

선물하기로 결심했다면 어설픈 선물은 절대 하지 말자. 혹자는 선물보다 중요한 것이 마음이라고 하는데, 현실은 냉정하다. 선물을 살 때는 항상 상대가 약간 부담스러워할 정도로 사주는 것이 딱 적당하다. 돈 아끼려고 어설프게 선물하면 오히려 선물하고 욕먹는 경우도 있다. 만약 돈이 없다면 어떤 정서적인 노력을 충분히 투입하는 대안도 있다. 아무튼 상대방이 봤을 때 마음이 움직이는 선물을 건네야 한다. 이것이 선물하는 행위의 '현실적인'

핵심이다. 이왕 하기로 결심했다면 제대로 하자. 세상에 공짜는 없다. 그 말은 결국 나한테 다 돌아온다는 말이기도 하다.

무조건 아끼는 것은 좋은 절약이 아니다. 좋은 절약은 '투자'의 측면에서 생각해봐야 한다. 배움, 건강, 인간관계 같은 분야는, 당장 눈앞에 결과가 나타나진 않지만, 대개 시간이 지나면 투자한 것 이상의 효과를 거둘 수 있다. 반면 유흥이나 쇼핑은 쓴 것 이상으로 되돌려 받기가 어렵다. 그러니 투자할 가치가 있다고 생각되면 과감하게 투자하라. 사실 그럴 때 쓰라고 평소에 절약하는 것이기도 하다.

절대 맹신하면
안 되는 5가지

　아무리 가짜 뉴스가 판치는 세상이라고 하지만, 가끔 보면 정말 얼토당토않은 소리를 덥석 믿는 사람이 있다. 희한하게도 고학력자나 전문직 종사자 중에서도 그런 사람을 생각보다 많이 만날 수 있다. 그 사람 속을 들어가 보지 않아서 정확한 이유는 알 수 없고 각자마다 사연이 있겠지만, 보편적으로 사실 확인을 제대로 하지 못한 것이 핵심이라고 추정해본다. 이를 맹신이라고 한다.

　맹신의 사전적 정의는 '옳고 그름을 가리지 않고 덮어놓고 믿는 일'이라고 한다. 즉, 옳고 그름만 따질 수 있어도 맹신하지 않는다. 하지만 우리는 생각보다 많은 분야에서 함부로 맹신하고, 그 부작용으로 삶에 큰 악영향을 받는다. 절대로 맹신하지 말아야 할 것에는 무엇이 있을까?

1. 건강

내가 30대가 되었을 때, 40대인 분들이 건강에 대한 조언을 정말 많이 해줬다. 하지만 나는 한 귀로 흘려들었다. 이유는 간단하다. 건강에 그 누구보다 자신 있었기 때문이다. 그러다 운이 좋게 내가 하고 싶은 일을 할 기회를 잡아서 주말 없이 적어도 주당 80시간씩 일에 매진했다. 건강도 챙길 수 있었지만, 당시에는 체력을 맹신했다. 결과는 어떻게 되었을까? 건강 측면에서는 불운한 일이었다. 회사 재직 시절에는 20대 친구들과 플랭크를 대결하면 2분 이상도 잘만 버텼다. 하지만 지금은 그냥 푸시업 자세도 1분만 하고 있으면 팔이 후들거린다. 예전에 PT를 받으려고 선생님을 찾아갔을 때는 체력이 60대 같다는 이야기도 들었다. 맹신의 결과는 이토록 참혹했다.

2. 모든 미디어

어렸을 적 나는 뉴스에 나오는 내용이 다 정확한 사실이라고 믿었다. 하지만 이제는 아니다. 미디어는 특정 관점을 가지고 사건을 보도한다. 사람이 개입한 이상 완벽한 객관성이란 존재할 수 없다. 요즘은 소셜 미디어가 발달해서 주요 언론사에서 터무니없는 뉴스가 나오더라도 이에 관한 사실 여부를 쉽게 확인할 수 있다. 하지만 그 부작용으로 유튜브나 페이스북에 엄청난 양의 근거 없는 이야기가 사실로 둔갑하여 퍼지고 있다. 그러니 모든 정보를 접할 때 비판적으로 생각할 수 있도록 하자.

3. 기억

정말 많은 사람이 자신의 기억을 상대적으로 더 옳다고 믿는다. 하지만 수많은 사회 실험은 우리가 인지 편향을 가지고 있어 애초에 현상을 객관적으로 바라볼 수 없고, 나아가 기억 자체가 너무나 쉽게 왜곡된다는 것을 말해주고 있다. 기억을 가지고 토론하기 시작하면, 결국 싸움이 난다. 그러니 기억을 근거로 무언가 말할 때는 반드시 주의하도록 하자. 가장 좋은 방법은 기억에 의존하지 말고 기록하는 것이다. 정말 중요한 사항이라면 메모하는 습관을 지녀야 한다. 요즘은 스마트폰이 있어 녹음과 사진으로도 쉽게 기록할 수 있다. 기록은 기억을 압도한다는 점을 잊지 말자.

4. 희박한 확률

사람들은 희박한 확률이 절대 자신에게 일어나지 않으리라 생각한다. 하지만 블랙스완은 언제 어디서 당신의 삶에 나타날지 모른다. 매일같이 누군가는 교통사고로 생명을 잃는다. 너무도 안타까운 비극이지만, 그것은 여전히 다른 사람의 일이기에, 우리는 그 희박한 확률에 대비하지 않는다. 안전띠만 잘 착용해도 사고 발생 시 생존 확률이 극적으로 올라가지만, 귀찮다는 이유가 그리고 나에게는 그런 일이 절대 발생하지 않을 것이라는 무의식적 맹신이 안전띠 착용을 가로막는다. 그렇게 스스로 불행의 로또 티켓을 공짜로 끊는다.

5. 자신의 의지 (혹은 열정)

세상에서 가장 빨리 식는 것이 바로 충동적으로 생기는 열정이다. 모두가 의지는 있다. 단지 그것을 지속하는 사람이 극도로 희박할 뿐이다. 생각보다 많은 사람이 자신의 의지를 과대평가하여 맹신하는 경향이 있다. 할 수 있다고 크게 외친 들, 진짜로 되는 일은 거의 없다. 의지 혹은 열정보다 중요한 것은 내 능력과 도전 과제의 난이도를 파악하여 그것을 적절하게 매칭하는 것이다. 그래야 몰입할 수 있고, 몰입해야 지속 가능하다. 또 의지보다 강력한 것이 환경설정이다. 의지는 수그러들 수 있어도, 환경은 변하지 않는다.

책 〈똑똑하게 생존하기〉에는 이런 말이 나온다. "너무 좋거나 너무 나빠서 도저히 사실일 것 같지 않다면, 아마 그 생각이 맞을 것이다." 주변 사람이 보기에 맹신하는 사람을 이해하기 힘든 이유가 여기에 있다. 도저히 사실일 것 같지 않은데, 덮어 놓고 사실이라고 덥석 믿기 때문이다.

이 말은 맹신에 빠지지 않는 원리가 지극히 간단하다는 이야기도 된다. 의심해보는 것이다. 한 번이라도 진지하게 내가 보는 현상이 사실인지 아닌지 따져보면 된다. 단, 곧바로 사실이 아니라고 확실히 드러나는 경우는 별로 없다. 대부분 '사실인지 아닌지 확인하기에 자료가 부족하다.'라는 결론이 날 것이다. 여기까지 파악하는 것만으로도 맹신에 빠지지 않기에 충분하다. 그다음에는 무엇이 맞는지 자료를 찾아보고 스스로 공부하면 된다. 이게 바로 '똑똑해지는' 정석이다.

─ 목표 ─

*

목표란 마감 시한이 있는 꿈이다.

- 나폴레온 힐 -

*

성공한 사람은 대개 지난번에 성취한 것보다 다소 높게,
그러나 과하지 않게 다음 목표를 세운다.
이렇게 꾸준히 자신의 포부를 키워간다.

- 쿠르트 레빈 -

*

목표가 꼭 도달해야만 하는 것은 아니다.
겨냥해야 하는 지점만으로도 종종 그 역할을 다한다.

- 이소룡 -

이렇게 말하면
결국 나이에 상관없이
꼰대이다

'꼰대'라는 말은, 과장 안 보태고, 하루에 한 번 이상 소셜 미디어에서 볼 수 있을 정도다. 그렇게 자주 쓰이는 말이지만, 과연 우리는 꼰대에 관하여 제대로 알고 있을까? 예들 들어, 꼰대는 꼭 나이 많은 사람에게만 해당하는 이야기일까? 절대 그렇지 않다. 꼰대는 대화가 잘 통하지 않음에도 불구하고, 결국 대화를 해야만 하는 대상을 일컫는 말이라고 볼 수 있다. 그런 부류의 사람은 연령대를 가리지 않고 어디에나 있다. 어떤 사람이 구체적으로 '꼰대'스럽게 말할까?

대표적인 꼰대는 조언이 필요하지 않은데 굳이 와서 조언해주는 사람이다. 제일 피곤한 스타일의 대화 상대이다. 특히 택시를 타면 이런 상황을 어렵지 않게 접할 수 있다. 내 돈 내고 서비스를 이용하는데, 훈계까지 들어야 할 때도 있다.

또 위로해준답시고 와서는 해결책을 주려는 사람도 많다. 언뜻 보면 별것 아닌 것 같지만, 이는 생각보다 큰 문제이다. 일단 문제의 당사자가 아니기 때문에 상황 파악이 제대로 안 되었을 확률이 매우 높다. 당사자는 정서적으로 힘든 상황이라 아무리 이성적인 해결책이라도 그냥 소음으로만 들릴 가능성이 농후하다. 그러니 조언이 필요하지 않은 사람은 그냥 지켜봐 주자. 도움을 요청했을 때 조언해도 늦지 않다.

자신의 편협한 경험을 진리로 내세우는 사람도 전형적인 꼰대이다. 자신의 경험이 아무리 좋아도 타인에게는 전혀 적용되지 않을 수 있다. 맥락이 달라지면 당연히 정답도 달라진다. 하지만 자신이 어떤 문제를 해결했거나 목적을 달성한 경험이 있다고 그것이 세상의 진리인 양 설파하는 사람이 있다. 전형적인 꼰대이다.

특히 이런 경우는 오히려 인생 경험이 적은 친구들에게서 더 많이 보인다. 대학생 시절 군대 가기 전에 그리고 전역 후 복학 전에 어떤 공부를 하거나 경험을 해야 좋을지 한 살 많은 선배들에게 조언을 구한 적이 있다. 대답은 하나 같이 똑같았다. "놀아!" 놀기에는 찝찝해서 공부하는 게 좋을 것 같다고 다시 물어보니까 비웃으며 의미 없다는 대답이 돌아왔다. 10년도 넘는 세월이 지난 뒤 되돌아보니, 누가 나에게 똑같은 조언을 구한다면 일단 조언자의 상황을 들어보고 알맞은 조언을 여러 개 해줄 것 같다. 그리고 그 선택지에 "놀아!"는 없다.

최악의 꼰대는 아마도 권위 의식에 취해 말하는 사람일 것이다. 직급을 권력으로 착각하는 사람은 차고 넘친다. 심지어 학번과 학년은 직급도 아닌데, 10~20대 꼰대는 2학년이 되면서 탄생한다. 학교 1년 더 다녔다고 학교생활 다 아는 것처럼 이야기하고, 심지어 권력의 횡포까지 부린다. 대한민국이 헬조선이라면 이 부분이 바로 뿌리라고 할 수 있다.

예전에 과장으로 회사에서 일할 때 부장이 자꾸 업무와 관련된 이야기가 아니라 인생에 관한 조언을 해주려고 했다. 아무리 들어도 틀린 말이 너무 많고, 그럴듯한 말도 내 상황에는 적용이 불가능했다. 그런데도 매일 같이 필요 없는 인생 조언을 하는 부장이었다. 그래서 하루는 사원, 나 그리고 부장 이렇게 셋이 있을 때 "부장님, 제가 책을 읽어도 부장님보다 몇 배는 많이 읽은 것 같습니다. 그리고 저는 딱히 부장님의 조언이 필요 없으니 제 걱정하지 마시고 편히 쉬세요."라고 매섭게 대꾸했다. 사원이 있을 때 한 이유는 이 상황의 증인을 남겨서 다시는 그런 쓸모없는 조언을 모두에게 못하게 하기 위해서였다. 쉽게 말해 총대를 멘 것이다. 그다음에 몇 번의 직간접적인 보복이 따라왔지만, 인생 조언을 가장한 헛소리는 현저하게 줄어들었다. 쓸모없으면서 불필요한 조언은, 언어폭력까지는 아니어도, 언어 공해에 가깝지 않나 생각해본다.

회사에서 무작정 열심히 하면
결국 후회하는 4가지 이유

먹고사니즘에서 자유로운 사람은 거의 없다. 이 문제를 해결하기 위해 가장 보편적으로 선택하는 방법이 바로 회사에서 일하는 것이다. 회사는 우리가 살면서 가장 오래 머물고 가장 많은 에너지를 투입하는 곳 중 하나다. 그런 회사에서 열심히 일하는 것이 미덕인 것 같고, 롱런하기 위한 필요충분조건처럼 여겨지기도 한다. 그래서 우리는 학교에서 근면 성실을 최고의 덕목이라 배우며 자랐다. 하지만 현실은 절대 그렇지 않다. 소처럼 열심히 일만 한다고 보장되는 것은 아무것도 없다. 우리는 무엇을 잘 못 알고 있는 걸까?

1. 노력과 보상은 선형적으로 비례하지 않는다

회사에서 가장 민감한 부분은 보상이다. 누군가는 일 자체가 즐거워서 몰입하는 경우도 있지만, 대부분은 경제적 압박이라는 외적 동기가 회사를 계속 다니게 하는 원동력이다. 하지만 일을 열심히 했다고 보상을 제대로 받는 경우는 흔하지 않다.

일단 다수가 유기적으로 엮인 일에서 개인의 기여도를 제대로 평가한다는 것 자체가 상당히 힘든 일이다. 게다가 우리나라는 연봉협상이 체계적이지 않은 경우가 많다. 회사가 연봉 인상률을 결정하면, 약간의 차이는 있겠지만, 일괄적으로 모두에게 적용하는 경우가 대부분이라 연봉협상은 꿈도 못 꾸는 경우가 많다. 결국, 일에 관한 평가는 자기 자신이 가장 잘 할 수 있지만, 연봉협상에서 개인의 성과를 어필할 기회가 없기 때문에 무작정 열심히 하면 안 된다. 만약 협상을 제대로 해볼 수 있는 상황이라면 이 악물고 열심히 해보는 것을 추천한다.

2. 고과 결정권자는 항상 바뀐다

인사고과 결정권자는 언제나 바뀔 수 있다. 사람이 바뀔 수도 있고, 똑같은 사람임에도 그의 마음이 바뀔 수도 있다. 예전에 회사생활 할 때 정말 최선을 다했고 업무 성과도 좋았는데, 업무평가 시즌 전에 조직이 개편되면서 의사결정권자인 상무가 바뀌어 제대로 된 평가를 받지 못했던 일이 아직도 기억에 남는다.

반대로 의외의 상위 고과를 받은 경험도 있다. 진급해야 하는 선배 과장이 있어서 그 사람이 좋은 평가를 받도록 중요한 프로젝트를 배당받았는데, 그 프로젝트가 취소되는 일이 벌어졌다. 의사결정권자는 자신이 살아남기 위해 내 프로젝트에서 결과를 내라고 압박하기 시작했고, 나와 부사수는 그 기대에 부응하기 위해 최선을 다했다. 그 결과 전혀 예상치 못한 상위 고과를 받게 되었다. 이때는 조금만 잘하면 100% 좋은 평가를 받을 수 있다는 것을 알았기 때문에 진짜 목숨 걸고 했던 것 같다.

3. 직급마다 필요 역량은 바뀐다

회사에서 오래 잘 생활하려면 개인의 발전이 매우 중요하다. 사원, 대리, 과장, 부장, 임원이 각각의 위치에서 다른 역량을 발휘해야 하기 때문이다. 대리였을 때 잘해서 과장으로 진급했다면, 이제 과장의 직급에 걸맞은 능력이 필요하다. 대리 시절처럼 무작정 열심히 한다면 결코 좋은 과장이 될 수 없다.

과장부터는 확실히 리더십이 필요하지만, 우리는 전 세계적으로 손에 꼽히는 리더십 가뭄 국가이다. 리더십의 핵심 소양은 교양이다. 교양을 바탕으로 두루두루 소통할 수 있어야 하고 아이디어의 씨앗도 찾아야 하는데, 공부나 독서를 하지 않으니 회사가 지옥이 되기 시작한다. 회사를 위해서만 무작정 일할 것이 아니라 개인의 발전에도 많이 신경 써야 한다. 그래야 롱런할 수 있다.

4. 영원한 회사는 거의 없다

50년 전 시가총액 상위 100개 그룹 중에서 지금 남은 회사는 생각보다 많지 않다. 영원한 회사는 없다. 상황은 언제나 바뀔 수 있다는 사실을 명심해야 한다. 한 회사에 뼈를 묻겠다는 생각은 버려라. 너무 지엽적인 업무에만 매몰되지 말고 때로는 회사 전반에 관한 이야기도 들어보자. 예상치도 못했는데 회사가 망했을 때 원망할 곳은 없다.

능력이 출중하다면 사실 회사가 망해도 갈 곳은 많다. 쉽게 생각하자. FC 바르셀로나가 망한다고 메시가 걱정할까? 다른 축구 클럽으로 이적하면 그만이다. 결국, 문제는 자신의 역량이다. 입사 후 그냥 버티는 식으로 살면서 교양도 쌓지 않고 주력 업무에 관한 역량도 키우지 못했다면 회사라는 배가 좌초될 때 구명보트도 조끼도 없을 것이다. 그냥 회사의 운명과 함께할 것이다. 언제나 그렇듯 공부는 인생의 마스터키이다. 열심히 공부하면 생각보다 많은 문제 상황을 극복할 수 있다.

요즘 젊은 친구들은 직장을 선택할 때 연봉뿐만 아니라 성장 기회도 중요한 조건으로 여긴다. 갈수록 고용 안전성이 떨어지고 평생직장이라는 개념이 사라지는 것과 궤를 같이하는 인식의 변화다. 무작정 열심히 일하는 것을 미덕으로 여기는 근로자는 점점 사라질 것이다. 다들 살아남기 위해 치열하게 고민하며 살 것이다. 이 글을 읽는 여러분도 정글같이 치열한 현실 속에서 똑똑하게 살아남을 수 있기를 진심으로 기원한다.

원하는 결과를
달성하는 방법

성공한 사람들은 폭넓은 인간관계를 가지고 있다. 그렇다면 역으로 잘 나가는 사람들과 관계를 만들어 두면 성공하는 데 더 유리하지 않을까? 그들을 통해서 더 유리한 기회를 붙잡을 수도 있고, 힘들 때는 그들의 도움을 받을 수도 있을 것 같다. 내 편과 내 줄이 되어 줄 든든한 인맥은 어디서 찾을 수 있을까?

우리가 서로의 인맥이 되면서 확실하게 동의한 점이 있다. 관계보다 실력이 우선해야 한다는 점이다. 내가 실력이 없는 상태에서 친해진 사람들과의 관계는 지속되기 어렵다. '음료수를 먼저 꺼내고 돈을 넣는 자판기'는 존재하지 않는다. 내가 사람들에게 줄 것이 없으면 사람들과 교류하기 어렵다. 이런 상황에서는 인맥을 만들기보다 스승, 멘토를 찾아서 자신의 내실을 키우는 것이 좋다. 요컨대, 실력이 충분히 쌓이기 전까지 인맥은 방해 요소에 불과하다는 것이다.

실력이 있는 상태에서는 진정한 의미의 네트워킹이 가능해진다. 우리가 생각하는 이상적 인맥의 핵심은 '느슨한 유대의 힘'이다. 인간관계나 비즈니스에서 새로운 기회를 만드는 것은 친하게 지내고 자주 보는 사람이 아니라 연락이 뜸하게 지내던 사람일 경우가 많다. 유튜브에서도 그렇다. 채널 규모가 커질수록 계속해서 새로운 사람들을 알게 되고, 그들과 함께 무언가를 시도할 기회가 늘어난다. 이것은 우리가 사는 세상이 복잡계이기 때문에 가능한 일이다.

'실력'과 '느슨한 유대의 힘'을 가장 현실적으로 보여주는 사례를 소개하고자 한다. 어떤 연고도 없는 사람이 무작정 미국에 가서 자기 집단 중 최고가 될 가능성은 얼마나 될까? 불가능에 가까울 것이다. 대구 봉제공장 노동자의 딸이 세계 최고 명문 존스 홉킨스 의대의 교수가 되었다면, 도대체 그사이에 어떤 일이 있었을까? 지나영 교수의 이야기를 함께 살펴보자.

지나영은 정신과 의사가 되고 싶었다. 한국 의사 임용에서 원했던 결과를 얻지 못했던 그녀는 무작정 미국으로 향했다. 미국에서 의사 고시를 응시했는데, 성적이 굉장히 좋았다. 현지의 고시 학원에서 다른 수강생들을 가르치면서 공부할 수준이었다. 그들 중 한 사람이 하버드 의대에서 연구하는 한국인 내과 선생님을 소개해주었다. 처음에는 자신이 지망하는 과와 다른 분야라 소개를 마다했다. 그런데 입학 전형이 진행되면서 추천서가 필요하게 됐다. 그녀는 어쩔 수 없이 그 선생님을 찾아갔다.

그렇다고 그 선생님이 추천서를 써줄 수 있는 것은 아니었다. 그런데 우연하게도 그 선생님은 하버드 의대 정신과 교수를 알고 있었고 간신히 추천서를 마련할 수 있었다. 여러 군데를 동시에 지원했지만, 단 한 곳에서만 면접 제의가 왔다. 연구 경력이나 진료 경력이 미흡했던 그녀는 자신의 열정을 피력했다. 오히려 적극적으로 면접관들에게 특정 이슈에 관한 생각을 되묻기도 했다. 뛰어난 것보다 더 희소한 것은 인상적인 것이라는 말이 있다. 아직은 부족한 영어와 서류상 경력에도 불구하고, 결국 그녀는 합격하게 된다.

합격은 했지만, 당장 그녀가 할 수 있는 것은 드물었다. 원했던 정신과에는 자리가 없었고, 그녀는 사람들이 찾지 않는 신경과 계열에서 근무하게 됐다. 그런데 그곳에는 주 1회씩 뇌를 부검할 기회가 있었다. 이론과 모형으로만 배웠던 질병과 증상들이 눈앞에 펼쳐져 있었다. 그곳에서 확인한 것을 매일 저녁 도서관에서 점검하면서 뇌의 구조 전체를 외우게 됐다. 3개월 후 정신과에 복귀한 그녀는 뇌에 대해 누구보다 잘 아는 사람이 되었다. 어느새 그녀는 모든 대학과 병원이 앞다투어 반기는 존재가 되어 있었다.

지나영 교수의 인생은 우연의 연속처럼 보인다. 실제로 우리 인생에서 운이 차지하는 비중은 매우 크다. 그러나 과연 그 모든 성취가 운 때문이었을까? 그녀가 입시학원에서 다른 수강생들을 돕지 않았더라면, 그 수강생이 한국인 선생님을 알지 못했다면, 그 선생님이 하버드 정신과 교수를 소개해주지 않았더라면, 그녀가 미국 의대에 원서를 제출할 기회라도 있었을까? 그녀가 원치 않게 들어간 신경과에서 해부 일을 도맡아 하면서 뇌를 자세히 공부하지 않았다면 어땠을까? 3개월 뒤에 그녀의 입지가 극적으로 변할 수 있었을까?

그녀의 처우가 바뀐 것은 그녀가 실력을 인정받았기

때문이다. 그녀가 실력을 인정받을 수 있었던 것은 그녀가 노력할 기회를 저버리지 않았기 때문이다. 한국 의사 임용이 뜻대로 되지 않는다고 공부를 포기하지 않았던 점, 자신이 원하지 않았던 분야에서도 자신에게 도움이 될 점을 발견하여 매진한 점, 부족한 언어 실력을 보강하기 위해 자신을 드러내고 의사소통할 전략을 짠 점 등이 모두 그녀가 실력을 쌓고 인정받을 수 있었던 비결이다.

지나영 교수의 극적인 인생 뒤에는 '실력'과 '느슨한 유대'라는 든든한 받침대가 있었다. 그녀는 자신이 처한 곳에서 다양한 사람들에게 도움을 주었다. 그럴 필요가 없었음에도 말이다. 그녀가 베푼 작은 여유는 예측하지 못한 곳에서 그녀에게 되돌아왔다. 또한, 그녀는 기회가 있을 때마다 자신을 지켜줄 실력을 쌓는 데 집중했다.

'공부선배'라는 교육 플랫폼을 운영하는 이용운 대표는 초기에 오랫동안 수익을 내지 못했다. 이용운 대표는 서울대 건축학과 출신이다. 그의 첫 창업은 전공과 관련된 '난방 시스템 제조 및 납품'업이었다. 대한민국 최상위 학벌과 인맥을 가지고 있으니 이 분야에서 성공할 수밖에 없다고 믿었다. 지도교수님도 업계에서 영향력이 컸고, 전공 분야에 대한 자신감도 상당했다.

그러나 그는 상아탑 밖의 야생을 몰랐다고 고백했다.

그 분야에서 산전수전을 다 겪은 맹수 같은 존재들이 시장에 도사리고 있었다. 그는 시장에서 겸손을 배우게 되었다. 이때의 쓰디쓴 실패를 곱씹고, 끊임없이 시대를 분석하며, 흐름 속에서 자신의 전략을 연구한 결과 오늘의 '공부선배' 플랫폼을 만들 수 있었다.

이용운 대표는 원래 알려지지 않은 수많은 학원들의 강의를 온라인으로 판매하려 했다. 기존 강의 플랫폼인 '메가스터디', '이투스' 등과 유사하게 온라인 강의를 판매하려 한 것이다. 취지는 좋았다. 그런데 시장의 반응은 미적지근했다. 학원 강사들은 학원 밖으로 자신을 노출하려 하지 않았다. 온라인으로 강의료를 받는 것보다 더 중요한 것은 학원에 학생들이 많이 오는 것이었기 때문이다. 또 인터넷 강의는 현장 강의에 비해 훨씬 저렴한 가격이었다. 학원 강사들에게는 수익성이 떨어지는 일이었다. 학원 측의 수요가 없는데 강행할 수는 없는 노릇이었다.

2015년 말, 그가 새롭게 주목한 것은 시대의 변화였다. 학생의 수는 줄어들고 있는데, 학원의 수는 너무 많아져 있었다. 그럼에도 학생과 학원의 관계는 수십 년 전과 크게 다르지 않았다. 종이 위주의 문화는 모두 모바일 중심으로 바뀌었는데, 아직도 학원은 전단지에 의존한 마케팅을 펼치고 있었다. 학생과 학부모들은 주변의 선택에 동조하며 자신에게 필요한 정보를 찾지 못해 표류하고 있었다. 여기서 학원과 학생 사이의 간극을 줄이면 모두에게 좋은 평가를 받을 것이 분명했다.

학원을 돌면서 무료로 수업 샘플 영상을 촬영해서 소개해 주는 방식으로 학원의 온라인 마케팅을 도와주기로 했다. 학원으로서는 손해 볼 것이 없었다. 주변 학원이 무료 홍보를 받는 것을 본 다른 학원들도 서비스를 신청하거나, 아예 자체 영상을 만들어 플랫폼에 올리기에 이르렀다. 플랫폼이 점점 커지기 시작했다. 문제는 비용이었다. 창업자금은 다 고갈되었고, 간신히 지인들을 통해 추가로 투자받은 금액도 언젠가는 고갈될 터였다. 수익화가 필요한 시점이었다.

우리를 통해 학원비를 결제하도록 할까? 배달 어플처럼 학원으로부터 수수료를 받을까? 어플을 통해 결제하면 할인 혜택을 부여할까? 여러 가지를 생각했지만, 모두 현실의 벽에 부딪혔다. 학원에서 카드 결제를 하면 되는데, 굳이 낯선 어플을 통해 결제할 이유가 없었다. 학원은 그것을 싫어했고, 학생은 그럴 필요가 없었다. 다른 방식이 필요했다.

학생들의 등원 패턴을 조사해 보니 한번 학원에 등록하면 평균적으로 열 달을 다니는 것으로 드러났다. 학원

　　　　　　　•　원하는 결과를 달성하는 방법

은 학생들이 꾸준히 다니는 것이 가장 중요했다. 학생에게는 학원비가 저렴할수록 좋았다. 해결책이 보이기 시작했다. '우리를 통해 첫 달만 결제하게 하고, 수강료를 할인하지는 않지만 상당한 인센티브를 부여하자.' 선풍적인 인기를 끌었던 15만 원 문화상품권 페이백은 이렇게 탄생했다. 학생들이 자발적으로 홍보대사가 되었음은 덤이다.

두 가지 성공 사례를 살펴보았다. 하나는 어떠한 인맥도 없이 치열하게 실력으로 승부하는 분야에 뛰어들어 보란 듯이 성공하는 이야기였고(지나영 교수), 다른 하나는 네트워크에 의존하다가 부진한 성과를 거둔 뒤 전혀 다른 분야에서 각고의 노력을 거듭해 성공하는 이야기였다(이용운 대표). 둘의 분야와 성격은 매우 다르지만, 두 사람의 성공 사례는 공통적인 교훈을 시사한다.

옛날에는 학벌과 인맥이 있으면 많은 부분에서 유리했을지도 모른다. 집단의 혜택이 없었더라면 아무리 노력해도 일정 수준 이상의 성과를 내지 못했을 수도 있다. 하지만 지금은 다르다. 실력이 없으면 어떤 학벌과 인맥을 가졌더라도 결과를 장담할 수 없다. 반면, 실력이 있고 그 실력을 공유하고 발휘할 수 있게 해 줄 무수한 작은 유대가 있으면 크게 성공할 수 있다.

나를 괴롭히는 사람을
대하는 3가지 방법

인생에서 진짜 피곤한 상황 중 하나는 누군가가 나를 끊임없이 괴롭힐 때이다. 생각만 해도 숨이 턱 막힌다. 나는 이렇게 괴롭히는 사람을 일종의 병으로 정의한다. 제대로 처리하지 않으면 나중에 우리 삶에 큰 악영향을 미칠 확률이 매우 높다. 대부분 이런 사람이 주변에 한두 명정도 있기 마련인데, 과연 어떻게 대처하는 것이 현명한 방법일까?

1. 감정과 관계를 분리한다

그렇게 괴롭히는 사람이 직장 상사나 동료이면 정말 답답한 상황이다. 회사를 그만두기는 쉽지 않고, 계속 같이 일을 하려니 너무 괴롭고, 진퇴양난이다. 이럴 때 의외로 간단하게 문제를 해결하는 방법이 있다. 바로 감정 분리를 하는 것이다.

우리는 언제나 문제의 원인이 밖에 있다고 생각한다. 하지만 잘 따져보면 그렇지 않은 경우도 많다. 괴롭히는 주체는 외부인이 맞지만, 그것에 반응하는 것은 우리 자신이다. 그러니 타인이 아무리 나를 힘들게 해도 내가 그런 행위에 반응하지 않으면 아무 일도 일어나지 않게 된다. 당연히 모든 경우에 이 방법이 통하지는 않는다. 하지만 상대가 별 볼 일 없는 사람일 때는 매우 효과적인 방법이다.

그리고 괴롭히는 사람은 상대의 반응에 더 큰 쾌감을 느껴서 의도적으로 누군가를 힘들게 하는 경우가 많다. 여기서 감정 분리는 음의 피드백을 끊는 칼이다. 무관심은 그런 변태적 쾌감의 정서를 확 죽이는 제초제 역할을 한다. 명심하자. 내 머리와 마음속에 들어올 수 있는 사람은 나 자신밖에 없다. 그들의 괴롭힘은 내 망막과 고막까지만 도달할 수 있다. 그것이 팩트다.

2. 오히려 나를 되돌아본다

사실 괴롭힘은 일종의 부정적 피드백이다. 당연히 누군가가 나를 의도적으로 모함하고 잘못한 것도 없는데 싫은 소리를 하면 짜증이 나겠지만, 그때 오히려 자신을 한번 되돌아보는 관점의 전환도 시도해 볼 필요가 있다.

성장은 의식적 노력 없이 불가능하다. 그리고 의식적 노력의 핵심은 바로 피드백이다. 비록 부정적 피드백이지만, 제3자의 관점에서 나를 바라본 것이기 때문에 잘 찾아보면 내가 몰랐던 부족한 부분을 발견할 수도 있다. 그리고 실제로 그것을 개선하면 괴롭힘이 사라질 수도 있다.

인생은 어떻게 프레임을 설계하는지가 정말 중요하다. 그러니 이렇게 생각해보자. 괴롭힘은 똥이다. 누군가는 똥이 더러워서 피한다고 하지만, 발상의 전환을 통해 그 똥을 내 인생 성장의 거름으로 쓰겠다고 다짐해보는 것이다. 오히려 위기가 기회가 될 수 있을지도 모를 일이다.

3. 인생은 실전이다

괴롭힘을 당하면서 살 수는 없다. 때로는 칼을 뽑아야한다. 특히 직장에서 이런 일이 있으면 단계적으로 계획을 세워서 내 삶을 구하기 위해 실천해야 한다. 우선, 감정적으로 대응하면 안 된다. 차분히 나를 괴롭힌 사람이어떻게 행동했는지 구체적으로 정보를 모으고 기록하자. 이럴 때 동료가 옆에서 조력자가 되어주면 일을 훨씬 수월하게 진행할 수 있다. 그래서 회사 방침에 맞게 건의 혹은 신고하자. 그런데도 어떤 조치도 없거나 조치 후에도계속 괴롭힘이 있다면 당연히 이직을 고려하는 것이 맞다.

인생은 길고, 세상은 넓다. 그래서 평소에 꾸준하게 실력을 쌓고 자기계발하는 것이 중요하다. 만약 당신이 진짜 능력자라면 이직 카드를 꺼냈을 때 회사가 더 적극적인 조치를 할 확률이 높다. 당신이 능력자임에도 불구하고 회사가 아무 조치도 하지 않으면 그 회사의 미래에 무엇을 기대하겠는가? 과감하게 이직하는 게 맞다.

여기서 중요한 정보를 알려주겠다. 직장인 설문조사를 보면 10명 중 7명은 이직을 고려하고 있다고 한다. 그말은 어디를 가도 만만치 않다는 사실을 뜻한다. 결국, 기승전'능력'이다. 자신의 능력만큼 자신을 지킬 수 있다는 사실을 명심하면서 자기 발전을 위한 노력을 멈추지 말자.

— 친구 —

*
빛나는 곳에서 혼자 걷는 것보다
친구와 함께 어둠 속을 걷는 편이 낫다.

- 헬렌 켈러 -

*
친구의 바보짓을 꾸짖는 것은
친구로서 해야 할 일의 일부일 수 있다.

- J. R. R. 톨킨 -

*
진정한 친구는 당신의 실패를 눈감아주면서
당신의 성공을 용인하는 자이다.

- 속담 -

'프로'란 무엇인가?

1. 시장에서 자신의 가치에 대해 파악한다

가치 파악이 되었으면 당연히 가치에 합당한 협상을
한다. 대부분 협상이 안 된다. 그 이유는 둘 중의 하나다.
가치 파악을 전혀 못 하고 있거나, 가치 파악이 되었는데
가치가 없다는 사실을 깨달았기 때문이다.

2. 일희일비하지 않는다

오늘 잘했어도 못했어도 우리는 내일의 경기에 다시

나가야 한다. 음식에만 유통기한이 있는 것이 아니다. 칭찬도 비난도 다 언젠가는 그 영향력이 사라진다. 그러니 육체적으로 정서적으로 자신을 관리하면서 꾸준한 것이 유일한 정답이다.

3. 항상 자기 관리에 철저하다

자신의 가치를 유지하고 더 나아가서 발전시키기 위해 노력한다. 어떤 협상의 시점이 왔을 때 준비가 돼 있으면 그 순간은 기회가 될 것이고, 반대의 경우는 당연히 위기의 순간이 될 것이다. 그래서 평소에 예상치 못한 기회를 대비한 철저한 자기관리가 필요하다.

4. '최대한'에 집중하지 않고, '최소한'에 확실한 경계선을 갖는다

프로는 특수한 경우가 아닌 이상, 평소에는 목숨 걸고 하지 않는다. 프로는 리그에 참가하지 토너먼트에 참가하는 것이 아니기 때문이다. 늘 기본기로 자기 일에 임하는 게 프로의 자세다. 그래서 평소에 자신을 계발하는 것이 정말 중요하다.

5. 경청한다

피드백 없이 발전하기는 어렵다. 피드백은 자동차의 사이드 & 백 미러 같은 것이다. 내가 직접 보지 못하는, 자신에 관한 사각지대를 보는 유일한 방법이다. 그래서 누군가가 피드백을 준다면 자신을 낮추고 경청해야 한다.

6. 경쟁을 두려워하지 않는다

경쟁이 두렵다면 애초에 시작을 말아야 한다. 매일 경쟁에서 살아남는 것이 프로의 세계다. 다시 한번 강조하지만, 한순간의 결과에 너무 집착하면 안 된다. 특히 나쁜 결과를 얻었을 때는 빨리 잊어버리는 것도 실력이다.

7. 실수와 실패를 분명히 구분한다

경쟁 및 도전을 하다 보면 실패는 필연적으로 겪을 수밖에 없다. 실패 후 반성적 사고와 피드백을 통해 우리는 성장한다. 하지만 실수는 태도의 문제다. 실수의 반복되는 정도가 얼마나 진지하게 임하는지를 알려준다.

8. 결과 중심적 사고를 한다

그렇다고 편법이나 비도덕적인 행위를 하면 안 된다. 하지만 합법적이고 상식적인 선에서는 모든 것을 시도한다. 세상에는 두 가지 후회가 있다. 시도하지 않은 후회와 시도한 후회이다. 후자는 빨리 사라지지만, 전자는 망령처럼 오래도록 기억에 남는다.

9. 맥락을 이해하려고 한다

정답은 항상 상황에 따라 바뀐다. 예를 들면, 수평적 조직 문화가 항상 좋은 것 같지만, 빠른 의사 결정을 내려야 할 때는 수직적 조직문화가 훨씬 좋다. 어느 것이 더 좋은 게 아니라 맥락이 중요한 것이다. 맥락이 체득되는 순간부터 프로를 넘어 고수의 세계로 들어설 수 있다.

10. 하는 일에 대한 몰입도가 높다

몰입은 마음먹는다고 되는 것이 아니라 일의 난이도와 실력 사이에 밸런스가 맞아야 가능하다. 그래서 몰입의 한계는 내 능력치로 결정된다. 능력이 올라가면 더 높은 난이도에 도전할 수 있고, 그러면서 몰입을 이어갈 수 있다. 또한, 그 과정에서 실력 향상이 일어날 확률이 높

다. 이것이 바로 선순환이고, 프로는 항상 선순환에 진입
하기 위해 최선을 다한다.

당황해도 횡설수설하지 않고
말하는 3가지 방법

직업이 특수한 경우가 아니면 많은 사람 앞에서 말하는 것은 절대 흔한 일이 아니다. 하지만 살다 보면 대중 앞에서 말해야 하는 상황이 발생하기 마련이다. 익숙하지 않기 때문에 당황하기 쉽고, 정신이 혼란스러운 상태에서는 누구나 횡설수설하게 되어있다.

입사하고 처음으로 부장들과 임원 앞에서 발표했던 순간이 아직도 기억난다. 이건 발표를 한 것인지 아무 말 대잔치를 한 것인지 분간이 가지 않을 정도로 횡설수설했다. 이렇게 패닉 상황에 빠졌을 때 어떻게 해야 위기를 탈출하면서 제대로 말할 수 있을까?

1. 우선 아무 말도 하지 않는다

극도로 긴장한 상황에서는 뭘 하려고 해도 잘 안 된다. 준비한 내용이 머릿속에서 백지처럼 하얗게 변했을 때는 약간 시간이 걸려도 좋으니, 일단 아무 말도 하지 말고 심호흡부터 하자. 사실 지금 당신 이야기를 들으려는 사람은 당신의 천적도 재판관도 아니다. 그리고 당신이 실수해도 생각보다 개의치 않는다. 그러니 잠시 정신 차리는 시간을 갖는 것은 전혀 문제가 되지 않는다.

그렇게 잠깐의 시간을 통해 마음을 진정하면 조금씩 실마리가 보이기 시작할 것이다. 실마리를 최대한 열심히 따라가고, 중간에 또다시 긴장하면 그때도 호흡을 고르는 시간을 짧게라도 만들자. 앞에서 언급한 것처럼 실수는 생각보다 문제가 되지 않는 경우가 많다. 심지어 잠깐의 호흡을 고르는 시간은 아무도 의식하지 못할 수 있다. 그러니 말이 나오지 않을 때는 억지로 말하지 말고 호흡을 길게 가지고 가면서 머릿속에서 최대한 말할 내용을 정리하자.

• 당황해도 횡설수설하지 않고 말하는 3가지 방법

2. 핵심 키워드만 아주 정확하게 기억한다

앞에서 말한 실마리는 바로 핵심 키워드이다. 발표에 익숙하지 않은 사람은 모든 발표 자료를 외워서 하려는 경향이 강하다. 물론 연습을 많이 하면 충분히 줄줄 외워서 말할 수도 있겠지만, 조금이라도 돌발 상황이 생기거나 템포가 깨지면 준비한 것을 제대로 보여주기가 힘들다. 예를 들면, 누군가가 예상하지 못한 질문을 했고, 그것에 대답하지 못해서 완전히 당황하면, 준비한 모든 것이 기억에서 날아갈 확률이 높다.

그렇게 모든 것을 날려도 키워드만 잡고 있으면 당혹스러운 상황을 반드시 타개할 수 있다. 핵심 키워드만 발표 순서에 맞게 제대로 기억하면 굳이 모든 내용을 완벽하게 외울 필요가 없다. 마치 프리스타일 랩을 하는 것처럼 논리만 틀리지 않게 생각나는 대로 말해도 된다. 발표 전에 기회가 있다면 키워드 중심으로 정해지지 않은 질문에 대답하는 연습을 해보자. 당황하지 않는 데 큰 도움이 될 것이다.

3. 반대로 질문하라

발표 중에 가장 멘탈 붕괴가 오는 상황은 앞에서 언급한 것처럼 전혀 예상하지 못한 질문이 들어올 때다. 그런데 대답 못 하는 것에 너무 자책할 필요가 없다. 사실 질문하는 사람은 잘 몰라서 물어보는 것이기 때문에 질문 자체가 잘못된 질문일 수도 있다. 그리고 답변 못 한다고 당장 극형을 받는 것도 아니다. 그러니 예상 못 한 질문이 들어왔다고 조바심낼 필요는 없다.

예상 밖의 질문이 들어올 때는 반대로 확인하는 질문을 해보자. "지금 물어보신 내용이 이게 맞나요?"라고 되묻는 것이다. 그러면 질문에 관한 이해도도 높일 수 있고, 질문자도 다시 말하면서 더 구체적으로 질문할 확률이 높아진다. 운이 좋으면 질문자가 스스로 깨닫는 경우도 있다. 만약에 알 것 같은 질문인데 당황해서 답변하지 못했다면 끝나고 알려드리겠다고 정중히 말하는 것도 좋은 위기 대처 방법이다.

앞서 말한 3가지 방법을 꿰뚫는 개념은 바로 '여유'다. 중요한 발표나 연설에서 여유를 갖기란 사실 어려운 일이다. 그래도 여유를 갖길 바란다. 조금 더 노골적으로 말하자면 쫄지 않길 바란다. 언급했듯이 청중은 발표 내용을 잘 모른다. 그래서 발표를 들으러 오는 것이다. 그 자리에서 발표 내용을 가장 잘 알고 있는 사람은 바로 발표하는 당신이다. 계획에서 조금 어긋나도, 말이 꼬여도 청중으로선 알아차리기 어렵다. 혹시 그런 실수를 했어도 바로 정정하면 그만이다. 그러니 쫄지 말자. 여유를 가지고 하자.

습관적 비아냥이
인생을 망치는 이유

우리 주변에는 꼭 아무 이유 없이 습관적으로 비아냥거리는 사람이 있다. 특히 소셜 미디어의 발달로 온라인에서 이런 사람을 어렵지 않게 볼 수 있다. 당장 유명 포털 뉴스의 댓글만 살펴봐도 온갖 종류의 비아냥거림이 넘쳐난다. 누구나 빈정 상해서 한두 번 비아냥거릴 수는 있지만, 이것이 습관이 되면 인생을 조금씩 좀먹게 된다. 습관적 비아냥은 어떻게 우리 인생을 망치게 될까?

비아냥거림이 습관이 되면 현상을 논리적으로 판단하

기보다 감정에 근거하여 판단하게 된다. 한 번 생각하고 말해야 하는데 곧바로 부정적인 말이 튀어나온다. 그렇게 무의식적으로 뱉은 말을 옹호하기 위해 비논리적인 주장이 꼬리에 꼬리를 물고 이어진다. 이렇게 되면 세상을 객관적으로 바라볼 수 없고 자신만의 색안경을 끼고 쳐다보게 된다. 즉, 비아냥이 습관이 되면 최악의 태도로 삶을 살아가는 셈이다. 그런 인생은 "될 일도 안 된다."라는 표현으로 가장 적절하게 묘사할 수 있다.

비아냥은 비난과 성격이 아주 다르다. 비난은 일종의 감정 폭발이다. 화가 나면 누군가를 맹렬하게 비난할 수도 있다. 비난은 매우 가시적이기 때문에 상대방은 그것에 즉각 반응할 수 있다. 하지만 비아냥은 다르다. 이것은 임계점을 넘지 않은 부정적 말투로 듣는 사람에게 은연중에 짜증과 화를 부른다. 게다가 비난처럼 노골적이지 않기에 딱히 반응하기도 애매하다. 결국, 비아냥거림이 누적되면 그것을 꾸역꾸역 들었던 사람은 응축했던 감정이 폭발하면서 대형 사고를 터뜨릴 수도 있다. 비아냥거린 사람은 의식하지도, 의도하지도 않았겠지만, 인간관계에서 불화의 화산을 언제라도 터뜨릴 수 있는 것. 이것이 바로 습관적 비아냥이다.

인생을 살다 보면 되는 이유보다 안 되는 이유가 훨씬

많기 때문에 누구나 비아냥거리고 싶은 욕구가 존재한다. 그것을 잘 조절하는 것이 연륜이고 내공이다. 요즘은 소셜 미디어에서 비아냥거리는 사람이 유독 많은데, 가장 큰 이유는 그것에 동조해주는 사람이 많기 때문이다. 그래서 자신이 옳은 소리를 하고 있다는 착각에 빠지고 비아냥거림을 반복하게 된다. 뭔가 대중의 지지를 얻는 느낌이지만, 돌아보면 주변에 자신과 비슷한 성향을 가지고 세상을 부정적으로 바라보는 사람만 남게 된다. 그런 환경에서는 왜곡된 이야기만 듣게 되고, 그렇게 계속 살면 결국 눈뜬장님이 된다.

"불평이 있는 곳에 기회가 있다."

알리바바 창업주 마윈이 서울대학교 강연에서 한 말이다. 불평이 비아냥거림으로 끝나면 그것은 부정적 기운만 발산하는 것에 불과하다. 하지만 불평을 해결하고자 하면 기회를 발견하게 된다. 당신은 비아냥거리는 사람이 되고 싶은가? 아니면 불평을 해결하는 사람이 되고 싶은가?

•   습관적 비아냥이 인생을 망치는 이유

사람이 비호감으로
돌변하는 3가지 순간

"열 길 물속은 알아도, 한 길 사람 속은 모른다."라는 말이 있듯이 누군가의 마음을 이해하는 것은 쉬운 일이 아니다. 분명히 괜찮다고 여겼는데 알고 보니 최악인 사람도 있고, 겉으로 보기에는 별로였으나 깊게 알면 알수록 진국인 사람도 있기 마련이다. 이처럼 사람에 대한 인상이나 느낌은 상황과 맥락에 따라 각양각색이다. 하지만 보편적인 상황이라는 게 존재한다. 대표적인 경우가 호감을 느끼고 있었는데, 특정 행동 때문에 갑자기 180도 상황이 바뀌어 비호감이 커질 때이다. 이런 상황은 조금만 조심하면 미연에 방지할 수 있다. 어떤 경우에 좋은 인상이 확 뒤집혀서 비호감이 될까?

1. 거짓말이 발각된 후 더 큰 거짓말을 할 때

거짓말이 인생에 도움이 되는 경우는 그렇게 많지 않다. 선의의 거짓말이 있기는 하지만, 그것조차 임시방편인 경우가 대부분이다. 거짓말은 신뢰를 파괴하는 바이러스 같은 존재이기 때문에 하지 않는 게 궁극적으로 최상책이다. 하지만 살다 보면 의도하지 않게, 순간을 모면하기 위해 거짓말을 하는 경우도 있다. 나쁜 의도는 없었고 본능적으로 상황을 벗어나기 위해 실수로 한 것이다. 하지만 상대방이 내 의도까지 다 알 수는 없다. 거짓말이 발각되면 대부분 상황은 이미 돌이킬 수 없게 된다. 그때 최선은 잘못을 인정하고 진심으로 사과하는 것이다. 하지만 그 순간을 모면하기 위해 또 다른 거짓말을 하면 악순환의 늪으로 빠져들기 시작한다. 특히 거짓말을 감추기 위한 추가적인 거짓말은 단순히 두 거짓말을 합친 정도로 끝나지 않는다. 첫 번째 거짓말은 상황에서 비롯된 것이라 어쩌면 봐줄 수 있다고 쳐도, 두 번째 거짓말은 완전히 의도적인 것을 모두가 알기 때문에 문제의 배경이나 상황과 상관없이 사람 자체가 비호감으로 느껴지기 시작한다. 악순환의 고리가 한 번 만들어지면 쉽게 끊기가 어렵다. 특히 사람에 대한 인상이 그렇다. 그러니 거짓말을 했다면 냉큼 잘못을 인정하고 사과하자. 그러면 전화위복이 되어 조금이라도 신뢰를 회복할 수 있을지도 모른다.

2. 지나간 실수를 계속 꼬투리 잡을 때

살면서 실수 안 하는 사람은 없다. 우리는 실수를 통해서 배우고 성장하기 때문에 실수하지 않는다는 것은 어쩌면 발전이 없다는 방증일 수도 있다. 이처럼 실수가 우리 삶의 당연한 일부분이라 해도 막상 그 상황과 관련된 사람들은 기분이 좋지 않을 것이다. 그래서 실수한 사람을 나무랄 수도 있고, 화를 낼 수도 있다. 이것은 지극히 정상적이고 자연스러운 반응이다. 문제는 지나간 일에 관하여 건설적 피드백을 주는 것이 아니라, 감정적으로 그 실수 때문에 자신이 얼마나 화가 났었는지 되풀이해서 이야기하는 것이다. 지나간 상황을 되돌릴 방법은 없다. 실수한 사람이 앞으로 그런 실수를 반복하지 않기를 진심으로 바란다면, 자신의 감정을 되풀이해서 말할 것이 아니라 객관적으로 문제를 어떻게 예방할 수 있을지 조언해줘야 한다. 심지어 훌륭한 조언도 한두 번이면 족하다. 최악의 경우는 그 실수를 약점으로 잡고 계속해서 언급할 때이다. 이럴 때는 비호감 정도가 아니라 한 대 쥐어박고 싶은 게 사람 마음이다.

3. 잘못은 남의 탓이고,
   성공은 자신의 덕이라고 할 때

한 설문조사에 따르면 이직하고 싶은 가장 큰 이유는 자신이 한 일을 제대로 인정받지 못해서라고 한다. 회사에서는 팀 단위로 일하는 경우가 많아서 성과에 대한 개인 기여도를 객관적으로 구분하기가 쉽지 않다. 게다가 연공서열이라는 비합리적인 조직 구조가 만연한 문화에서 무능력한 상사들은 성공한 프로젝트를 자신의 리더십 덕분이라고 생각하는 경우가 많다. 실패했을 때는 직원들이 일을 제대로 못 한 탓이라고 원인을 부하직원들에게 전가하는 경우도 어렵지 않게 볼 수 있다. 이런 상사가 있으면 단순히 비호감을 넘어서 직장이 지옥이 될 것이다. 어차피 팀 단위 일이 성공하면 경제적으로 가장 많은 보상을 받는 것은 조직 체계에서 가장 상단에 있는 사람들이다. 그렇게 혜택을 받는 만큼 책임감도 무겁게 느껴야 하는 곳이 리더의 위치이다. 그러니 실제로 본인의 리더십이 워낙 뛰어나 성공했더라도 실무를 진행한 직원들에게 공을 돌리자. 그게 진정한 리더십의 화룡점정이다. 이런 상사가 많아지면 대한민국 직장은 호감이 넘쳐나는 곳이 될 것이다.

마르쿠스 툴리우스 키케로는 "누구나 잘못을 범하기 쉬우나, 단지 바보만이 잘못을 고집한다."라고 말했다. 누구나 순간의 실수로 비호감이 될 수 있다. 하지만 그것을 반성하지 않고 계속 고집한다면 사람들이 순간 느꼈던 나쁜 '느낌'이 타인의 뇌리에 '성격'으로 굳어질 수 있다는 점을 명심하자.

― 꾸준함

*

성공의 8할은 일단 출석하는 것이다.

- 우디 앨런 -

*

느리더라도 꾸준하면 경주에서 이긴다.

- 이솝 -

*

좋은 인성은 한 주나 한 달 만에 형성되는 것이 아니다.
매일 조금씩 만들어지는 것이다.
지속적이고 꾸준한 노력이 필요하다.

- 헤라클레이토스 -

유튜브가 열어 준
새로운 3가지 세상

말 그대로 새로운 세상이 열리고 있다. 이것을 체감적으로 깨닫고 있는 사람이 많지만, 왜 새로운 세상이 열리는지 정확하게 이해하고 있는 사람은 드물다. 여러 가지 측면에서 변화가 일어나고 있지만, 가장 변화가 큰 분야는 바로 미디어다.

미디어는 세상에서 가장 큰 권력이었지만, 이제 기존 미디어는 그 힘을 절반 이상 잃었다고 해도 과언이 아니다. 예전에는 뉴스에서 보도되면 가짜도 사실로 둔갑했다. 이제는 다양한 루트를 통해 사실관계를 바로 확인할 수 있다. 권력자가 바뀌면 세상의 패러다임도 바뀐다. 그중에서 유튜브는 단언컨대 세상을 가장 빠르게 바꾸고 있는 플랫폼이라고 할 수 있다. 유튜브는 어떤 새로운 세상을 우리에게 보여주고 있을까?

1. '덕후'가 부자가 될 수 있는 세상

장인 정신은 우리 인생에서 가장 훌륭한 덕목 중 하나이다. 장인이 있었기에 인류가 발전할 수 있었다고 생각한다. 하지만 마이너 분야의 장인들, 소위 말하는 덕후는 약간 이상한 사람으로 취급받는 게 과거의 인식이었다. 하지만 이제는 아니다. 유튜브를 통해 그들이 왜 그렇게 특정 주제에 집착하며 인생을 바치는지 알려지면서 많은 사람들이 그들의 이야기와 취향에 빠져들고 있다.

자신은 그렇게 살 수 없어도 타인의 삶을 통해 새로운 세상을 경험하고 대리만족할 수는 있다. 요즘 내가 빠져 있는 유튜브는 낚시 채널이다. 나는 낚시를 좋아하지만, 직접 하고 싶지는 않다. 그래서 정성스럽게 올라오는 낚시 영상을 보면서 엄청난 정서적 희열감을 느낀다.

진정 성공한 장인을 보고 싶다면 유튜브에서 Pablo

Cimadevila를 검색해보라. 이 사람은 보석 디자이너인데 정말 특별하다. 설명이 필요 없다. 얼마나 특별한지 유튜브가 여러분에게 보여줄 것이다.

2. 게이트 키퍼가 사라진 세상

아직도 여러 분야에 게이트 키퍼(gate keeper)가 존재한다. 특히 기존 방송은 게이트 키퍼를 통과하지 못하면 절대 송출될 수 없었다. 그런데 방송은 철저하게 복잡계의 영역이다. 그 누구도 어떤 콘텐츠가 대중성을 얻을지 장담할 수 없다. 유튜브에는 기존 코미디 코너에서 PD라는 게이트 키퍼를 넘지 못했던 개그맨들이 독립적으로 활동하며 수백만 팬을 확보하고 있다. 이들은 웬만한 방송사에서 활동하는 개그맨보다 인기가 많다.

게이트 키퍼의 통제에서 벗어나 복잡계인 유튜브에서 가장 성공한 크리에이터 중에 한 팀이 바로 '흔한 남매'이다. 주로 어린 연령대를 겨냥한 영상을 제작하면서 최고의 유튜버가 되었다. 여기까지만 해도 충분히 대단한 스토리인데 그들이 내는 만화책도 현재 출판계를 휩쓸고 있다. 세상이 이렇게 바뀌었다. 그리고 이렇게 바뀐 세상을 이해하지 못하는 사람들은 여전히 옛날 세상을 헤매며 게

이트 키퍼에게 간택 받기만을 기다리고 있다.

3. 누구나 광고할 수 있는 세상

먹고살기 위해서 가장 중요한 것이 마케팅이다. 아무리 좋은 제품이 있어도 홍보할 수 없다면 제품이 존재하지 않는 것과 다름없다. 어쩌면 그보다 더 나쁠 수도 있다. 좋은 제품과 세상의 무관심 사이에서 괴리감에 빠질 것이기 때문이다.

하지만 유튜브를 활용하면 누구나 광고를 만들고 배포할 수 있다. 수백만 구독자가 있는 유튜버에게 광고를 의뢰하려면 이제 수천만 원을 지불해야 할 정도로 유튜브 광고의 파급력은 크다. 유튜브를 활용하는 방법도 다양하다. 자금이 충분하다면 앞에서 언급한 것처럼 인플루언서를 활용해 광고할 수도 있고, 직접 유튜브에서 광고를 집행할 수도 있다. 광고할 돈이 없다면 비교적 구독자가 적은 유튜버와 수익 구조를 분배하는 협업을 진행해 보는 것도 좋은 방법이다.

기존 광고 시장은 진입 장벽이 매우 높았다. 일반인은 사실상 들어갈 방법이 없었다고 해도 과언이 아니다. 하지만 이제 진입장벽은 사실상 사라졌다. 새로운 시대가 열린 것이다. 유튜브는 비즈니스의 역학구조를 짧은 시간에 180도 뒤집었다. 그렇다면 앞으로는 어떨까? 어떤 주제로 어떤 시기에 새로운 플랫폼이 나타날지 예측하기는 어렵지만, 새로운 세상을 열어주는 새로운 시스템은 반드시 또 나타날 것이다.

월터 페이터는 "우리가 해야 할 일은 영원히 호기심 어린 마음으로 새로운 생각을 시험하고, 새로운 인상을 얻는 것이다."라고 말했다. 기존에 없었던 기회를 잡으려면 언제나 호기심 어린 마음으로 새로운 생각을 시험할 수 있어야 한다. 너무 뻔한 말처럼 들리겠지만, 한번 자기 자신에게 질문해보자. 최근에 새롭게 생각하거나, 새로운 시도를 한 적이 있는가? 대답하기 쉽지 않을 것이다. 일단 새롭게 실천하는 것은 정말 난이도가 높은 일이다. 우선은 잠자고 있는 호기심부터 일깨우자. 호기심은 새로운 세상으로 들어갈 수 있는 티켓을 여러분에게 선물할 것이다.

실수의 구렁텅이로
계속 빠지는 이유

한 번의 실수는 재수가 없거나 본인의 의지와 상관없이 그런 결과를 초래했다고 설명할 수도 있다. 하지만 반복되는 실수는 실력이다. 최악의 경우는 실수가 만성적으로 발생하여 습관이 되는 것이다. 습관이 되면 태도의 불치병이 된다. 생각 이상으로 바로잡기가 힘들다. 유독 실수를 계속하는 사람은 상황에 대한 고찰이 아니라 근본적으로 자신에게 어떤 문제가 있는 것은 아닌지 진지하게 반성해야 한다. 특히 다음과 같은 대표적인 나쁜 특징만 개선해도 실수의 구렁텅이에서 어렵지 않게 빠져나올 수 있을 것이다.

1. 실수를 실수라고 인지하지 못한다

쉽게 말하면 눈치가 없는 것이다. 예전 직장 상사 중 말실수를 많이 하는 사람이 있었다. 많은 직장 동료가 이 상사를 싫어했는데, 그 핵심 이유는 인성 자체가 나빠서라기보다 계속 말실수를 해서 다른 사람들에게 상처를 주었기 때문이다. 정작 본인이 그 사실을 전혀 몰랐던 건 덤이다.

지금부터 하는 얘기는 조금의 과장도 없이 실화이다. 직장 동료의 아내가 몇 주 안 된 태아를 유산했다. 정말 슬픈 일이었지만, 막상 당사자인 동료는 덤덤하게 행동했다. 그때 앞에서 말한 상사가 다음과 같이 질문했다. "정말 궁금해서 그러는데 아이를 유산하면 기분이 어때요?" 나는 그 사람이 정말 궁금해서 물었다는 걸 알고 있었다. 그래도 한 대 쥐어 박아주는 게 동료애가 아닐까 싶을 정도로 화가 났었다. 이렇게 끊임없이 실수하는 사람은 자신의 실수를 절대 실수가 아니라고 생각한다. 그렇게 관계에 대한 눈치가 없으면 실수의 구렁텅이에서 절대 빠져

나올 수 없다.

2. 주제 파악이 안 된다

메타인지가 낮으면 실수하게 된다. 우리는 언제 실수를 많이 하는가? 대표적인 경우가 술을 마실 때이다. 자신의 주량을 잘 알고 있어야 하는데, 그것 이상으로 마시면서 필름이 끊기고 주사를 부리는 경우가 허다하다. 특히 소위 말하는 객기로 술을 마시면 실수를 넘어 사고를 치기도 한다. 자신감에 약간의 비이성이 섞이면 자만으로 바뀌어 능력 밖의 시도를 하게 된다. 이것은 도전이 아니다. 무모한 만행일 뿐이다. 실수를 줄이고 싶다면 두 가지 주제만 파악하면 된다. 문제에 대한 주제, 그리고 자신의 주제.

3. 체크하지 않는다

실수와 실패는 결과적으로 비슷하지만, 시작은 전혀 다르다. 실패는 의도적인 도전에 대한 결과이고, 실수는 보통 의도하지 않은 상황에서 발생한 결과이다. 즉, 인지의 사각지대가 생기면 실수가 발생한다. 특히 익숙해지면 무의식적으로 처리하는 부분이 늘어나기 때문에, 역설적으로 실수할 확률이 높아진다.

따라서 실수를 줄이려면 의식적으로 행동해야 한다. 하지만 항상 신경을 곤두세우고 살 수는 없다. 그럴 수 있다 하더라도 인지적 에너지를 낭비하는 일에 불과하다. 진퇴양난처럼 보이지만, 이 문제를 해결할 방법이 존재한다. 바로 체크리스트다. 일을 다 마치고 나서 제대로 했는지 리스트를 보며 한 번 더 확인하는 것이다. 간단한 작업이지만, 효과는 굉장하다. 소위 '펑크'라 말하는 실수는 이 과정을 통해 90% 이상 걸러낼 수 있다. 확률을 더 높이고 싶다면 한 번 더 체크하면 된다. 이중, 삼중의 체크를 뚫고 살아남을 정도의 실수는 거의 없다.

삶에 대해 진지한 태도를 가진 사람은 상대적으로 실수가 적다. 실패는 많이 해도 괜찮다. 그것은 내가 주도적으로 실천한 일의 결과이기에, 목적을 이루지 못했더라도 경험치가 남는다. 하지만 실수는 다르다. 실수는 계속되어봤자 어떤 내공도 쌓이지 않는다. 대신 다른 사람들이 나를 바라보는 부정적 시선만 쌓여간다.

우리 인생은 생각보다 짧다. 내가 해야 하는 일 그리고 하고 싶은 일만 하려고 해도 시간이 턱없이 부족하다. 그런 소중한 삶을 진지하게 바라본다면 실수로 시간을 버리고, 또 그것을 만회하기 위해 시간을 낭비하면 안 된다는 사실을 깨달을 것이다. 다시 한번 강조한다. 실수는 누구나 할 수 있다. 하지만 진지하지 못한 태도에서 발생하는 실수에서는 어떤 긍정적인 경험도 얻을 수 없다.

●

하루하루 열심히 사는
사람들의 이야기

사람들은 내 채널에 대단한 분들이 나온다고 생각한다. 실제로 그런 분도 있다. 하지만 대학생, 주부, 직장인들이 나와서 그들의 평범함 속에 숨은 작은 특별함을 전하기도 한다. 사람들은 누군가의 특별한 성취에 열광하면서도 자신이 그 주인공이 될 수 있다고는 생각하지 않는 것 같다. 하지만 평범한 사람도 분명 많은 것을 이룰 수 있다.

사막에서 며칠째 고립되었다고 생각해 보자. 주변에 아무것도 보이지 않으면 지쳐버릴 것이다. 그런데 우연히 몇백 미터 앞에서 오아시스를 발견한다면 어떨까? 자연스레 그 방향으로 가게 될 것이다. 뚜렷한 목적지가 생겼기 때문이다. 성공하는 사람들은 이런 목적지를 발견하고, 목적지에 도달할 때까지 쉬지 않았던 사람들이다. 투자자이자 사업가인 '렘군' 김재수는 누구나 이런 목적지를 발견할 수만 있다면 성공할 수 있다고 한다.

자신만의 목적지를 발견하고 그 방향으로 나아가려면 어떻게 해야 할까? 우선 자신의 강점을 발견해야 한다. 많은 사람이 자신의 과거에서 강점을 발견하려 하는데, 강점이라 생각했던 것이 사실은 큰 강점이 아닐 수도 있고, 그 강점이 현재에 통한다는 법도 없다. 그렇다면 자신의 강점을 어떻게 발견할 수 있을까?

렘군은 특정 주제에 관해 이야기를 써보는 것이 큰 도움이 된다고 조언한다. 가령 '떡볶이 가게 잘 되는 법'이라는 글을 쓰면 그 분야에 관심 있는 사람들이 그 글을 읽을 것이다. 그러면 '이건 동의할 수 없다', '이건 괜찮다'와 같은 피드백이 올 것이다. 그 피드백을 보고 나를 객관적으로 발견할 수 있다. 만약에 괜찮다는 피드백이 10명, 20명 넘게 보인다면 나는 그 분야에 강점이 있는 사람이라고 말할 수 있다. 이걸 발견하는 것이 첫 번째 터닝 포인트다.

내가 쇼핑몰과 유튜브를 운영한 전략이 이와 비슷하다. 내 기준은 '20개'였다. 샘플 20개를 팔아봤는데 반응이 썩 좋지 않으면 그 물건은 접었다. 채널에서 20번째 영상까지 올려보고 좋은 피드백이 없으면 그만뒀다. 내가 강점이 있다고 생각하는 것이 아니라, 잘 될 것이라는 증거를 모은 분야의 채널을 팠고, 실제로 잘 되는지 점검했다. 지금의 신사임당 채널은 7번째 채널이다.

많은 사람들이 삶이 더 나아지기를 바라면서도 당장 무엇을 해야 하는지 잘 모른다. 자신에게 중요한 것, 필요한 것이 무엇인지 모르기 때문이다. 지금 당장 생각을 정리해 보면 가야 할 길이 명확히 보일 것이다. 자기계발 강사 복주환은 A4 용지를 이용해서 복잡한 머릿속을 정리하는 방법을 소개했다.

A4 용지를 5~6번 정도 접으면 작은 칸이 여러 개 생긴다. 이 칸마다 떠오르는 생각을 모두 적는다. (적는 것만으로도 스트레스가 감소한다) 적고 나면 중요한 것과 중요하지 않은 것을 한눈에 구분할 수 있을 것이다. 지금 중요하지 않은 것에 과감히 X 표시를 한다. 남은 선택지에는 중요도 순으로 우선순위를 매긴다. 상위 10개 정도 선택지가 있다면 1~3은 직접 하고, 4~10은 남에게 위임한다.

• 하루하루 열심히 사는 사람들의 이야기

핵심은 자신에게 중요한 것들을 계속 처리해 나가는 것이다. 그리고 그것들이 어떤 것인지 계속 확인하는 것이다. 부자들은 단순하게 생각하고 단순하게 말한다. 그리고 빠르게 행동한다. 그들은 복잡한 변수를 단순하게 바꾸고 통제할 수 있는 것에 집중하는 생각법을 안다. 효율적인 생각으로 번 시간을 행동에 투자한다. 그 행동으로 부자들은 더 부자가 된다.

많은 사람들이 부자가 되고 싶어 하지만, 부자가 되지 못하는 이유는 무엇일까? 부동산 투자자 겸 사업가 '송사무장' 송희창은 '이 길을 가는 사람을 보지 못해서'라고 답했다. 부자가 되는 법을 가르쳐 주는 곳은 없다. 세상 어느 곳에서도 돈이나 대출, 사업, 투자 방법에 대해 알려주지 않는다. 그렇기 때문에 평범한 사람들은 자신이 부자가 될 수 있다는 믿음을 갖지 못한다.

처음에 그가 직장 동료들에게 '나는 일하지 않고 월 300만 원을 버는 방법을 찾아낼 것'이라고 말했을 때 돌아온 것은 '그런 게 어디 있어. 정신 차려!'라는 냉소였다. 주변에서 일하지 않고 돈 버는 사례를 보지 못했기 때문이다. 설령 유튜브 등에서 그런 사람이나 사례를 보고 부자가 되기로 결심했다가도 생각보다 돈이 빨리 벌리지 않으면 그 길을 포기해 버린다.

한 길에서 성과가 나오기까지는 넉넉하게 2~3년을 버틸 각오가 필요하다. 부자의 길을 걷는다면 부자처럼 생각하고 행동하며 그런 사람들을 만나야 한다고 송사무장은 조언한다. 성공하기 위해서는 부자의 생각과 마인드가 필요하다. 성공한 사람의 모범적인 발자취를 그대로 따라가면 동일한 결과를 얻을 수 있다.

내 좌우명은 '천 리 길도 한 걸음부터'이다. 아무리 의지가 약한 사람이라도 한 걸음은 걸을 수 있다. 또 다음 걸음도 걸을 수 있다. 그런 식으로 반복하면 천 리 길도 갈 수 있다. 누구나 목표를 설정하고 그 목표를 자신의 의지력에 맞게 작은 수준으로 쪼갤 수만 있으면 그 목표를 이룰 수 있다. 하루하루 열심히, 꾸준히 하면 되기 때문이다.

인터뷰를 통해 만난 사람들은, 저마다 분야는 달랐지만, 자신이 처한 곳에서 원하는 방향으로 매일 꾸준히 나아가고 있었다. 그들 역시 처음부터 완성된 존재는 아니었다. 시행착오를 거치고, 실패하면서 자신이 나아갈 방향과 방법에 대해 알게 되었다. 인터뷰를 통해 만난 그들은 자기 자신에 대해 알고 있었고, 세상의 필요에 대해 알고 있었으며, 자신과 세상을 어떻게 연결해야 하는지 알고 있었다.

세상은 우리에게 '레드오션', '끝물', '실패' 같은 말을 계속 주입한다. 우리는 성공한 사람보다 실패한 사람의 말을 더 많이 들을 수밖에 없다. 성공한 사람의 숫자는 적기 때문이다. 하지만 적다고 해서 없는 것은 아니다.

야구는 타임아웃이 없다. 9회 말 2아웃이어도 타자가 살아남으면 경기는 계속된다. 끝날 때까지 끝난 게 아니다. 인생도 마찬가지다. 스스로 포기하지 않으면 계속 시도할 수 있다. 가장 평범한 사람도 비범한 성취를 거둘 수 있다. 누구에게나 지금 이 순간에도 역전 만루홈런의 기회는 살아있다. 내가 그랬듯이 당신도 할 수 있다.

결과를 만드는
3가지 프레임

소셜 미디어의 발달로 우리의 말은 글과 영상을 통해 세상에 퍼져나갈 수 있게 되었다. 말 한마디가 엄청난 경제적, 문화적 파급 효과를 불러올 수 있다. 그렇다면 어떻게 해야 결과를 만들어내는 말을 할 수 있을까? 사실 한 번의 말로 즉각적인 결과를 얻기란 쉽지 않다. 그렇기 때문에 말하는 내용 이상으로 적절한 프레임을 구성하는 것이 중요하다. 앞으로 이야기할 간단한 프레임만 잘 활용해도 잃는 것 없이, 운까지 좋다면, 커다란 결과를 얻을 수도 있다.

1. 권위효과

권위효과의 힘은 막강하다. 어렸을 적에 친구들과 논쟁할 때 근거를 물으면 쉽게 나오는 말이 "TV에서 봤어!"였다. 지금은 많이 줄었지만, 과거에는 대중매체의 권위효과가 엄청났다.

우리가 끊임없이 공부해야 하는 이유 중의 하나가 바로 제대로 된 권위효과를 이용하기 위해서이다. 요즘은 온라인의 발달로 누구나 구글링을 통해 논문도 읽을 수 있고, 운이 좋으면 권위자와 소셜 미디어로 소통할 수도 있다. 무언가를 주장할 때 명망 있는 연구소의 탄탄한 실험 결과를 근거로 하는 사람과 그냥 목소리만 큰 사람이 맞붙으면 그 결과는 뻔하다. 괜히 농담으로 '구글 신'이라고 하는 게 아니다. 어느 정도 영어 독해를 할 수 있으면 검증된 정보를 생각보다 많이 접할 수 있다.

하지만 현실은 처참하다. 소셜 미디어를 보면 근거 없는 괴담이 퍼지면서 어느 순간 거짓이 사실로 둔갑한다. 이 말은 확실한 정보를 바탕으로 논리를 전개하면 굉장한 경쟁력을 얻을 수 있다는 말이기도 하다.

2. 내가 아니라 우리

세상에는 수많은 사람이 다양한 배경 속에서 자신만의 생각을 가지고 살아가지만, 거의 확실한 공통점이 하나 있다. 가장 관심이 많은 것은 자기 자신이라는 점이다. 시끌벅적한 시장에서도 누가 내 이름을 부르면 어렵지 않게 인지할 수 있다. 그만큼 우리는 의식적으로, 무의식적으로 자신에게 관심이 많다. 그래서 대화할 때는 '내' 관심사가 아니라, 상대방이 포함된 '우리'의 관심사를 이야기해야 한다. win-win이 궁극적 결과인 이유도 단순히 패배가 없어서라기보다 '우리의 승리'이기 때문이다.

하지만 대부분은 대화할 때 자신을 대화의 중심에 넣으려고 한다. 자신의 관심사를 충족하고 자신이 원하는 결과를 얻어내기 위해 끊임없이 '나'의 관점에서 이야기한다. 당연히 어떤 협상을 시작했다면 내가 원하는 것을 얻어내야 좋은 결과를 만들 것이다. 하지만 먼저 함께 얻을 수 있는 부분부터 곰곰이 생각해보자. 내가 아닌 우리가 대화의 중심에 들어오면 관점의 차이에서 오는 불협화음이 현저하게 줄어들 것이다.

3. 낮은 진입장벽

많은 사람이 빨리 결론에 도달하고 싶어 한다. 하지만 그럴수록 결론은 멀어질 수 있다. 대화를 통해 어떤 결과를 만들어야 할 때는 우선 상대방이 쉽게 수긍할 수 있는 작은 것부터 실마리를 풀어나가면 더 효과적이다. 한 번이 어렵지, 두 번부터는 생각보다 수월하다. 그래서 맨 처음은 심지어 본론과 상관없는 대화로 시작하는 것도 매우 좋은 전략이다. 아주 낮은 진입장벽으로, 누구나 동의할 만한 주제의 이야기로 시작하면서 약한 공감대라도 먼저 형성하자. 그냥 본론으로 넘어갔을 때 실패 확률이 90%라면 이미 80%까지 낮췄다고 봐도 좋다.

대학원 재학 시절에는 다른 연구실에서 장비를 빌려 써야 하는 경우가 많았다. 그런데 다짜고짜 장비 좀 쓰겠다고 하면 당연히 좋아할 사람이 없다. 그래서 나는 새로운 연구실에 갈 때 어색한 분위기를 쉽게 풀어보고자 언제나 한국 과자를 조금씩 사 갔다. 음식만큼 훌륭한 세계 공용어가 또 있을까? 장비를 쓰기 전에 과자를 먹으면서 대학원 생활이나 연구자로서 힘든 점을 함께 하소연하며 대화의 물꼬를 트면 어렵지 않게 친해질 수 있었다. 그렇게 친해진 친구들은 장비 사용뿐만 아니라 자신이 알고 있는 노하우를 전수해주는 경우도 있었다. 이렇게 시작된 인연으로, 지도 교수도 모르는 새에 학생끼리 먼저 협업해서 공동 연구를 진행한 적도 있다. 최종 결과를 각자의 지도 교수에게 통보하여 공저자 논문을 쓴 최고의 win-win 사례였다.

언제나 최선을 다하는 것은 매우 중요하다. 하지만 무작정 열심히 할 것이 아니라, 효과적인 전략을 세우는 것이 선행되어야 한다. 상황에 맞는 적절한 프레임을 설정하는 것은 최고의 전략이 될 수 있다는 점을 꼭 기억하자.

─ 행복 ─

*
행복은 당신의 생각, 말, 행동이
조화를 이룰 때 찾아온다.

- 마하트마 간디 -

*
대부분의 사람은 마음먹은 만큼 행복하다.

- 에이브러햄 링컨 -

*
행복의 자질은 가지지 못한 것 대신에
가진 것에 감사할 줄 아는 데 있다.

- 우디 앨런 -

인생은 고통이다

    고통의 사전적 정의는 몸이나 마음의 괴로움과 아픔이다. 정도의 차이만 있을 뿐 우리는 매일같이 고통을 겪으며 살아가고 있다. 고통 없는 인생이 좋을 것 같지만, 조금만 깊게 생각해보면 그럴 수 없다는 것을 깨달을 수 있다. 고통은 정확하게 언제 발생할까? 간단한 식으로 그 본질을 쉽게 나타낼 수 있다.

    기대치 – 현실 ＝ 고통의 원인

원하는 것이나 기대하는 것이 있는데, 현실이 그것에 충족되지 않으면 차이가 발생한다. 그만큼이 바로 고통의 잠재적 원인이 된다. 쉽게 생각해 가고 싶은 대학은 상위권인데, 시험 성적은 중위권이면, 그 간극만큼 괴로울 수밖에 없다. 대부분 기대치가 현실보다 크기 때문에 이 간극은 0보다 크기 마련이다.

그런데 이 값이 마이너스(-)가 되는 영역이 있다. 고통이 존재하지 않는 곳, 바로 소셜 미디어다. 현실에선 그렇지 않지만, 소셜 미디어에서는 실제 자신보다 훨씬 아름답고 잘생기고 화려한 삶을 사는 상황을 만들 수 있다. 사진과 영상을 업로드하고 사람들이 그것에 '좋아요'를 눌러주면 기분이 좋아진다. 비록 허상이지만, 현실이 기대치보다 커지니 고통의 원인은 0보다 작아지고, 이때 우리 뇌에서는 고통이 아니라 도파민이 생성된다. 이것이 소셜 미디어가 거대한 비즈니스가 된 원리이다. 소셜 미디어에 사진을 올리면 기분이 좋은 이유는 현실에서 내가 보여주기 싫은 부분을 숨기고 왜곡할 수 있기 때문이다. (모두가 소셜 미디어를 그렇게 사용하는 것은 아니고, 소통과 기록의 목적 등으로 제대로 활용하는 경우가 당연히 더 많다)

그런 과정이 순간적으로 기분을 좋게 만들어 줄 수도 있겠지만, 장기적으로는 절대 좋은 것이 아니다. 가짜 삶은 절대 지속할 수 없다. 꾸역꾸역 업로드 상황을 유지하면서 도파민 중독을 이어간다고 해도 어느 순간 사람들이 '좋아요'를 눌러주지 않으면 생각과 현실의 간극이 즉각적으로 생긴다. 결국, 고통의 원인이 0보다 커지는 데다 손실 회피 편향 때문에 현실에서 발생하는 일반적인 괴로움보다 훨씬 크게 다가오게 된다. 실제로 소셜 미디어에 중독된 사람들은 우울증 관련 질환들을 더 많이 앓게 된다는 연구들이 많이 나오고 있다.

고통을 줄이려면 어떻게 해야 할까? 직관적으로는 기대치만큼 현실을 올리면 된다. 내가 기대하는 만큼 능력을 높이면 괴리가 사라지면서 고통이 없는 상태가 된다. 그런데 정말 기대치랑 능력이 똑같아지면 고통이 완전히 없어질까? 안타깝게도 그렇지 않다. 사실 위에서 말한 간단한 식만 보면 간극이 없어지는 순간 고통의 원인이 0이 되는 것이 맞다. 그런데 왜 우리는 삶의 고통을 제거할 수 없을까? 그것은 인생의 또 다른 근간이 바로 목표(혹은 꿈)이기 때문이다.

꿈은 내 능력 밖의 일이고 목표도 내가 아직 달성하지 못한 일이다. 그것을 이루려면 부단히 노력해야 하고, 그 과정은 절대 쉽지 않기 때문에 당연히 고통이 따를 것이다. 그런데 정말 최선을 다하고 운도 좋아서 목표를 이뤘다고 가정해보자. 그 순간은 너무나도 행복할 것이다. 그 다음은 무엇인가?

끊임없는 노력으로 엄청난 부를 얻었거나 목표를 이룬 사람들이 또 다른 고생길을 떠나거나 정말 힘든 도전에 착수하면 이해가 가지 않는 경우가 많을 것이다. 이해 안 되는 게 당연한 이유는 목표를 이루는 과정에서 엄청난 고통을 겪었다는 게 눈에 선하기 때문이다. 그럼에도 다시 고통을 자처하는 이유는 뭘까? 새로운 목표를 찾지 않으면 꿈이 없는 인생이 되기 때문이다.

우리 인생에서 꿈과 목표가 차지하는 비율을 생각해보자. 사람마다 차이는 있겠지만, 가장 큰 부분이라고 말해도 이견이 없을 것이다. 따라서 목표 달성을 통해 순간적으로 생각과 현실의 간극을 없앨 수는 있어도, 다시 새로운 꿈을 꾸며 스스로 고통에 몸을 던질 수밖에 없다. 그래서 인생이 고통인 것이다.

결국 '꿈(목표) = 인생 = 고통'이라는 공식이 성립해, 꿈과 목표는 그 자체가 고통이 된다. 아프면 어떤가? 어떻게든 아픔을 극복하기 위해 노력하게 된다. 내 꿈이 있다는 것은 놀랍게도 아픈 일이고, 그 생산적이고 건설적인 아픔은 궁극적으로 내 삶의 원동력이 된다. 고통이 인생을 움직이는 원동력이었다니 놀랍지 않은가?

목표나 꿈을 좇고 있다면 고통스러운 게 당연하다. 하지만 내 인생에서 고통을 유발하는 것이 무엇인지 정확하게 인지하면 아이러니하게도 고통은 덜해진다. 본질적인 고통만 남기고 비본질적인 고통을 없애버릴 수 있기 때문이다.

이런 관점에서 고통(苦痛)을 통증이 아닌 다른 뜻으로 표현하고 싶다. 한자를 '높을 고(高)'에 '통할 통(通)'으로 바꾸면 '높은 곳으로 통한다'라는 뜻이 된다. 만약 여러분이 오늘 하루 불필요한 고통이 아니라 내가 이루고 싶은 꿈과 목표 때문에 괴로웠다면, 여러분은 또 다른 고통, 더 높은 곳으로 통하고 있다고 스스로 토닥이면서 위로했으면 좋겠다.

사업의 5가지
핵심 구조

많은 사람들이 자신만의 사업을 직접 해보기를 진심으로 추천한다. 돈을 벌기 위해서만이 아니다. 사업 자체가 자신의 모든 역량을 진정으로 시험해볼 수 있는 종합 예술이라고 생각하기 때문이다. 그래서 규모에 상관없이 꼭 사업을 해봤으면 좋겠다.

시업을 제대로 하려면 많은 것을 알아야 하지만, 직접 겪으면서 깨달아야 하는 부분도 많기 때문에 제대로 다 배우고 시작하기는 사실 어렵다. 그래도 거시적인 관점에서 다음 5가지 핵심을 꼭 알아두었으면 한다. 쉽게 설명하기 위해 이제부터 우리는 호떡 가게를 하나 차릴 것이다.

우선, 사업에서 가장 중요한 것은 돈이다. 사업은 돈을 벌기 위해 하는 일이지만, 역설적으로 돈이 충분히 준비되어야 사업을 시작할 수 있다. 필요 자본을 마련하는 것은 사업의 가장 근간인데, 이 부분에 대해 제대로 된 고민하는 경우는 생각보다 많지 않은 듯하다.

그럼 호떡 가게를 차리기 위해 필요한 돈은 얼마일까? 만약에 트럭에 장비를 준비하여 장사한다고 하면 트럭, 호떡을 만드는 용품, 재료비가 필요할 것이다. 이 정도는 누구나 상식적으로 생각할 수 있다. 여기서 또 하나 고려하자면 장사가 잘 안되어서 버티는 동안의 생활비도 준비해야 한다. 그렇지 않으면 자리 잡기 전에 생계 압박을 견디지 못하고 사업을 포기하는 경우도 나온다.

사업 자본의 속성 중에서 가장 중요한 점은 망했을 때이 돈이 나에게 어떤 영향을 줄 것인가이다. 냉정하게 생각하면 사업은 대부분 실패한다. 막연하게 잘 될 거라는 낭만적인 사고방식으로 대책 없이 돈을 끌어모아서 사업을 진행했다면 사업만 끝나는 게 아니라 인생이 끝날 수도 있다. 그래서 사업을 위한 자본을 조달할 때는 최악의 상황도 반드시 염두하고 진행해야 한다.

두 번째는 비즈니스 모델(BM)이다. 호떡 가게에서 호떡은 아이템이지 비즈니스 모델이 아니다. 대부분은 비즈니스 모델을 제대로 이해하지 못해서 아이템만 선정하면 비즈니스 모델이 구성되었다는 착각에 빠진다. 비즈니스 모델은 말 그대로 돈을 버는 시스템을 설계하는 것이다. 다시 호떡 가게를 살펴보자. 장사는 몇 시부터 할 것인지, 호떡 종류는 몇 개를 할 것인지, 중간에 자리를 이동할 것인지, 호떡과 다른 아이템을 같이 팔 것인지, 재료 조달은 어떻게 할 것인지 등등 제품이 나오는 과정부터 판매 그리고 수익화까지 구체적으로 모든 것을 설계해야 한다.

비즈니스 모델과 관련해서 정말 탁월한 조언을 해주는 분이 바로 백종원 대표이다. 식당을 하시는 분들이 요리를 잘해도 실패하는 이유는 구체적인 비즈니스 모델이 없기 때문이다. 백종원 대표는 라면 가게를 예로 들어 설명했다. 라면 가게를 하고 싶으면, 일반 라면(A), 치즈라면(B), 떡라면(C) 이렇게 3개의 메뉴를 가지고 사람들이 주문을 ABCBBCAA 이렇게 연달아서 했을 때 과연 제시간에 조리해서 라면을 팔 수 있는지, 가장 기초적인 부분부터 확인해야 한다고 조언했다. 이를 이해하면 백종원 대표가 중국집을 하면서 왜 배달을 포기했는지, 또 왜 셀

프바를 만들었는지 알 수 있다. 이 모든 것이 비즈니스 모델을 설계하는 과정을 보여주는 것이다. 비즈니스 모델은 구체적이면 구체적일수록 도움이 된다. 만약 틀렸을 때는 중간마다 피드백을 거쳐서 수정하면 된다.

다음은 구현이다. 구현은 실제로 모든 것을 준비하는 과정이다. 자본과 비즈니스 모델에 맞춰서 직접 실천하는 것이다. 호떡 가게라면, 트럭과 조리용품을 사서 호떡까지 잘 만들어내는 것이 구현이라고 할 수 있겠다. 이때 최적화 과정을 통해 불필요한 부분을 줄여서 의미 없이 빠져나가는 비용을 아낄 수 있다면 영업이익을 올릴 수 있다.

막상 구현해보면 생각했던 부분이랑 다른 점이 많이 나타날 수 있다. 당연히 이때 비용이 더 발생한다. 그래서 처음 자본을 조달할 때 생각했던 것보다 조금 더 여유 있게 준비하는 것이 중요하다. 그렇지 않으면 얼마 되지 않는 돈 때문에 준비한 모든 것이 잘못된 방향으로 뒤틀릴 수 있다.

또한, 구현에 관한 이해도가 높아지고 다른 경쟁자보다 더 저렴한 가격으로 해낼 수 있다면 프랜차이즈 운영이라는 큰 그림을 그려볼 수도 있다.

기본적인 준비는 다 끝났다. 이제부터는 돈 버는 실전

이다. 이 과정은 운영이라고 말한다. 운영은 지속 가능해야 한다. 운영의 핵심은 사람이다. 당장 혼자서 비즈니스를 하면 리더십에 대해 걱정할 필요가 없다. 하지만 내가 아프거나 일을 하지 못하면 사업 전체가 멈춘다. 그래서 최악의 상황을 보완해줄 조력자가 있어야 한다.

아르바이트생을 한 명이라도 고용해보면 리더십이 얼마나 중요한지 깨닫게 될 것이다. 돈을 썼음에도 내 마음대로 안 되는 것이 바로 사람을 움직이는 일이다. 사업을 하면 인재 한 명이 얼마나 소중한지 절실히 깨우치게 된다.

유지를 잘하는 것도 운영 측면에서 중요하지만, 예측 불가능한 상황에 대응하는 것이야말로 정말 중요하다. 보통 사업이 망할 때는 전혀 예측하지 못했던 악재가 터지는 경우가 많다. 그러나 망하지만 않으면 언제나 기회가 있다. 예를 들면, 코로나라는 최악의 시나리오가 터질 줄 누가 알고 있었을까? 준비되지 않은 사업가들은 엄청난 타격을 입거나 망했지만, 빠르게 대응한 사람들은 오히려 코로나 시국 때 사업을 확장한 경우도 많았다. 그래서 사업이 안정적일 때는 최악의 상황을 시뮬레이션하는 것이 장기적 운영 측면에서 정말 중요하다.

마지막은 사업의 꽃인 마케팅이다. 자본, 비즈니스 모

델, 구현, 운영까지 해냈다면 매출이 발생하고 있을 것이다. 마케팅은 성과를 성공으로 변경하는 과정이다. 마케팅이 잘 되면 단위 노력 대비 매출이 더욱더 올라가게 된다. 앞에서 언급한 4가지 핵심이 제대로 준비되어야 마케팅이 비즈니스의 화룡점정이 될 수 있다.

우선 마케팅은 베팅(betting)이다. 쉽게 말하면 돈을 쓴다고 보장된 것이 하나도 없다. 1억을 썼어도 고객과 시장이 전혀 반응하지 않을 수 있다. 그래서 자본을 준비할 때는 마케팅 비용도 준비할 것인지, 구체적으로는 얼마나 실패를 감수할 수 있을지 진지하게 고민해야 한다.

비즈니스 모델도 당연히 마케팅을 고려하고 설계되어야 한다. 똑같이 호떡을 팔아도 매장에서 팔 때와 트럭에서 팔 때는 전혀 다른 마케팅 전략을 세울 수 있다. 트럭은 가능하다면 사람이 많은 곳을 찾아가서 자리를 잡는 것이 마케팅 그 자체가 될 수 있다.

구현과 운영이 잘 준비되어야 마케팅으로 '빵' 터졌을 때 수익을 극대화할 수 있다. 호떡을 먹으려고 사람들이 줄을 50m 서 있을 때, 1분에 1개의 호떡을 만드는 경우와 2개를 만드는 경우의 매출 차이는 얼마나 될까? 사람들은 모두가 기회를 원하지만, 막상 준비된 사람은 많지 않은 것이 현실이다.

마케팅에 관하여 구체적인 조언을 하자면 한 번에 너무 큰 비용을 쓰지 말고, 우선은 적은 비용을 조금씩 지불하면서 효과를 확인한 후에 추가적인 비용을 지불하는 게 좋다. 요즘은 소셜 미디어가 발달했기 때문에 적은 비용으로 마케팅 효과를 검증해볼 방법이 많다.

비즈니스는 워낙 복잡하기 때문에 끊임없이 고민하고 공부하면서 동시에 실천도 해봐야 더 많은 것을 더 깊게 알 수 있다. 그래도 최소한 위에서 언급한 5가지 핵심 요소만 진지하게 고민해도 놓칠 수 있는 부분을 많이 잡을 수 있을 것이다. 사업은 그 과정에서 개인에게도 최고의 몰입 경험을 선물하지만, 사회적으로도 고용 창출이라는 엄청난 가치를 제공할 수 있다. 그렇기 때문에, 정말 어려운 길이지만, 많은 분들이 창업에 도전해서 꼭 성공하시기를 기원한다.

절대 들을 필요가 없는
조언 3가지

우리는 병을 치료하기 위해 약을 먹는다. 하지만 아무 약이나 먹으면 오히려 부작용이 더 클 것이다. 그래서 내 병에 맞는 약을 받기 위해 전문가인 의사에게 약을 처방받고, 약사에게 약을 구매한다. 조언은 약과 많이 비슷하다. 나쁜 상황에 대한 일종의 처방이다. 약과 마찬가지로 제대로 적용하면 큰 도움이 되지만, 잘못된 조언을 듣고 실행에 옮기면 오히려 상황이 악화될 수 있다. 대표적으로 다음 조언들은 상황을 악화시킬 확률이 매우 높기 때문에 절대 함부로 들어서는 안 된다.

1. 내 상황을 잘 모르는 사람이 해주는 조언

일단 조언이 필요하다는 것은 현재 상황에 문제가 있다는 의미다. 어떤 문제도 절대 단순하지 않다. 문제마다 맥락이 있고, 또 주변 상황과 유기적으로 연결되어 있다. 그래서 문제에 대해 조언하려면 상황 파악부터 먼저 이루어져야 한다.

하지만 전체적인 상황이 아니라 매우 국소적인 부분만 보고 조언하는 경우가 허다하다. 내가 가장 많이 요청받는 고민 상담 중 하나가 바로 진로에 관한 것이다. 진로에 관한 고민을 들으면 나는 먼저 상대방에게 부모님의 경제적 상태를 되묻는다. 부모님의 재정적 상태에 따라 선택의 폭이 크게 달라진다. 부모님이 경제적으로 뒷받침해 줄 수 있으면 조금 더 리스크 있는 선택을 할 수 있다. 하지만 당장 부모님을 모셔야 하는 상황이면 선택의 폭이 줄어들 수밖에 없다.

이렇게 문제에는 언제나 여러 상황이 복잡하게 얽혀 있기 때문에 내 상황을 제대로 모르는 사람이 해주는 조언은 도움이 될 가능성이 거의 없다고 보면 된다. 이런 관점에서 메타인지가 낮아서 당사자도 자신의 문제를 제대로 모르는 경우도 많다. 문제 파악이 제대로 되면 해결책은 저절로 따라오는 경우가 생각보다 많다는 것을 명심하자.

2. 덮어 놓고 다 잘 될 것이라는 막연한 긍정

제일 나쁜 조언 중 하나가 막연한 긍정을 기반으로 하는 걱정할 필요 없다는 식의 조언이다. 사실 이것은 조언이 아니라 위로이다. 그런데 구체적인 제안 없이 마음가짐 혹은 정신력 같은 부분만 말하는 사람이 생각보다 많다. 힘든 상황에서도 긍정적인 태도를 지녀야 한다는 것은 조언이 아니라 일반적인 상식이다. 좋은 조언은 상황을 냉정하고 객관적으로 파악해주는 것이다. 특히 당사자가 감정적으로 생각해서 계산하기 힘든 실패의 비용 같은 부분을 구체적으로 얘기해주면 큰 도움이 된다. 반대로 실패 같은 얘기를 하면 재수 없고 부정 탄다고 말하는 사람의 조언은 딱히 듣지 않아도 큰 문제가 없다.

3. 근거가 전혀 없는 조언

조언은 일종의 주장이다. 좋은 주장은 탄탄한 근거가 뒷받침되어야 한다. 조언을 듣는 사람은 절대 무조건 수용하면 안 된다. 누군가가 어떤 조언을 해주면 왜 그렇게

· 절대 들을 필요가 없는 조언 3가지

생각하는지 정중하게 물어봐야 한다.

다음은 대학생 시절 이야기이다. 나는 이미 교환학생으로 미국에서 1년 동안 공부하고 왔고, 후배는 미국에 교환학생을 지원했다가 다 떨어진 상황이었다. 나는 낙담한 후배에게 덴마크나 스웨덴으로 다시 지원하라고 했다. 교환학생을 간다고 생각하면 대부분 영어권에서 공부하기 위해 미국부터 생각하는데, 내 생각은 달랐다. 미국이 공부하기 좋은 환경을 가지고 있지만, 유럽의 선진국도 그에 못지않게 좋은 환경을 지니고 있다. 언어를 배운다는 관점에서도 북유럽 사람들은 영어를 잘하는 경우가 많고, 특히 대학에서는 영어로 수업을 듣고 생활을 하는 데 전혀 지장이 없다. 심지어 지원자 미달이었던 스웨덴, 덴마크 대학교 중에는 세계 학교 순위가 경쟁이 치열했던 미국 대학교보다 높은 경우도 있었다. 우리가 상대적으로 유럽에 관한 지식이 없다 보니 벌어지는 이상한 현상이었다.

결국, 후배는 덴마크로 교환학생을 다녀왔고, 돌아온 후에 인생 최고의 경험이었다고 나에게 고마움을 전했다. 특히 후배가 갔던 덴마크 대학교는 대부분의 시험을 구두로 진행해서, 후배는 어느 때 보다 영어 말하기 실력을 키울 수밖에 없었다고 후일담도 들려줬다. 다시 학부생으로 돌아가서 교환학생 프로그램을 지원한다면 나에게 당연히 미국으로 가야 한다고 말하는 사람들에게 꼭 이렇게 물을 것이다. "왜죠?"

대학원 진학 때는 그런 실수를 하지 않았다. 미국의 좋은 대학교에서 합격 통지를 받았지만, 싱가포르국립대학에서도 좋은 조건에 진학 제안이 왔다. 몇몇 교수는 싱가포르가 터무니없는 생각이라며 무조건 미국으로 유학 가야 한다고 조언했지만, 그 조언에는 명확한 근거가 없었다. 자신의 얄팍한 경험과 감정만 있을 뿐이었다. 그래서 나는 직접 싱가포르국립대학을 방문해 교수님들과 대화를 나누고 연구시설을 확인했다. 여기에 정말 신뢰할 수 있는 멘토분들의 조언까지 구한 후 미국이 아닌 싱가포르에서 박사학위를 받았다. 그렇게 근거 없는 조언을 물리쳐서 최고의 지도교수님을 만났고, 최상의 연구환경에서 더할 나위 없이 훌륭한 교육을 받았다고 지금도 자부한다.

20대부터 좋은 조언을 얻으려고 꾸준하게 노력했다. 매번 좋은 답을 얻은 것은 아니지만, 좋은 조언을 얻으려고 노력하는 과정에서부터 이미 좋은 방향으로 바뀌기 시작한 것 같다. 실제로 훌륭한 조언을 얻었을 때는 말로 표현하기 힘들 정도로 내 인생에 커다란 영향을 받았다.

도움이 되는 말을 해주는 사람들은 확실히 앞에서 언급한 나쁜 특징들과 반대 방향으로 조언을 주었다. 인상적인 부분 중 하나는 조언을 해주는 과정에서 매우 솔직하게 자신을 드러내는 분들이 많았다는 점이다. 그런 관점에서 내 인생 최고의 조언을 하나 공유하면서 글을 마무리하고자 한다.

20대 중반에 운 좋게 유명 대기업의 부사장님과 대화할 기회가 생겼다. 부사장님은 이미 경제적으로, 사회적으로 엄청난 성공을 거뒀기 때문에 어떻게 인생을 살아가야 하는지 확실한 정답을 알고 있을 것이라고 생각했다. 그런데 대화 중에 "내가 60이 넘었지만, 아직도 인생을 어떻게 살아야 할지 모르겠다."라는 말을 자연스럽게 듣게 되었다. 다른 사람들이 보면 모든 것을 다 해낸 것처럼 보이는 분에게 그런 말을 직접 들어서 그런지 울림이 정말 컸다.

그 이야기를 듣고 대화를 곱씹으면서 크게 깨달았다. 단지 돈을 많이 벌거나 높은 지위에 올라간다고 해서 인생의 답이 얻어지는 건 아니었다. 대신 끊임없는 탐구와 실천을 통해서 나만의 인생 정답을 찾을 수 있다는 결론을 내릴 수 있었다. 이것은 직접적 조언이 아니고 대화에서 얻은 간접적 조언이지만, 어린 나이에 확고한 가치관

을 정립하는 데 큰 도움을 주었다. 정말 커다란 인생 조언
이었다.

'갑'을 이기는
'을'이 되는 법

우리가 가장 분노하는 뉴스 중 하나가 바로 '갑질'에 관한 뉴스이다. 우리 대부분은 평생을 을로 살아야 하기 때문에 구조적 한계에서 오는 답답함을 넘어 불합리로 치닫는 갑질을 보면 화가 머리끝까지 치밀어 오른다. 을은 평생 갑의 눈치를 보며 당하고 사는 것이 피할 수 없는 숙명일까? 그 속박의 굴레에서 벗어날 방법이 없을까? 쉽지는 않겠지만, 절대 불가능한 것도 아니다. 나는 살면서 수많은 '슈퍼을'을 만나왔다. 그들은 어떻게 갑에 굴복하지 않는 강력한 을이 되었을까?

'슈퍼을'이 되고 싶다면 먼저 갑의 속성을 파악해야 한
다. 맥락과 상황에 따라 갑의 역할이 바뀌겠지만, 불변의
본질이 있다. 갑은 권력을 쥐고 있고, 그 힘은 돈에서 나
오는 경우가 대부분이다. 그래서 '갑질'이라고 하면 대기
업 회장 같은 이미지를 쉽게 떠올리지만, 일반인도 돈을
지불한다는 명목하에 식당이나 일상생활에서 갑질하는
경우가 많다. 결국, 갑의 본질적인 근간을 단순하게 일반
화하면 최종 소비자(구매자)나 고용주라고 표현하면 될
것 같다. 그렇다면 그들이 원하는 것은 무엇일까? 그들의
욕구를 세밀하게 파악하면서부터 을의 반격이 시작된다.

만약 그들이 최종 소비자라면 최고의 제품과 서비스
를 가지고 있을 때 슈퍼을이 될 수 있다. 세상에는 갑이
한 명만 있는 것이 아니다. 만약 모두가 우리의 제품과 서
비스를 원한다면 소비자도 제한된 공급을 놓고 경쟁해야
한다. 실제로 놀라운 이야기를 들었는데, 슈퍼카 시장에
서는 돈이 있어도 무조건 차를 살 수 있는 게 아니라고 한
다. 어떤 브랜드는 주기적으로 한정판 슈퍼카를 내놓는
데, 이 차를 사려면 단순히 부자가 아니라 평소에 이 브랜
드 자동차를 얼마나 주기적으로 구매했고, 또 관련 브랜
드에 얼마나 공개적으로 애정을 표현했는지에 따라 살 기

회를 먼저 준다고 한다. 그래서 한정판 자동차를 구매하기 위해 원하지도 않는 수억 원짜리 자동차를 꾸준히 구매하는 고객도 있다.

유명한 맛집도 비슷한 맥락이다. 그 가게만큼 훌륭한 맛을 제공하는 곳이 없기 때문에 예약을 받지 않는 경우도 허다하다. 반대로 세계적으로 유명한 레스토랑은 1년 치 예약을 받아서 일찌감치 예약하지 않으면 음식을 먹을 방법이 전혀 없기도 하다. 이게 최상급 서비스와 제품을 공급하는 '슈퍼을'의 위력이다.

갑이 고용주라도 상황은 똑같다. 우리는 마케팅 및 행사를 기획하는 중소기업이라서, 때로는 하청의 하청을 받기 때문에 '병'이 되는 경우도 있다. 하지만 우리는 절대 갑질을 용납하지 않는다. 우리의 마케팅 역량에 비용을 지불한 고용주가 갑질하면 두 번 다시 서비스를 제공하지 않는다. 그 정도가 너무 심하면 중간에 위약금을 물어주고 계약을 끊기도 한다. 어떻게 그럴 수 있을까? 우리만큼 고객을 진심으로 위하면서 동시에 지식 콘텐츠 관련 소셜 미디어 마케팅을 잘하는 곳이 없다고 확신하기 때문이다. 특히 단위 구독자당 마케팅 비용을 환산하여 가성비를 따지면 타의 추종을 불허한다. 그래서 직원들이 고객사와 미팅한다고 하면 혹시라도 그쪽에서 갑질을 할 경우 제대로 된 '을질'을 보여주라고 농담하기도 한다.

능력이 독보적이면 아무리 피고용자라도 갑에게 휘둘릴 필요가 없다. 요즘 IT 관련 분야는 이런 경우를 설명하기에 아주 좋은 사례이다. 지금 데이터 분석이나 인공지능 관련 최고수들은 고용주들이 업고 다닌다고 해도 모시기 힘든 게 현실이다.

어떻게 보면 뻔한 이야기이지만, 실력이 정답이다. 하지만 실력이 출중하면 갑에게 휘둘리지 않아도 된다는 사실을 모르는 경우가 생각보다 많다. 특히 대한민국처럼 협상이라는 개념이 흔하지 않은 상황에서는 자신이 실력자임에도 불구하고 갑질을 당하기가 십상이다. 그래서 이번 기회에 스스로 실력에 맞는 대우를 받고 있는지 꼭 생각해봤으면 좋겠다. 더불어 일상에서 소비자라는 이유로 갑질하고 있었던 것은 아닌지 반성도 하면 금상첨화일 것 같다.

교육

*

교육은, 번영의 시기에는 장식품이며,
역경의 시기에는 피난처이다.

- 아리스토텔레스 -

*

교육의 위대한 목표는 앎이 아니라 행동이다.

- 허버트 스펜서 -

*

교육의 뿌리는 쓰나, 그 열매는 달다.

- 아리스토텔레스 -

맺음말

맺음말

쉽지 않은 인생에서 우리에게 필요한 것은 날갯짓이다. 원하든, 원하지 않든 우리는 새로운 상황에 직면할 수밖에 없다. 취업을 하고, 이직을 하고, 때로는 자신만의 사업을 추진하고, 새로운 사람을 만나고, 뜻밖의 사건을 접하는 것이 우리 인생이다. 매번 새로운 실전을 마주할 때마다 우리는 아기 새가 처음 비행하듯 평온했던 둥지를 뒤로하고 새로운 날갯짓을 시작해야 한다. 두렵고 무서울 수 있겠지만, 우리는 그 작은 날갯짓을 시작으로 결국 인생을 나는 자유를 얻을 것이다. 실패해도 괜찮다. 제1원칙만 지킨다면 결국에는 원하는 곳으로 날아갈 수 있을 것이다.

믿기지 않을 수 있겠지만, 실제로 우리가 사는 복잡계에서는 나비의 날갯짓이 태풍의 시작이 될 수 있다. 직접 경험한 결과와 간접적으로 접한 이야기들의 결론은 똑같다. 정말 믿기지 않을 만큼 커다란 결과라도 작은 날갯짓으로부터 시작되었다는 점이다. 어떤 이유로 지금 무기력해졌어도 운동화를 신고 밖으로 나가서 달려야 한다. 달리기가 힘들다면 걸어도 좋다. 아무것도 하기 싫어도 책 한 쪽이라도 읽고 생각해야 한다. 한 쪽마저 버겁다면 한 줄이라도 좋다. 지금 우리에게 필요한 것은 아주 작은 날갯짓의 시작이니까.

작가로서 독자분들에게 바라는 것 중 하나는 함께 나눴던 이야기 중에서 딱 하나 정도는 꼭 실천으로 옮겨보는 것이다. 거창할 것도 없다. 말투 이야기 중에서 하나만 실천해도 좋고, 집중력을 올리기 위해 소음으로부터 자신을 철저히 차단하는 연습도 좋다. 사업을 꿈꾸고 있다면 함께 공부한 사업의 핵심 요소를 따져보면서 노트에 자신의 아이디어를 구체적으로 써보는 것도 좋은 방법이다. 가족을 왜 소홀히 대하는지 알았다면 고맙다는 수줍은 표현부터 와락 안아주는 적극적 행동까지 딱 한 번만이라도 진짜 날갯짓을 해보기를 진심으로 부탁드린다.